21

世纪文学之星

丛书 2021年卷

中短篇小说集

国境线上晴与雨

废斯人⊙著

作家出版社

作者简介：

废斯人，本名匡彬，90后，湖北罗田人，小说作品见《人民文学》《花城》《长江文艺》等刊物，出版小说集《故乡志》，系中国作家协会会员、湖北省作家协会签约作家、湖北省文联中青年优秀人才库成员。

目录

总　序

袁　鹰

　　中国现代文学发轫于本世纪初叶，同我们多灾多难的民族共命运，在内忧外患，雷电风霜，刀兵血火中写下完全不同于过去的崭新篇章。现代文学继承了具有五千年文明的民族悠长丰厚的文学遗产，顺乎 20 世纪的历史潮流和时代需要，以全新的生命，全新的内涵和全新的文体（无论是小说、散文、诗歌、剧本以至评论）建立起全新的文学。将近一百年来，经由几代作家挥洒心血，胼手胝足，前赴后继，披荆斩棘，以艰难的实践辛勤浇灌、耕耘、开拓、奉献，文学的万里苍穹中繁星熠熠，云蒸霞蔚，名家辈出，佳作如潮，构成前所未有的世纪辉煌，并且跻身于世界文学之林。80 年代以来，以改革开放为主要标志的历史新时期，推动文学又一次春潮汹涌，骏马奔腾。一大批中青年作家以自己色彩斑斓的新作，为 20 世纪的中国文学画廊最后增添了浓笔重彩的画卷。当此即将告别本世纪跨入新世纪之时，回首百年，不免五味杂陈，万感交集，却也从内心涌起一阵阵欣喜和自豪。我们的文学事业在历经风雨坎坷之后，终于进入呈露无限生机、无穷希望的天地，尽管它的前途未必全是铺满鲜花的康庄大道。

　　绿茵茵的新苗破土而出，带着满身朝露的新人崭露头角，自然是我们希冀而且高兴的景象。然而，我们也看到，由于种种未曾预料而且主要并非来自作者本身的因由，还有为数不少的年轻作者不一定都有顺利地脱颖而出的机缘。其中一个重要的原因，乃是为出书艰难所阻滞。出版渠道不顺，文化市场不善，使他们失去许多机遇。尽管他们发表过引人注目的作品，有的还获了奖，显示了自己的文学才能和创作潜力，却仍然无缘出第一本书。也许这是市场经济发展和体制转换期中不可避免的暂时缺陷，却也不能不对文学事业的健康发展产生一定程度的消极影响，因而也不能不使许多关怀文学的有志之士为之扼腕叹息，焦虑不安。固然，出第一本书时间的迟早，对一位青年作家的成长不会也不应该成为关键的或决定性的一步，大器晚成的现象也屡见不鲜，但是我们为什么不在力所能及的范围内尽力及早地跨过这一步呢？

于是，遂有这套"21世纪文学之星丛书"的设想和举措。

中华文学基金会有志于发展文学事业、为青年作者服务，已有多时。如今幸有热心人士赞助，得以圆了这个梦。瞻望21世纪，漫漫长途，上下求索，路还得一步一步地走。"21世纪文学之星丛书"，也许可以看作是文学上的"希望工程"。但它与教育方面的"希望工程"有所不同，它不是扶贫济困，也并非照顾"老少边穷"地区，而是着眼为取得优异成绩的青年文学作者搭桥铺路，有助于他们顺利前行，在未来的岁月中写出更多的好作品，我们想起本世纪20年代和30年代期间，鲁迅先生先后编印《未名丛刊》和"奴隶丛书"，扶携一些青年小说家和翻译家登上文坛；巴金先生主持的《文学丛刊》，更是不间断地连续出了一百余本，其中相当一部分是当时青年作家的处女作，而他们在其后数十年中都成为文学大军中的中坚人物；茅盾、叶圣陶等先生，都曾为青年作者的出现和成长花费心血，不遗余力。前辈们关怀培育文坛新人为促进现代文学的繁荣所作出的业绩，是永远不能抹煞的。当年得到过他们雨露恩泽的后辈作家，直到鬓发苍苍，还深深铭记着难忘的隆情厚谊。六十年后，我们今天依然以他们为光辉的楷模，努力遵循他们的脚印往前走去。

开始为丛书定名的时候，我们再三斟酌过。我们明确地认识到这项文学事业的"希望工程"是属于未来世纪的。它也许还显稚嫩，却是前程无限。但是不是称之为"文学之星"，且是"21世纪文学之星"？不免有些踌躇。近些年来，明星太多太滥，影星、歌星、舞星、球星、棋星……无一不可称星。星光闪烁，五彩缤纷，变幻莫测，目不暇接。星空中自然不乏真星，任凭风翻云卷，光芒依旧；但也有为时不久，便黯然失色，一闪即逝，或许原本就不是星，硬是被捧起来、炒出来的。在人们心目中，明星渐渐跌价，以至成为嘲讽调侃的对象。我们这项严肃认真的事业是否还要挤进繁杂的星空去占一席之地？或者，这一批青年作家，他们真能成为名副其实的星吗？

当我们陆续读完一大批由各地作协及其他方面推荐的新人作品，反复阅读、酝酿、评议、争论，最后从中慎重遴选出丛书入选作品之后，忐忑的心终于为欣喜慰藉之情所取代，油然浮起轻快愉悦之感。"他们真能成为名副其实的星吗？"能的！我们可以肯定地、并不夸张地回答：这些作者，尽管有的目前还处在走向成熟的阶段，但他们完全可以接受文学之星的称号而无愧色。他们有的来自市井，有的来自乡村，有的来自边陲山野，有的来自城市底层。他们的笔下，荡漾着多姿多彩、云谲波诡的现实浪潮，涌动着新时期芸芸众生的喜怒哀伤，也流淌着作者自己的心灵悸动、幻梦、烦恼和憧憬。他们都不曾出过书，但是他们的生活底蕴、文学才华和写作功力，可以媲美当年"奴隶丛书"的年轻小说家和《文学丛刊》的不少青年作者，更未必在当今某些已经出书成名甚至出了不止一本两本的作者以下。

是的，他们是文学之星。这一批青年作家，同当代不少杰出的青年作家一样，都可能成为21世纪文学的启明星，升起在世纪之初。启明星，也就是金星，黎明之前在东方天空出现时，人们称它为启明星，黄昏时候在西方天空出现时，人们称它为长庚星。两者都是好名字。世人对遥远的天体赋予美好的传说，寄托绮思遐想，但对现实中的星，却是完全可以预期洞见的。本丛书将一年一套地出下去，十年二十年三十年五十年之后，一批又一批、一代又一代作家如长江潮涌，奔流不息。其中出现赶上并且超过前人的文学巨星，不也是必然的吗？

岁月悠悠，银河灿灿。仰望星空，心绪难平！

1994年初秋

序

成长的时代、作家和文学

李一鸣

废斯人者，青年作家匡彬之笔名也。三字奇异组合，仿若一句动宾结构文言文，其实蕴含着这位90后作家对黄冈老乡、现代文学作家废名的致敬，也暗含"自己是废人"的自谦。

然而，斯人本为翘楚，"莫或废也"。近年来，这位青年才俊在《人民文学》等名刊发表大量小说，以其独特风格和才具在文学界日见影响。他的中短篇小说集《国境线上晴与雨》，聚焦当下青年的生存、生活、生命状态，通过现实化、寓言化、陌生化书写，对人物形象深度开掘，塑造了一众城乡青年的鲜明形象，作品在调侃中含着幽默，于戏谑里透着眼泪，形成独具风貌的底层叙事。此次入围"二十一世纪文学之星丛书"，可谓实至名归。

废斯人大学毕业后，回到故乡罗田，那是大别山下一座不大的县城。县城最为繁华的街道是民建街，略有名气的店铺大多坐落在那条街上。民建街旁的县人民广场，是作者从小到大摸爬滚打的地方。回到家乡，作者常常坐在广场的石墩上，望着民建街上来来往往的人流，远远而切近地观察他们的生活，体味他们的悲欢。他说："这本小说集所收录的小说，大部分是我在民建街发呆的时候构思的，或多或少，在刻意远离人群的时候，又从另外一个维度，深入到生活内里，深入到那些我所不熟悉的场景当中。"于是，民建街每每成为他的小说中人物成长和故事发生的空间背景。

文学只有扎根于丰厚的生活土壤，生活才会回馈文学以丰硕成果。作者生活在县城，沉思在街区，打交道的多是底层的青年人，这决定了他关注的焦点是基层青年，他们的生存环境、精神状态就这样鲜活地倾注于作者笔端。在小说中，他着力刻画了青年人的焦虑、迷茫，但并未就着灰色基调往悲观上绘写，而是在灰色之中透出明亮。小说中的每个人物尽管在生活中漂浮不定，但却要去做一件与自己身份不太符合的事情，而去做这样一件事的理由，根本在于他们心怀的一种使命感。作者深情叙写了拥有一颗不屈不挠的心灵和一种怦然热烈情愫的青年人不屈服于困难、不迷失于窘迫，勇于破除藩篱，敢于追求理想的奋斗生活。正是生活中、人性里的一抹光辉，给处于困境的主人公以光明前景，给叙事以向上的力量。

废斯人的小说呈现出强烈的孤独感和反思性。在市场经济和工业化社会背景下，个性化存在与社会化存在处于疏离状态，瞬息万变的时代冲击了人们惯习的价值观念，人被抛入无所适从的境地；高科技迅猛发展，人与机器的密切缠绕替代了人与人的稳定关系；许多人的人生目标以经济为"的"，物质化追求之"矢"射断精神攀缘之"绳"；独生子女的身份，也使得许多青年陷入无可言状的孤独、无可排遣的空虚、无可奈何的怅惘之中。每一个人都是一个独立的个体，都在自己的空间中生存，"宅"成为时代的关键词，宅经济，宅生活，宅态度，深刻地影响着这一代年轻人。宅的孤独，不仅反映了他们生存的孤独、情感的孤独、心灵的孤独，更映射了社会层面的大孤独。小说对某些社会现象进行了深刻思考，对许多社会问题予以形象解剖和批判，这种反思与批判不仅是对个体的、特例的，而是对整个社会存在的；不是无休止地指责，而是饱含深情地去理解、去化解、去和解。

废斯人的小说还表达了对世事无常的淡定和对人生的一种救赎态度。小说中的许多故事起于无常，结于无常，但是主人公的行为、情感、意识却是有常的，平平凡凡的人物、平平常常的事件中总有一些永恒的要素，不灭不寂，永照心灵，成为推动故事发展的重要引擎。人们在生活中有意无意犯错，由此产生黑洞，并为之裹挟在浑浑噩噩的生活状态之中，但生活中总有或是美好，或是黑暗的细节，促使其觉醒、顿悟，意识到生命流动的方向，因之而救赎。所有人都可能犯错，所有人都能被救赎。这样的叙事流动里，自有一种禅宗意味在。

米开朗基罗说："每一块石头里面都蕴含有一尊雕塑，而雕塑师的任务就是把这尊雕塑发掘出来。"废斯人正是一位比较高明的雕塑师，他用敏慧的心灵和高超的技艺，从生活的石头里，通过凿、剔、削、契、磨、刻等多种手段，把文质兼美的成品捧出来。他的小说在艺术上追求瑰丽的想象力，这不仅体现在他对人物心理的描写上，更直接体现在故事情节的勾画上。他从视觉、听觉、嗅觉、味觉上，展现一个与现实相对应的镜面，这个镜面是五颜六色的、夸张的、扭曲的、不对称的，通过这个镜面，照到最真实的人性。他长于在象征中重塑生活的本貌，追求小说与现实世界平行又贴近的关系，在象征与现实、虚与实、偶然与必然中，既突破现实生活的枷锁，又贴近地面飞翔，故事常常发生发展于众多的偶然，而又有着必然的因果对应，这种具有张力的距离，给读者一个易于入乎其中又难以出乎其外的通道，从而获得思悟、体悟、顿悟。他注重留白，在人物成长的情节、事物发展的变化中，不写尽全部，不透彻到底，留一种空白，对应真实的客观世界。不仅如此，他追求一种属于自己风格的表达，湖北方言的运用和当地神话、民俗等文化形态的化用，强化了作品的地域特色。

成长的时代，成长的作家，成长的文学，令人憧憬和期待。

侧耳听见

后来发现，我认识王二川的时间比想象得还要早，至少可以追溯到那个干旱的秋季。我记得很清楚，那一年的秋天来得很早，像是一片在半空中飘来飘去的落叶，寒蝉一叫，秋就快速地沉淀了下来。从大暑开始，小城连续三个月没有下雨。穿城而过的义水河，水量骤然少了一大截，与之对应的是河滩贪婪地扩张，将义水河拧成一条麻绳，紧紧地缠在手里。河水没有挣扎，它像时间一样，安静地待在那儿，如同发生的事情与它毫无关系。

不知道何时，河滩上长出了一棵空心树。空心树长得飞快，不消多久就长到了三四米高，将天际一点点抬高。树的枝叶翠绿翠绿的，迎风摆动，在一片秋黄萧然之中显得唐突，甚至有些晃眼。王二川当时就站在树底下。他表情凝重，右手紧握一个黑漆漆的东西放在耳朵旁，侧耳倾听，目光跟随瘦弱的河流向远，再向远。不一会儿，他猛然发出奇怪的叫声，时而急促，时而舒缓，像是一头野兽在叫唤。我分不清他是兴奋，还是悲愤，只觉得有一股力量要将他撕碎。我很好奇他在干什么，只不过胆子小，不敢去招惹，只能远远地望着。

第二年夏天，小城遇上连续的暴雨天气。城内发生洪涝。学校放了抗洪假。大人们在河堤上忙着扛沙包、堵窟窿，孩子们帮不上什么忙，就被留在了家里。不出门就可以玩水，孩子们三三两两聚在一起，抬出红色的塑料大脚盆，坐在里面划水，打水仗，玩得挺疯。等收假了，大家把手伸在一块，双手由于在水中泡的时间长了，清一色地发白起皮，像是一枝枝枯树枝。不知是谁提议比一比谁的手最白。手越白、起的皮越多，越会玩水，大家都想争一争这个名头，纷纷响应。我坐在教室的角落，把双手紧紧插在裤兜里。我妈没有像别人那样一起去扛沙包抗洪。她说她怕死，那些日子整天待在屋子里，锁上门，无论谁喊她，她都不应。我哀求她，说想出去玩会儿，她拒绝了。我是她的独子，她也怕我死了，就让我回房间去看书学习。我很生气，当然不会看书的，什么都没干，实在无聊了，就在房间里转转，所以我的手不仅没有发白起皮，反而很红润。我屏住呼吸，希望大家不要注意到我。正在这时，大胖注意到我了。他见我闷不作声，冲到我身边来，拉扯我的衣服，想要看一看我的手。我坚决不肯。这一下，大家的目光都集中到我身上来了，发现了宝贝似的，围拢过来。大胖更起劲了，死命地拽着我的手。我快耗尽了力气，差点儿僵持不住。这时老师进来了，喊了一声。大家四散跑回到座位上，我悬着的心才放了下来。老师屁股后面跟着一个小孩。他皮肤白皙，个子矮小。老师说是新来的转班生，叫王二川。

大家鼓掌欢迎之后，老师让王二川作个自我介绍。王二川如同没听见，闷不作声，目光游离，一会儿盯着天花板，一会儿落到地板上，又像是看着窗外，就是不看大家。老师以为王二川没听见，又说了一遍让他作自我介绍。王二川目光更加游离了，跑出了教室，瞅着窗外扑腾的喜鹊。老师见状，只得作罢，直接给他安排了座位。

王二川坐在我的身边。他摘下书包，从里面掏出一沓乱七八糟的草稿纸和半截铅笔，笔柱被咬得坑坑洼洼。他安静地坐在我身边。我偷偷瞄了一眼他。他在草稿纸上画些我看不懂的东西。

我们互相故意不说话，那种气氛不太让人舒服。于是我小声地跟他打个招呼。他没理我。我立马后悔了，不该主动打招呼。

大胖回过头，给我使了一个眼神。起先，我以为大胖还在打我的主意，后来发现大胖对王二川更感兴趣。王二川太瘦了。我心想，大胖要是一拳打在王二川的身上，只需用三分力度，他特定会晕过去；力气再重一点，说不定会死去。我没理会大胖。大胖转而盯着王二川。

过了一会儿，王二川碰了一下我的胳膊。我以为他招惹我，转身瞪了他一眼。他给我塞了一张皱巴巴的纸条。我本想拒绝。他硬塞到我手里。我打开一看，纸上就是他刚才画的那些奇怪的符号。正当我一头雾水的时候，王二川凑到耳边轻声地说，这个是符。

符？

对，道士画的符。王二川对我说了之前的事。上半年，他舅爷爷去世，他跟着母亲去参加葬礼。现场有一位红袍道士作法祛灵。王二川见着新奇，就在一旁模仿道士的举动，并学着道士的语调唱祝词，有模有样。王二川尖锐的嗓音打乱了道士的节奏，把道士给惹恼了。道士恨不得踹他一脚。一屋子亲戚死盯着王二川，摇头晃脑。任凭母亲骂他、拉他、打他，他像一枚钉在木板上的钉子，就是不动。母亲觉得太丢脸，懒得管他，强忍着泪水直接走了。然而法事还要继续，道士实在没辙，心生一计，连哄带骗，教王二川画符。本来道士是随便让他画画，不碍他的事就好。说也奇怪，王二川对于画符一点就通，对着符文临摹个几遍，他就能流畅地画下来，越画手越有劲，线条畅达飘逸，有如神来之笔。道士见状，惊讶不已。王二川将道士带来的黄纸全部画完了才肯罢休，画了一百多张符。

我问他，这是什么符？

王二川说，不知道是什么符，师父说是祛霉运的符。

听了王二川的话，我仔细瞅着纸上的符，不像是胡乱画的，繁复的符文呈现出的神秘感让我没有办法不信，想到这符或许能保佑我考试及格，就爽快地收下了。

王二川见大胖老瞅着他，以为大胖也想要符，如是又画了一张符，趁着下课赠送给大胖。大胖本想逗王二川玩，见王二川直奔他走过来，知道眼神挑衅有效果了，立马直起身子，做好了应战的准备。王二川却塞给他一张黄纸。大胖疑惑地展开一看说，画得乱七八糟的什么鬼东西。王二川说是符。大胖认为王二川故意戏弄他，顿时气得面红耳赤，将黄纸撕碎了，扔在地上，用脚蹍了蹍，然后一把抓过王二川，一拳头下去了。大胖对王二川又打又骂，然而让他意想不到的是，王二川打不还手，骂不还口，只是默默地看着他，一声不吭。王二川那种静默的状态产生了一种反作用力，狠狠地打到了大胖的身上，他吓到了，猛然收了手，啐一句王二川是怪胎，跑回了座位上。风一吹，符文的碎片吹得到处都是，王二川趴在地上一片片拾起。他重新把符文拼了起来。当最后一张碎片放下去的时候，我亲眼看见他笑了，露出两颗虎牙。

直到大胖结婚的前晚，我们几个老同学聚在 KTV 包间，商量明天接亲的事。大家喝多了，忽然有人提起了王二川，便笑着说：那小子最后是不是被开除了？

记忆就是这样奇妙，大家对很多同学的容貌和名字都模糊了，却对怪胎王二川印象深刻。我趁着酒意问大胖，当时怎么打人打到一半就跑了。大胖说，信了邪。那会儿大胖特皮，天不怕，地不怕。他妈骂他，迟早有一天，鬼会来惩罚他的，到时别追悔莫及。他打王二川的时候，见到王二川那个鬼样子，像极了鬼，或许就是要惩罚他的那只鬼，他有些怕了。他怕王二川。说到这里，大胖一口气灌了一瓶百威。大家笑着说他这是壮胆。

老同学叙旧叙了一晚上，桌上的酒还有不少，往事快到了回忆干净的地步。王二川无疑开了一个新口子。有人提议每个人轮流讲一个关于王二川的奇葩事，讲了的喝一瓶，讲不了的喝三瓶。他们讲那些有关王二川的事，似有印象，又似没有印象。正在我思索的时候，轮到我讲王二川的故事。

我坐在倒数第二排靠里面窗户的位置，王二川坐在我旁边。他上课从来不抬头看黑板，闷在那里画符。听说他比我们大儿岁，成绩上不去，留了好几级。老师拿他没办法，只要不闹事，也不愿意管他，随他去。王二川对上课提不起兴趣，除了音乐课。每周三下午的第一节课是音乐课。他周一就开始念叨要是周三就好了。到了周三，他从清早就开始兴奋起来，也不画符了，端正地坐好，眼睛直盯着墙上的时钟，恨不得用目光拨快时针。

终于到音乐课了。上课铃响了，他激动得把背挺得笔直笔直的，似乎音乐老师一走进来，第一眼就可以看到他。我在一旁，都能听见他不停地咽口水。

音乐老师是一位中年男子，他以前教过几年思想品德，后来调去管后勤，负责监督烧锅炉，最近学校缺老师，他兼职带着教音乐课。他既不会乐器，唱歌又难听死了，除了照本宣科讲一讲难懂的乐理，就是教我们唱那些耳熟能详的革命歌曲。反正又不考试，他想怎么折腾就怎么折腾。上他的课一个个都无聊死了，还不如去上体育课。

王二川却不一样，他很认真地听课，做笔记。只不过王二川唱歌的声音有些奇怪，不像是唱歌，反而像是念大麻经，如同一只旱鸭子和一只青蛙的和声，嘎嘎嘎呱呱呱如此重复。大合唱的时候，我们总能轻易地分辨出他的声音，然后全班哄堂大笑。当然，我们在合唱的时候也能轻易分辨出音乐老师的声音，他跑调跑得太远了，只不过我们乐在心里，没说出来。而王二川就不一样了。见合唱被打乱了，音乐老师很不高兴，让王二川声音小一点。又来了一遍，合唱又中止了，音乐老师警告王二川别捣乱。王二川也意识到了自己的声音与众不同。再唱一遍的时候，王二川的声音其实好小，我坐在他身边几乎都听不到。大家却不约而同地分辨出了他的声音，一同中止了合唱，发出了嘲笑声。音乐老师生气了，干脆让王二川别唱了。大家都乐了，鼓掌表示支持。

王二川一下子愣住了。他恳切地望着音乐老师，希望自己也能唱歌。老师撇过头，懒得理他。他又望了一下我，似乎希望我能帮上忙。我顿时不知所措，只能装作什么都没发生，不去看他。

不一会儿，王二川调整了自己的状态，他又恢复了兴奋的状态，一边跟着合唱节奏摇头，一边轻轻打着节拍，似乎沉浸其中。我猜想，他觉得如果自己表现得足够认真，老师看到了，会褒奖他的，让他唱歌。

合唱结束了，王二川还是没等到唱歌的机会。按照音乐老师的习惯，在快下课的最后几分钟，他会点人起来唱一首歌，拖一下时间。王二川积极地举手，希望音乐老师能点到他，让他唱一首歌。他一激动，直接就站了起来。音乐老师见状，严厉地批评他，让他坐下别乱搞。王二川也懊悔刚才的冲动惹得音乐老师不高兴。于是他端端正正地坐好，举起笔直的右手。直到下课，音乐老师走出了门，他还不放下手。他总觉得音乐老师会突然回过头，点他的名字，让他走上讲台唱歌。

过了许久，王二川突然转过身问我，他唱歌怎么样。

我反问他，他自己觉得怎么样。

他笑着说，他认为自己唱歌挺好听的。

我喝了一口百威，本想将一瓶酒都灌下去，可惜酒量不太好，灌一口都呛到了。大胖他们都喝得有点多，喝嗨了，拿起话筒就开始鬼哭狼嚎。我听他们唱歌就烦，冲上去一把夺过了话筒。他们一脸无辜地看着我。我说，唱的什么鬼，不会唱就别唱，喝酒！他们笑了起来，喝酒就喝酒，还是喝酒好。我一口又一口，把那瓶百威喝完了。昂起了头，忽然想起了王二川说的话，他说他唱歌好听。也许王二川真的唱的是另外的一种好听的歌，只是我们听不懂而已。

不知道从什么时候开始，大家开始有意识地孤立王二川，连与他说一句话都是见不得人的事，更有甚者上交的作业本都不愿跟王二川的放在一起。大胖理所当然地成为了监督者。他特别关注我，因为我是王二川的同桌。王二川回到座位还要从我身后穿过。在那种环境下，我跟随大家的脚步，尽量不跟王二川说话。王二川也知道自己的处境。他几乎不和别人说话，包括我。每次他要进出的时候，就给我使眼色，我立马领会到了，站起来让位。

王二川安静地坐在里面画符，画完一张，拿起来看一眼。无论好坏，他都会将黄纸揉碎，塞进书包里。再拿出黄纸，重新画，如此反复。只有星期三的时候，他不画符，从早上开始就端正地坐好，等着上音乐课。音乐老师一进教室就提醒王二川别捣乱，合唱没几句就要将他拎出去。音乐老师每次都这么说，也说烦了，干脆让王二川课上没有经过他的允许，不许开口唱歌。上了半学期的音乐课，王二川一首歌都没唱全，他端端正正地坐好，满心期待着老师能让他开口唱歌。当然他每次都是失望的。

有一天放学，我揣着五毛钱，正想着去小卖部买辣条还是买方便面。王二川突然冲到我的跟前。他满头大汗，红彤彤的脸吓了我一跳。我想着肯定是发生了什么事情，刚想开口问他。他当着同学的面，拉着我的袖子一通狂跑。我小看了他，他身材瘦弱，力气却挺大的。我拽不动他，喊也没用，只得跟着他跑。

王二川把我带到一个荒废的小院前。铁门上锁了。他带我从铁门底下钻了进去。我问他到底要干啥。他也不理我，径直地走向花坛的茶花树。我过去一看，花坛杂草丛生，几棵茶花树却长得挺拔苍翠。王二川见我没反应过来，他指着茶花树侧面的树枝。我伸头一看，是一窝鸟蛋，不知道是斑鸠蛋，还是鸽子蛋，小小的，圆溜溜的，可爱极了。

王二川说他观察几天了，发现没有大鸟。

我说，好可怜呀，大鸟要么死了，要么就不管这些蛋了。

王二川焦急地看着我说，没有大鸟，这些蛋能孵出小鸟吗？

我在电视上看过用保温箱孵小鸡，便说：能吧，只要保持温度，不如找着保暖的东西给它盖住。

王二川思考了一会儿，他脱了内裤，将鸟蛋团团地包裹住。欣慰地说，内裤是最保暖的，不知道行不行得通。

我虽然笑了，但是我没有觉得用内裤包鸟蛋有什么不妥的，我期待鸟蛋能孵出小鸟。

安顿好鸟蛋之后，我转过身，发现这个院子的水泥地上有一个用粉笔画的巨大的符，一看就知道王二川花费了不少心思。在符的旁边还有一个跳房子的格子。

我问王二川是不是经常来这边玩。

他点了点头说，这个院子是他的，没有人来惹他。

我指着地上，问他和谁玩跳房子。

他说和影子。我不信。他演示了一遍，然后眼巴巴地看着我，他没说出来。我知道，他是邀请我一起玩跳房子。其实我有心动，然而，那一瞬间，我想到了大胖，以及同学们的目光，我有些害怕，逃也似的钻出了铁门。

刚一出门，我就遇到追上来的大胖一伙人。大胖拉着我的衣领，质问我是不是和王二川玩在一起了。

我摇头说没有。

他又问我是不是和王二川说话了。

我犹豫了一下，还是摇头。

大胖问王二川去哪儿了。

一想到那一窝鸟蛋，我的心一下软了下来，没有对大胖说王二川在院子里，而是说王二川在半路上跑了。我为证明自己说的是真话，表示还可以带他们去找王二川。

大胖不信，他也没为难我，让我走了。我庆幸自己没事，还保护了鸟蛋，乐颠颠地跑回了家。第二天，我一进教室，所有的同学都抬起头看着我，气氛很是诡异，吓得我怔住了。我跟之前玩得好的小伙伴打招呼，他们避之不及。我像是瘟疫一样，走到哪儿，哪儿的人都迅速避开。发生在王二川身上的事，居然发生在我身上了。我完全不知所措，强忍着泪水，孤零零地站在一旁。

王二川发现了我的窘态，主动找我搭腔。我甩开了他的手，让他别烦我。直接回到了座位上。王二川慌张地看着我。我撇过头，心里嘀咕，这都是王二川害的。他之前留给我的好感全都灰飞烟灭了，我认定他是一个十足的怪胎。我为什么要跟这个怪胎坐在一起，再这样下去，自己也变成了一个怪胎。不行，我得改变。

我第一件事，就是不让王二川从我座位上进去。哪怕他要撒尿，急得脖子通红，我也不让他过。王二川可能习惯了，他也没提出异议，他趁我不在的时候，快速地跑出去，再又立马回到里面，有时整天待在里面不出去。

除此之外，每次下课，我都去找大胖，跟他说我是如何讨厌王二川，我和王二川是绝对不会成为朋友的。我知道大胖不信，于是我说我会做一件事让他相信的。

那天放学，班上的人都走光了。我坐在座位上，王二川过不去。他只能等着我走了，他才能离开。好几次，王二川识趣地没有找我说话。他闷闷地坐在里面，时不时转头看看我，一副委屈的样子。

我起身让王二川过去，他有所顾虑地看着我。我问他家住哪儿。

王二川见我主动跟他说话，惊讶地看着我。我不知道为什么他反应那么大。我以为他不想让我知道他家住哪儿。于是我随便编了一个理由，说我跟他顺路，想明天早上邀他一起上学。

他呆在一旁没有说话。我再次追问他可不可以一起上学。他像是等着我的确认一样，眼睛忽然放光，毫不犹豫地点头答应了。

去王二川家的路，要经过那座废弃的小院。我们迫不及待地从铁门下的缝钻了进去，兴奋地跑到茶花树前看鸟蛋。王二川掀开包裹鸟蛋的内裤，高兴地说，快看，鸟蛋长大了。我探头一看，我也不知道鸟蛋昨天有多大，可能是期待能孵出小鸟，所以看起来似乎比昨天要大一些。王二川说，还要几天小鸟就出世了。我说不是，至少要几周，甚至几个月，邻居家的阿姨生孩子，大肚子一直从春天挺到了秋天。

王二川对我说，玩跳房子吧。

水泥地上的格子被风吹得不清晰了。王二川从地上捡起了一截粉笔头，沿着之前的线条继续画。我看天色不早了，正事还没有办。我把王二川从地上拉了起来，告诉他明天一定陪他玩，今天要先搞清楚他家在哪儿。

王二川皱着眉头说：明天一定玩？

我肯定地点头说，一定。我趁机从地上捡起了一块小石子，迅速地装进口袋里。

王二川跟我一路走一路说，完全没有在教室里的沉闷。他看样子很是愉快，还给我学了一段道士唱戏。他学得挺像的。我听了哈哈大笑，说他有潜力成为道士。他说，那个道士就是要收他为徒，还跑到家里来劝说。王二川要成为道士，这个就更好笑了。王二川说，他才不干那个。

跟着王二川走了大约十分钟就到了，他住在某个单位的宿舍楼里。我问哪一套房子是他家的。他指着一单元二楼左边一户说，那就是。我记好了路线，也记好了地址，正准备回去的时候，王二川非要拽着我去他家。我实在甩脱不了，就跟着他进去了。家里面没有人。他让我坐在沙发上。他打开电视并调到少儿频道，刚好播放我喜欢的动画片《蜡笔小新》。王二川从厨房拿出杯子，泡了两杯橙汁。他一杯，我一杯。我们边喝橙汁边看了一会儿电视。

王二川凑到我耳边小声地跟我说，他有一个宝贝。

我问他是什么宝贝。

他笑而不语，冲到房间里，拿出来一个铁盒子。他从里面拿出了一枚海螺。他轻轻地将海螺放在耳边，嘴里发出奇怪的叫声，跟他唱歌的声音一模一样。原来王二川一直在模仿海螺里的声音。

王二川唱完了一曲，然后大方地将海螺对着我的耳朵。我骤然平静了下来。我听到大风呼啸，海水奔腾，把这些声音剔除开来，好似有人在说话。

我对王二川说，我觉得有人在说话。

王二川激动地说：你也听得见有人在说话吧。那个是我爸，我爸在跟我说话。那枚海螺是爸爸之前从海边带给我的。

我没有心思听王二川唱歌。我的手插在口袋里，手里握着那枚石子，人渐渐紧张了起来，脚也在抖动。原计划不是这样的。那天，大胖不满意我只是禁止王二川出入，他说这个不是什么大不了的事。我问大胖我做什么事，他才能相信我说的话。大胖让我自己想。我知道他在给我出难题。我想了一节课，犹豫了半天，又跑去找大胖。我郑重地对他说，如果我砸了王二川家的玻璃，他能信我吗。大胖点了头。本来我打算趁傍晚没人的时候，再来砸玻璃，这样王二川也不知道是谁砸的。

我望了一眼王二川。他歪着头，满足地对我说：我学着海螺里的声音唱歌，我爸肯定能听到。

我嗯了一声。我的手在出汗，口袋湿漉漉的。此时此刻，我想到了大胖的脸——油腻、肥大，点缀着青春痘。我浑身都不舒服。我害怕被孤立，没有同伴，更害怕别人拿另类的眼光看待我，这给我带来了始料不及的恐惧感。虽然我可以装作无所谓，却会忍不住地伤心。我骤然理解了王二川的沉默。我看了一眼王二川，他乐呵呵地把玩着海螺。这样我更纠结了，我清楚自己不是那种下得去决心的人，如果今天不做，明天更没法鼓足勇气。然而我一想到所遭遇的那种冷漠的氛围，一股力量在我身体内复苏，如同一只奔腾的小鹿在我血脉中乱窜。我回头看了一眼那扇玻璃，身体乍然颤动了一下。

王二川见我发呆，便说有东西要拿给我看。他从铁盒子里拿出一个红本。他小心翼翼地打开，看得出来这是他的宝贝。他从红本里面翻出了一张皱巴巴的文件正准备递我。我没接过来，甚至说我根本就没有看到他，我只看到了我自己和那扇窗户，像是急迫地想从鸟蛋里钻出来的鸽子，赢得一次重生，我一闭眼、一咬牙把石子对着玻璃扔了过去。

王二川自顾地说，他爸是英雄，也是一名海军，在大海里救人时牺牲了……

王二川没说完，"嘭"的一声打断了他。他吓了一跳，望着碎成一地的窗玻璃碴子，目瞪口呆。我分明听到了心碎的声音。我不敢看王二川的眼睛，趁着他的目光转向我之前，我心虚地跑了出去。

我拿起酒瓶坐到了大胖的身边。他喝多了，双眼迷离，脸颊通红，还是那样肥大。我踢了他一脚，他没多大反应，只喊再喝。我又踢了他一脚。他又喊再喝。趁着他昏昏沉沉的，我连踢了他三脚。我摇摇头，说他真没意思，还没开始就倒了。

我自己灌了一口酒，望着大胖那副模样，笑了。大胖年纪轻轻，在义水河边上的小城混得风生水起，已经当上了科局级干部，再进步的概率非常大，凭他的本领，说不定能成为小城主政者。大胖结婚，我特地请了三天假，从深圳赶回来。一切都没变。小时候是这样，长大了还是这样。

我仰靠在沙发上，在脑海里搜寻关于王二川的记忆。我清楚地记得砸了王二川家玻璃的那晚，我躺在床上辗转反侧，一宿没睡。我对王二川的愧疚逐渐盖过对被孤立的恐惧。我不敢想象王二川当时的表情，他一定比我更加伤心。我悔恨自己不够勇敢，不够强壮，要是能打过大胖，那也好点。更让我不安的是，如果时间倒流，事件重来，我竟然还在纠结该如何做才好。无论如何，我想给王二川道个歉。

第二天早上，我早早就起床。我昨天说好邀王二川一起上学，不知道王二川还愿不愿意跟我说话。我紧张地往他家方向走去。走到荒废的小院时，听见里面有动静。我跑过去，通过门缝发现大胖一群人把王二川团团围住。王二川手里捧着内裤包裹的鸟蛋。

后来我才打听到，那天大胖叫人一直跟在我们的后面，好抓到我的把柄。那人跟着我们发现了小院，跑去告诉了大胖。只不过当时天色已晚，大胖只能清早带人过来一探究竟。大胖仔细检查小院，发现茶花树上的内裤非常奇怪，他觉得里面可能藏了东西，拿手中的棍子戳了戳。这时王二川出现了，大叫一声。大胖吓了一跳。王二川趁机冲过来把内裤连着鸟蛋抢了过来。

大胖见状，放狠话，让王二川把东西交出来。王二川不肯。大胖一下子暴躁了起来，扬起拳头要打王二川。王二川一反往常，这回还手了，一拳头打到大胖脸上，大胖后退几步。大家见状一起上。王二川寡不敌众，被按倒在地，痛打一顿。大胖觉得丢了面子，他看到王二川手中握着的内裤。他对着王二川的手一脚踩了下去。王二川拼命地用手护住鸟蛋。大胖却急了眼，连踩几脚。一声清脆的响声，蛋液从内裤里流了出来。王二川抬起头，刚好看到门缝里的我，他的眼睛闪着红色的血光，逼着我直往后退……

鸟蛋碎了的声音一直在我脑海里徘徊，让我陷入迷糊的状态。等我清醒过来。王二川已经输了。我顾不了那么多，钻了进去，把血流满面的王二川弄了出来，我从口袋里掏出了那张他给我的符，塞进他的手里，然后背着他向卫生院跑去，一边跑一边撕心裂肺地喊着：我讨厌王二川！我讨厌王二川！！

自那之后，王二川转学了。某一天，我发现我的课桌里多了一枚海螺。我见过那枚海螺，那是王二川的宝贝。只不过，我再未见过他了。我想把海螺还给他。

KTV快打烊了，他们歌唱累了，几分钟就吃了一个果盘。我借机问他们，这么多年有过王二川的消息没。他们也都没再见过王二川，还对我开玩笑地说，既然王二川有画符的天赋，有可能去当道士了，高薪职业，比大家挣得还多。

我没理他们。酒都喝完了，他们都醉了，我也有点醉。我看着闪烁的霓虹灯，头晕乎乎的，感觉有一棵树在脑海里发芽、生长，直至枝繁叶茂。猛然想起，我在王二川转到我们班之前就见过他。他站在义水河旁的那棵空心树下，右手放在耳朵上，手中是那枚海螺。他侧耳听着海螺里的歌声。那是他的父亲在教他唱歌。

坐北朝南

1

特朗普和金正恩握手了，电视上一直滚动播出这条新闻。在我看来，主持人和外交专家滔滔不绝的言辞故意忽略特朗普、金正恩的手的本质——两只手是一样的肥厚，握起来肯定又舒服又暖和，这就是肥肉多的好处。

我喝完了一杯拿铁咖啡，又续了一杯，这是第四杯。民建街路口的饮品店今天做免费续杯的优惠活动，我本身就对各式咖啡情有独钟，在我的肠胃没有翻腾之前，我很乐意独自坐在吧台上，吹着冷风，想些有的没的，仿佛我不是等待顾客的房地产销售员，而是正在享受生活的游客。忽然，手机振动了一下，我熟练地用大拇指划开屏幕，弹出了一条消息，是气象台发布的冰雹橙色预警信号："预计未来三小时，区域范围内将有冰雹，并伴有雷电、大风、短时强降水等强对流天气，请注意防范。"

我放下咖啡杯，目光不由自主地转向橱窗外——天空许久未见白日，灰沉沉的，像是笼罩上了一层棉纱，城区的角角落落野蛮生长着高耸的住宅楼，有些是新建的，有些是拆了重建的，这些楼盘自带光环，投下的阴影可以覆盖整个城区，以及街道上那些匆匆往来、面无表情的上班族。工地与终日不停的轰隆声促使着这座城市不停地发展，如同电视上那位秃顶的发言人所说的，房地产象征着经济的繁荣与活力。我回过头叫了一杯生啤，我很少在工作日喝酒，想想自己干了五年的中介，经手的房产不下百套，别说一套商品房，就连一间十平方米左右的厕所都买不起。按照目前房价上涨的趋势，我对拥有一套房产越来越没有信心。当然，纠结这些问题容易让人烦躁不安，无论如何，生活还是要继续的。我扯着嗓子喊服务员，啤酒可不可以续杯？

小米不一样，她早已打定主意要买房。第一次遇见她的场景我记得很清楚，那天我一直加班赶制推介会上的材料，从早上开始就没怎么吃东西，下班已经接近凌晨，我饿得前胸贴后背，老幻想一手一个大个的东北老面馒头，可以大口地撕咬、大口地咀嚼。走出写字楼，街上路灯熄了，店铺都关了，只有马路对面一家店还亮着灯，像是一家小吃店。我横穿马路跑了过去，刚到门口，灯被拉熄了，一名瘦小的女子背着包从店里走出来。她被我迫不及待的举动吓得又跑回了店里。

我急忙问她，还有没有吃的。

她操着南方口音说，老板，已经打烊了。

我央求她说，肚子太饿了，再吃不到东西，会饿倒在你们店的门口。

她思虑了一会儿，又重新把灯打开，高大的招牌闪闪发光。原来是一家包面店。我在这附近吃了几年，都没有发现有这么一个店。我选了一个靠近操作间的位置坐了下来。一闻到从厨房飘来的汤汁香味，我满嘴跑口水，直勾勾地望着她的背影。她扎了两根马尾辫，用黄色的橡皮筋系着，脸上还有几粒青春痘，看起来只有十八九岁，可能是附近大学勤工俭学的学生。她洗了个手，重新穿上红白条纹的工作服，走进操作台，熟练地包着包面，忽然回过头对我说，老板，大桶烧开水要等十分钟。她是怕我久等了才这么说。我说，包面要超大份的，料要多要足，少了不给钱。她抬头瞄了我一眼，眼神似乎在表达这个人真怪。也是，现在很少能碰到像我这么饥饿的人。

十分钟太难熬了。我去冰箱里拿了两瓶可乐，这个时候可乐的气体填充到肠胃，会产生饱腹感。我随口问她，包面店每天都这么晚打烊吗？

她说，以前是晚上十点半关门，但是过了十点半，附近写字楼还有不少加班的人，他们也时常光顾店子，店主就说，正常关门之后，如果她还照看店的话，流水钱就与她平分。她说话掺杂方言，我没听懂，她又用不标准的普通话重复了一遍。

这店长太精了，要是没有客人光顾，你岂不是白忙活一晚上。

她摇头说，店长其实是个好人。

我问她是哪里人。

她说是湖南的。

我问她多大。她警惕地扫了我一眼。我赶紧解释说，我只是随便问一问，没有其他意思，如果介意的话，完全可以不用回答。她扑哧地笑了，说她今年已经二十六岁，出来打工十年了。

真看不出来她和我一般大，水灵的眼睛不见半点混浊。没过多久，满满一大碗包面端了上来。包面个算个，挨得紧紧的，香死个人了。我手快，夹起一个进嘴里，顿时烫得像抽筋的菜花蛇，扭成一团。

她见状，赶忙拿来一个小碗和一碟醋，用勺子把包面捞进碗里摊凉，再蘸着醋吃。她说，小时候父亲就是这样教她的。

我试了一下，果真见效。等我一番狼吞虎咽，吃得连汁都不剩，才发现，她正在专心致志地翻阅我带来的房产传单。

我猜她可能想租房，然后从包里拿出一个资料夹递给她说，你拿的是售房广告，租房看这个，我可以给你内部优惠哦。

她高兴得差点叫了出来，老板原来是卖房的，太好了，我正要买房。

买房？我反问了她一句。我并不是嘲笑她的职业，我每天要经手各种各样的客户，但是没有一个像她这样，通过在小餐馆里打工挣钱而买到房的。要知道买房这件事，除了意志力之外，还要考虑摇号名额、首付资金、购房资格、银行贷款等等，这每一项都不是一件轻而易举的事，以至让我有些不敢相信，眼前这个看起来柔弱的外地女子有这样的能力。

是。她坚定地回答说，她想在这个城市拥有自己的家，她的父亲也想她在城市有个家。

我说，你知不知道，现在的房地产有调控政策，不是所有人都能在这里买到房子的。我发现只要我一说话，她就一个劲儿地点头，像是听老师讲课的幼稚园儿童。我就不信了，我说的难道是什么惊天秘密。她小声地说，她知道外地人购房要两年的社保缴纳记录，两年前，她已经挂靠了一个皮包公司，多付一些钱给那边，帮她缴纳社保。

那银行贷款呢？

不，全款，这样就不需要担保人和担保公司了。她亮着大眼睛对我说，老板，看你是好人，可以在你那儿买房吗？

我笑着说，你从哪儿看出我是好人的，好人又没写在脸上。

她红着脸说，没人跟我说这么多话，也没有人相信我要买房，而你不一样。

有钱、有资格，买房这件事就好办了。我在惊愕之余，一口答应了她的请求，不仅是感谢她的那一碗馅料十足的包面，更重要的是她身上有一种东西吸引着我，让我想要弄个明白。

特朗普和金正恩握手的新闻又重播了一遍。饮品店的服务员明确告诉我，啤酒不可以续杯，我只好又继续续杯咖啡。我拿起手机，给小米发了一条短信，告诉她我会在饮品店等她到下班的时间，还提醒她出门别忘了带雨伞。

2

一个小时过去了，不算漫长的等待让喝咖啡变成了一件无聊的事，连带着与咖啡有关的事都变得令人生厌，于是我开始关注天气变化，毕竟冰雹不是常有的。我期待着从周边环境的改变中，捕捉一些有趣的细节，然而天空依旧，街道依旧，行人依旧，丝毫没有冰雹将要来临的迹象。

饮品店的玻璃门被推开了，我急忙回过头，来的人不是小米，而是我的客户闻女士。她一如既往穿着黑底白花边的旗袍，腰绷得笔直，尽管拿着一把长柄的黑色雨伞显得有些吃力，但是依旧昂起头颅。我立即走下吧台，伸手想去扶她一把，却被她用雨伞柄敲打了一下手臂。她睃了一眼我，说道，在以前，你这样的先生，没经过女士的同意，随便动手动脚，不绅士。

我反驳道，不绅士会怎么样？

会被揍的。闻女士说话中气十足，相比之下，她的腿脚一直不好，很少出门。我故意往下瞅了一眼，果不其然，由于长时间行走，她的双腿不由得打战。我便责怪地说，婆婆，这天要下冰雹了，你赶来干吗，要有个三长两短的怎么办？

闻女士故意不理我，慢悠悠地坐上长椅。我怕她的耳朵聋，又大声说了一遍。

她没好气地说，那么大声干吗，她不聋，不要喊她婆婆，应当叫她女士；又说，我不是她的先生，她有个三长两短，与我有何关系。

闻女士经常提起她的先生，她先生是南方人，喜欢吃包面。

说到包面，还是小米做的包面味道最正宗。

那天我吃完包面，回到家之后，脑子里一直想着小米买房的事，我总感觉她要买房的意愿跟别人不同，不是为了投资，也不是为了户口，提到"房"这个字，她眼里会闪过一丝明亮，那种让人无法抗拒的坚定，像是刻进了她的骨子里，甚至一度让我产生一种错觉——她生来就是为了买房这件事。第二天我又重新回到包面店，打算询问她的购房设想，她却不在店里。一打听才得知小米一天要打三份工，上午去附近小区做保洁，中午去旁边小学的食堂打杂，下午到晚上才在包面店干活。店主特意强调，这三份工作的时间衔接得太完美了，一分钟都不耽误，他还炫耀其他两份工作都是他帮忙找的。我才想起来，小米手上戴了一个大红色的电子表，还是一个比较有名的牌子，比她使用的国产山寨手机洋气多了，看来时间对她来说是很重要的。

我问店主，小米周末休息吗？

店主说，周六周日是客人最多的时候，怎么可能休息，她的休息日是周四，周四即便是店子着了火，她都不会来的。

那小米周四一般干什么？

她不说，鬼知道。

我又问店主对小米买房有什么看法，店主没吭声，默默走进了操作间，最后还是忍不住抱怨地说，他开店这么多年都没买房。

小米下午准时来上班，她听说我等了她一上午，一个劲地向我道歉。我问她的电话号码，方便以后联系。她刚写下号码，就被店主叫过去下包面。正值饭点，店里挤满了客人，她来来回回忙得不可开交，抽空端了一碗包面给我，说是请我吃的。我赶紧对她说，请她不要在意，对于房产中介来说，等客户是常有的事。她的脸更红了。她趁着人少的空当对我说，她想要买靠着江边的房子。

靠近江边的地段是最先开发成住宅区的，寸土寸金，早被高高矮矮的小区挤满了，要买的话也只剩下二手房，同样的价钱，新区刚开盘的楼盘会买到房型更好、面积更大的房子，而且升值的空间更大。她不干，坚持要买江边的房子，哪怕是二手房。

我见她如此坚持，猜测她可能是喜欢江水吧。有人喜欢山，有人喜欢水，个人爱好是不会轻易改变的。于是，我回到公司加班整理了一堆资料，帮她找了一套可以眺望长江的房子。

为了看房，她忐忑不安地向店主请了两个小时的假。我问她，请假店主会不会扣钱。她摇头说，不知道，除了每月十五发工资的那一天，店主一般不谈钱的事。她又说，其实跟钱没关系，这是她十年来第一次请假，她老觉得有些不安心。

我劝慰她生活总得尝试，毕竟买房是大事。

她连连点头说，至少要在房子里亲自体验一下，才能决定合不合适。

那是小米第一次和闻女士见面。闻女士一打开门，小米就兴奋地询问自己可不可以打赤脚。我知道小米定是想真切地接触房子。然而闻女士一听把门关上了，小米沮丧地低下头。我刚要敲门，门再次被打开，闻女士递出了一包湿巾。

小米机灵地接过湿巾，乐和地脱下雨靴，是的，是雨靴，她曾说，只要天气预报说下雨，她都会穿上雨靴的。刚好天气预报说这几天下冰雹，她没见过冰雹，干脆就当是下雨。小米把脚反复擦干净，跳进了屋子里。闻女士也给我递了一包湿巾，我摆手不要，从包里拿出了棉布鞋套，干中介这一行，谁不随身带个鞋套。

闻女士的房子大概只有七十平方米，一个人住也够。地面铺了褐色的实木地板，家具都是中式的，有冰箱空调，但是没有电视机，桌上摆放了一个七八十年代的箱式收音机，屋子的所有墙面都装有书架，一边塞满了书籍，一边摆满照片。

小米站在玄关，一直盯着闻女士。

闻女士手一甩说，你自己参观吧。小米才走进屋子，她完全没有了之前的拘谨，像是房子的主人似的，飞来飘去，瞅瞅看看，既不听闻女士的介绍，也不听我的意见，自顾地欣赏，完全不理会我们，等她折腾累了，干脆就躺在地上，闭着眼睛，难得露出了微笑，我看她大概想到了什么好事。

站在一旁的闻女士板着脸，想说什么，却止住了口。我这才发现，即便在家里，闻女士也穿着旗袍，别上胸针，打扮得整洁光亮。我歉意地对闻女士解释，小米是喜欢上了你的房子。闻女士嗯了一声，说她看出来了。

小米指着书架上的照片问，婆婆，你之前是跳舞的吗？

我仔细一瞧，书架上都是闻女士跳舞的照片，跳的还是芭蕾，踮着修长的腿。她跟年轻时候的模样没怎么变，在当时可谓是一等一的美女。

闻女士拉着脸说，没规矩的丫头，什么婆婆，要称呼为女士。

小米说她从来没有看过跳芭蕾舞，只在电视里面见过，可美了。

闻女士叫小米别这样看她，她是不会当我们的面跳的。

忽然，小米发现了什么，她飞快地跑过去，拉开黑色的窗帘，蜿蜒的长江显现在我们的面前。小米用力地推开窗户，江风吹拂着她的额发，她顺势趴在窗台上，凝望着长江。

闻女士说，她很少开那扇窗户，靠着江，风大，她的关节怕风，一吹就疼。

小米问她，是因为这个，所以才要卖掉房子？

闻女士叹了一口气，转过身，走到桌子前，无意识地抚摸几下收音机，然后小心翼翼地按下播放键，一曲悠扬的钢琴曲响起。她坐上太师椅，淑女般地缓慢吐字。她说，要不是因为风湿，她倒想在这房子里住到死。这房子是利用她先生的抚恤金买的，所以她觉得房子的角角落落都充满了先生的气息，而从不感到孤独。她还有一个女儿，差不多比小米大上一轮，在城中心买了将近两百平方米的房子，她每个月要帮女儿还房贷。她的那一点退休金差不多都塞到那套房子里了，平日开销用的都是先生留下来的积蓄，存折上的钱也快用完了，日子过不下去了，她才想着把这套房子卖了，住到乡下的养老院，那儿的床位费便宜。

小米紧着问她，这些情况怎么不跟女儿说？

闻女士指着长江说，你看水都是往下流的，这世上就没有往上流的水。女儿怪父亲走了，一分钱都没留给自己，所以要从她这里获得补偿。即便是母女，话说多了总会产生嫌隙，涉及房子啊、钱啊，就是更复杂的一件事，还不如不说。

小米一声不响地听着。

闻女士走过去扶着小米的肩膀说，她就是还贷还到死，都还不完城中心的那套房，房子的事要看开一点。她安慰小米说，这个世道就是，有人有几套房子住，有人有一套房子住，有人没有房子住，没有房子住的人也会活得好好的。

小米明白闻女士的意思，推开她的手说，自己一定要买房。

饮品店播放起了轻音乐，闻女士心情很好，她点了一杯奶昔，又点了一些甜点。她说今天她请客。

我说，小米没有决定买哪一套房，不一定是你的那一套，到时候让你失望了，当着面还会尴尬。

闻女士笑着说，她失望无所谓，都失望惯了。

喝咖啡喝多了，嘴里生苦味，趁着闻女士请客，我将咖啡换成了生啤，一口喝一大杯，舒畅极了。我对闻女士说，你猜小米在遇到我之前，她自己有没有去售房中心咨询过？或者去样板间看过房？

闻女士凝重地说，小米是那种看起来容易被忽视的人，无论在什么地方都容易被忽视，即便是我们，也曾无意识地忽视她，她去过和没去过又有什么区别。

我点了点头，不过，小米的包面真让人印象深刻。

闻女士摆手说，小米做的包面是她吃过第二好吃的，最好吃的还是她先生做的，你是没吃过，那味道真不得了，太好吃了。

3

天色明显暗了下来，街道上的行人终于发现了天气异常，加快了脚步。明明不知道发生了什么，却对此感到恐惧。闻女士觉得他们的样子有些搞笑，他们不知道今天会下冰雹吗？

我说，你连电视、手机都没有，怎么会知道要下冰雹？

闻女士瞟了我一眼，问我知不知道有广播这种东西？她是听广播里的天气预报，才晓得今天要下冰雹，最近广播里的小姑娘的声音特别好听，她敢打赌，那姑娘一定是谈恋爱了，不然说的话怎么会那么甜。

说话工夫，张太太走了进来，她穿着一身鲜艳的运动装，烫了一头金黄色的卷发，一见着我就大声喊，小米来了吗？

我回答说，小米还没回复我。

她炸着嗓门说，你看新闻没有，特朗普和金正恩握手了！

我说看了，不仅看了，还看了好几遍。

她说，既然看了新闻怎么还不行动啊，亏了你还是房地产行业的，一点都不敏感。

我莫名其妙地笑了，问她是不是有什么大动作。

她笑着说，当然要去丹东炒房，丹东的对面就是朝鲜，美朝关系缓和了，朝鲜全力发展经济，那丹东凭借地理优势会成为第二个深圳的，你看看现在深圳的房价多高，迟早有一天丹东比深圳的房价还高，趁现在买房，赚不死你。

我笑她怎么还不去。

她悻悻地说，从这里飞丹东要转机，网上的票抢购一空，她老公弄票去了。

张太太瞧了一眼旁边的闻女士，嘱咐说，待会小米买房的话，不要跟她争，她等着现钱急用。

闻女士理都没理她。

去看张太太房子的那天正是星期四。小米背着书包，提了两个小袋子，里面都装了包好了的包面，她说一袋送给我，感谢我辛苦帮她找房，一袋顺路给闻女士带过去，她极喜欢吃包面。

我毫不推辞地接过包面，放进公文包，这确实是个好东西。我对小米说，之前我们公司带过很多客人去看过闻女士的房子，闻女士一一拒绝了，但是，闻女士说挺喜欢你的，愿意把房子以优惠价卖给你。

小米嗯了一声，她的房子我挺喜欢的，我还想再看看。

看房当然没问题，买房就是要多看看，只不过今天是星期四，听店主说星期四，你一般有事，坚决不肯加班。

听我这么说，小米扑哧地笑了，那带你体验一下过星期四。

我们在附近的公交站上了车，一直坐到终点，又寻找下一辆公交，从起点坐到终点，再寻找一辆公交，就这样一直重复着坐公交。小米每次都会选择坐公交的倒数第二排靠着窗边的位置，她会一直望着窗外，这座城市的高楼大厦、商埠街道、来往车辆，甚至连外国品种的宠物猫狗都深深吸引着她。

我问她，在看什么？

她说在存储这座城市的记忆，平时低头包包面，都不知自己生活在什么地方，只有这个时候，她才能平视这座城市，真实地感觉到自己是生活在这座城市。

一直到傍晚，我们才从公交车下来。小米说，这是第一次有人陪她坐公交。

我说，如果可以的话，我还会陪她坐的。

她说，上次过中秋节，婆婆特意邀请自己去家里吃月饼，那也是她第一次在这座城市拜访别人。她学我，买了一双棉质鞋套，是熊本熊的图案。

你不早说，我公司里有一大堆，可以送你几双。

她却说，还是自己买的用得舒心。

我们到张太太家的时候，她一边开门一边嗦着泡面，小米刚想问，能不能打赤脚，只见屋子里铺的是廉价的水泥砖，墙皮大面积脱落了，除了一张床垫，一件家具都没有，床垫上摆了两台苹果笔记本，旁边就是整箱的泡面和啤酒。

张太太笑着说，炒房族就是这样，买下的房子，不知道能住几天就要抛出去，所以装修就简陋了一点，但是这房子视野开阔，看长江最好不过了。

小米坚持套了鞋套才走进屋。她问张太太为什么不点外卖，天天吃泡面对身体不好。

张太太说，没事，吃惯了。像她们这样炒房的要还高额贷款，所以过了信用卡的还款日，生活就捉襟见肘，也就吃得起泡面。

你们炒房应该挣了不少钱。

张太太说，的确挣了不少，但是总想挣得更多，挣的钱又拿去投资了，反正她是见不得银行卡上有大笔余款。等在武汉和长沙的那几间房子抛出去了，日子会好过多了。

小米似懂非懂地望着张太太。张太太拉着小米的手说，所以你这么年轻出来买房是正确的选择，房子以后绝对会升值，再卖掉房子来变现，再买，再卖，你的钱也就越来越多了。

小米说，房子难道不应该成为家，一直住下去吗？

张太太哑然无语，她也回答不了，她若有所思地回过头，围着房子绕了一圈，眼睛红润地说，其实，这套房子是她和老公买的第一套房，她也有点舍不得。当所有人都在做这件事的时候，而且还有利可图，你不做，你就是傻瓜。

谈话的气氛愈显尴尬，我赶紧打开阳台的梭门，喊小米出来看看阳台。晚上的长江静如处子，而江边繁灯弥漫，连江堤上的树木都挂上了五颜六色的彩灯，像是一棵棵火树，呈现出一片荣华的景象。我也很久没有欣赏江景了，生活的重心一直都在工作上，即便偶尔空闲，也只是躺在家里睡觉、玩网游，仿佛忘了自己生活在长江边。我又骤然想起，当年在长江边一起玩耍的小伙伴们成年之后就很少联系了，他们过得还好吗？正如网络上说的，人成年之后，就很难找到一起激情澎湃的朋友。我以前一直在怜悯小米的孤独，今天才发现自己竟也如此孤独，至少今年的中秋节，小米有人陪她，而我是一个人过的。

小米问，这套房子是坐北朝南的吗？

我回过神，望着她，这是我第一次仔细打量她，她没有梳马尾辫，而是盘了一个我叫不出名的发型，在大学校园里非常流行，她还戴了一对银色的耳饰，这表明她在出门前，精心地梳理打扮过。我回答说，是的，沿江的房子都是坐北朝南。

她说，真好，她父亲说坐北朝南的房子冬暖夏凉，是最好的。

你父亲？这是小米第一次提到她的父亲，我一直以为她是独自一人在这座城市打拼。

小米说，嗯，你看这些灯亮起来之后，把高低起伏的房子照得多好看。

的确，白天看不出来，晚上在灯饰下才显得繁华一片。

小米说，知道吗，这些房子大多数都是我父亲做的！

嗯？她这话出乎我的意料。

她见我疑惑，赶紧说，不是那种表示"拥有"的"做"，而是那种实实在在的"做"。父亲是二十年前进城务工的农民工，他做的是水泥匠的活儿，就是在一块砖上抹上水泥再放上另外一块砖，他的动作熟练，效率高，因此每天比别人多二十块钱的工资。小米又说，父亲常常坐在工地的高处，凝望江边的夜景，父亲说江边的房子在夜里最好看。在农村代表落后，在城里代表先进，父亲就是这个老观念，老说城里好。水总是往下流，所以父亲希望她能留在城里，在城里安家，成为城里人。

我安慰她说，你在这里工作十年，你已经是这里的人了。

小米坚决地说了一声不，父亲认为只有住上这里的房子，才能成为这里人，她也是这么认为的。

我问她，你父亲现在在哪儿呢？

他死了，死在工地上了。小米说，那天正是周四，她得知消息后，立马赶了过去。她也不知道父亲是怎么死的，工友们什么都没说，在殡仪馆见到他的时候，他已经血肉模糊，辨不出容貌。

我听到这些事，我的心情一下子变得很糟糕，原来小米一直有心事压在心头，她却表现出若无其事的模样。我也不知道怎么去安慰她，更不敢去看她的眼睛，我猜她一定强忍着泪水吧。我忽然想起，公文包里还有包面，于是提议煮包面吃。张太太是第一个赞成的，她赶紧将手里的泡面丢进了垃圾桶。

由于张太太连厨房都没有，小米只能用电水壶煮包面。我把纸箱摆成桌子形状，再铺上一层报纸。张太太拿出了几罐啤酒和一大袋乌江榨菜。我们每个人还喝了一点啤酒。那一顿包面我感觉三两口就吃完了，但是余味却存留了许久。

外面刮风了，饮品店的服务员把竖立在店外的广告牌收了进来。

张太太小声地对我说，饮品店的生意怎么这么不好，只有我们几个人。

我说，在你们没来之前，就我一个人坐了一下午。

她咂巴着嘴说，实体经济不行，你看到处生意都不好做，还是投资房产安全。

4

已经快接近下班的时间了，小米还没出现。天也越来越暗了，冰雹似乎随时都可能落下来。即便是张太太也没有表现出一丝焦躁，她说大不了搭下一趟航班。大家都耐心地等待着。闻女士不安地说，不知道小米带伞了没有。张太太接着说，冰雹打在身上可痛了，她试过一次，再不想试第二次。

我从公文包里拿出了三份合同摆在桌子上，除了闻女士、张太太的房子，还有一位男士的房子也被小米看中了。

张太太好奇地把资料拿过去一看，刚看到身份证上的照片，乍然气愤地站了起来，指着我说，你怎么能带小米看这个渣男的房子。

我吃惊地问她，你认识？

张太太说，何止她认识，整个小区的人都认识，限购之后，这个渣男骗他老婆假离婚，说是买第二套房升值。他老婆真信他的，离了婚，把财产全部转移到他的名下。他立马翻脸，当是真离婚，再也不理他老婆了。这渣男为了吃干抹净，现在肯定想着要把财产变现带走。

闻女士也接过去看了一看，房号写着1404，数字太晦气，这套房正好位于她家的对面，听附近邻居说房子里闹鬼，虽然她不信鬼神之类的，但是总归是不吉利的。

张太太接着说，她也听说过，好像是当初建房子的时候，有工人从这间房的阳台上坠落，摔死了，有血光之灾的房子肯定没人要，开发商以六折的低价才销售出去。

这套房子不是我选的，而是小米主动要求的，因为时间仓促，我还没了解到这套房子背后有这么多故事。我乍然打了一个冷战，立马打断了他们，或许这位渣男的房子才是小米最中意的。我一说完，她们目瞪口呆地看着我。

昨天，小米打我电话，邀请我去她家吃饭，为了感谢我连日来为她跑东跑西。我很意外，她从来没有提及她住的地方。但是我记得闻女士曾对她说过，请人去家里吃饭是对别人的最高待遇。我猜自己可能是小米第一个邀请去她家吃饭的客人，实在不好意思拒绝，就答应了下来。她说的那个地方在郊区，等我乘坐一个多小时的出租车到约定地方的时候，小米已经站在路灯下，扶着电动车等我。

我问她等了多久，她说没一会儿。我见她一直看表，肯定等了许久。我说骑车载她，她不肯，说我好不容易来一趟，让我安心坐着。就这样我缩着脚、不协调地坐在后座上。她一个劲儿地抱歉说委屈我了。我环顾四周才发现这儿居然是全市有名的"鬼城"，因为开发商资金链断裂，这片房子建设到一半，老板就跑路了，未完工的建筑全都荒了起来。

你住这儿？

嗯，这个地方还是我父亲发现的，不用交房租，而且房子够大。

你不怕吗？

不怕，父亲说我"狗胆"包天。

小米在一幢美式别墅前停了下来，熟练地将电动车推进车棚。房子安装了木门和木窗，门前还上了一把铁锁。

　　一进门，房间里点满了蜡烛，小米说这儿还没有通电。两张巨大的蓝白色窗帘飘扬着，墙壁上贴满了各色的画纸，在烛光的照耀下，五彩缤纷。与我想的完全不一样，这儿不仅桌椅、沙发一应俱全，还有两个书架，上面摆满了盆栽，有兰花，有铜钱草，还有一些多肉，温馨得像是家，不，就是家！我不由得赞叹，这装修极具艺术感。小米笑着将我引向了长餐桌，上面摆满了大大小小的菜碟，红油油的，看样子都是湖南菜，对于喜欢吃辣子的我，按捺不住想要动筷子。

　　小米用手机放了一段音乐，我听出来了，是闻女士家收音机播放的音乐。小米跳了几个芭蕾舞的动作，说是闻女士教给她的。闻女士说小米很有天赋，并答应了她的请求，正式教她芭蕾舞。

　　跳完舞之后，小米举起酒杯，敬我一杯酒。我尝了一口，是度数非常高的谷酒，刺喉又上头。小米说这是店主从老家带来的自酿酒，她好不容易从店主那儿讨来的。我又喝了几杯，酒正酣的时候，小米猛然想起什么，说给我看一个重要的东西。她小心翼翼地捧出了一只铁盒子，使劲地撬开，里面装有两张纸条。她抬头，眨巴着眼睛问我，如果有房子就有家了吧？

　　我惊讶地盯着小米，不知道她的话是什么意思，慌张地说，没房子也会有家吧。

　　她说，在父亲出事之前，工地上已经有一名工友意外死亡，开发商赔了几十万，工友的儿子拿这笔钱在乡下修了三层楼房，还娶上了媳妇。小米递给我一张欠条，落款和印章都是某公司，巧合的是这某公司正是开发这片"鬼城"的开发商。

　　小米又递给我另外一张纸条，上面画着歪歪扭扭的线条，串连成几个歪歪扭扭的大字："米，爸和妈会右你的"，"右"字面意思应该是"保佑"，在老家，只有死人才会用上这些字眼。她说，这是在殡仪馆从父亲的口袋里找到的。

通过这张纸条，我突然在逻辑上建立了联系，产生了一个惊人的想法：赔偿款对于她父亲来说，是苦巴巴做了一辈子都挣不来的数目，与其这样，还不如直接拿命来换。所以，那次工地上的事故是人为的。这个想法吓得我扔下了筷子，灌进了一大杯酒。我想她父亲的眼里定有一片繁华的灯火。

小米忍着泪水说，工友们都不愿跟她说父亲是怎么死的，他们像商量好了一样，声势浩大地包围了开发商的办公室，找老总讨要说法，老总不给说法就找政府去。

你拿到钱没有？

父亲出事刚好在开盘前一天，工地还拖欠了工人的工资，新闻一出，事就搞大了，政府的领导三番五次来督查整改。老总没有还价，当即答应了赔偿金额，只不过保险柜里一分钱都没有，银行账面加起来也只有八九十万现金，实在没有办法，于是有人建议让老总打欠条。工友们让小米拿现金，她不干，说自己的欠条只有一张，工友的欠条要打一百多张，太浪费纸了，她坚决要把现金先分给工友，自己留着欠条。

烛光闪烁，小米认真捧着欠条，老总说他资金紧张，这笔钱要在三年后兑现，明天就满三年了，她去找老总把钱兑了，再订下房子，算是给父亲一个交代。

那一刻，我觉得小米捧的不是一张欠条、一张轻飘飘的纸，而是一份生死契约。小米笑着说，在这座城市，自己终于有了一个家。如果有一张父亲的照片就好了，冲洗出来，可以挂在家里，让他也看一看，高兴高兴。

我又仔细打量了一遍那张欠条，竟一个字也说不出口。

那餐饭我不知道是怎么吃完的，也不知道是怎么回的家，我只知道在路上我给家里打了一个电话，问老妈打牌输钱没有，问老头子有没有因为鸡毛蒜皮的事跟人吵架。他们一个劲儿地催我找女朋友。我说大城市不好找。他们又说要准备给我在城市里买房。我的心咯噔一下，只得说暂时不用，现在还早呢。通话虽然只有几分钟，我却像说了许久似的。

我想或许我能做的就只有这么多。

5

天气骤变，饮品店被乌云罩着，没有一个人说话，安静得听见外头呼啦啦的风声。我看了看手机，早已过了我的下班时间，我们又不约而同地再等了几个小时。

突然，门外发出砰砰声响，我们以为小米来了，欣喜地回过头，只见冰雹哗啦啦地落了下来，敲打着世间的一切。

公鸡神甫

1

　　我在民建街的尽头遇到了阿诺。那个地方我不常去，只是小暑刚过，易记的凉面上市了，经不住嘴馋，赶去排队尝个鲜。阿诺排在我的前面，是她先发现我的，挥手大声喊我的名字。一年前，我参加了她的婚礼。她故意把手捧花扔给了我，周边的人跟着起哄。我站在那儿忽地不知所措，就顺手将花束送给了离我最近的伴娘。幸好那位伴娘收下了手捧花，解了我的尴尬。自婚礼之后，我就再未见过她了，看她样子——身材微微发胖，应该过得不错，只不过大清早的戴了一副墨镜，特别显眼。

　　我说请她吃凉面。她不干，抢着买单。我原本要在凉面中加卤牛肉和卤干子的，见她破费，只好点了一碗素凉面。她问我加不加别的。我说多加点生黄瓜。黄瓜是免费的。我们坐在路边的小板凳上，将碗放在高一点的塑料凳上，城管没来之前，这么吃是最舒服的。开始我俩都没说话，埋头嗦面。她给我夹了满满一碗生黄瓜，吃得太水气了，于是我喊老板加点醋，老板让我自己去加。她听了，赶紧跑过去，把醋瓶拿过来，给我添了一点醋，也给自己的碗里添了一点。

　　阿诺凑过来问我，是不是有人在瞅她。

我左右一看，的确。来来往往买凉面的都有意无意瞅她一眼，要怪就怪那一副墨镜。我对她说，你这行头，别人不瞅你才怪。

阿诺说自己刚从医院出来。她刻意望了一眼放在一边的塑料袋，里面装了六盒眼药。

我问她怎么了。

她摘下墨镜，尝试着眨眼睛，说道，虽然还有针刺般的疼痛感，但是比之前好多了。医生跟她说，幸好及时来看诊，晚几天的话，后果不堪设想。

我看了看她的眼睛，除了厚厚的黑眼圈，没什么异常的。

阿诺接着说，这一袋子药五六百呢。五六百可以买一个山寨的纪梵希手提包，还附赠一大瓶温州产的法国品牌香水，瓶子是仿制的，香水的香味却是那个正宗的奢侈味。她曾在泰国机场的免税店闻过。好闻，一闻就记住了。

我说，眼睛没啥毛病就好。

阿诺说，在没有医保的情况下，只看一次门诊，那相当赚了。只不过医生告诫她，这一段时间不能看电子显示屏，手机、电脑通通不能玩。

我说，眼睛有问题多半是电子产品玩多了。

阿诺说，现在的年轻人谁不玩手机，连庙里的和尚都从淘宝上买香和黄道纸。给她送快递的小哥天天抱怨说，公司里那些奇怪的单子总是派给他。骑三轮车到山上寺庙送货是最划不来的，路远，还耽误时间。他吃了老大的亏。

我继续嗦着凉面。阿诺也继续嗦着凉面。她猛然抬头，问我，看过网上的公鸡没有？

我不懂她的意思。

她双手在空中比画，就是那种红冠，拖着长长尾巴，咯咯打鸣的公鸡。见我满脸惊讶，她欲言又止，埋头大口大口地吃面，每一次咀嚼都很用力，像是跟凉面较上了劲。

我放下了碗，问她到底怎么了。

她说她也不知道怎么了。我们继续吃面，直到旁边的顾客吃完了、走了。阿诺纠结了一会儿，还是开了口。

起先，阿诺没有觉得不正常。她每天下班，就去公司旁边大厦的厅堂等她老公。她老公比她晚半个小时下班。两人结伴回到出租屋，要么下点鸡蛋面，要么就点外卖，总归吃个简单的晚餐。吃完之后，两人就一起打游戏。从晚上八点一直打游戏打到凌晨。到点了，睡意就来了，最后洗澡睡觉，一天就这么过去。其实，过得跟没结婚的时候一样。

阿诺跟我讲这些事的时候，她有些不相信自己每天过得这么无聊，于是把记忆重新捋了一遍。每天的确是这么过的，除了有新的游戏上市，她和老公会激动得睡不着觉，他们从来没有打破这个生活规律。要说怪事，她记得有一天她婆婆突然打电话过来，先是嘘寒问暖，说是最近流感挺严重的，要多喝番茄汤，多吃蔬菜，补充维生素，然后话锋一转，婆婆说她昨晚做了一个梦，梦见了一个小孩，是个男孩，绕着她跑来跑去。婆婆说到这里就止住了。她也觉得婆婆做了一个奇怪的梦，她就当作玩笑话听，嘱咐婆婆睡觉前最好泡个脚，消消乏，肯定能睡个好觉。当天晚上，她起夜的时候发现了老公的诡异行为。

阿诺记得那天是同事聚会，为了庆祝什么事她也忘掉了，只记得自己为了赖掉份子钱，多喝了几瓶啤酒装醉。她每次都是这样，只是这次她没想到，喝的是新疆的乌苏啤酒，纯度高，后劲足，自己真的给喝断片了，被同事抬回了家。这中间的过程她全然不知，到了半夜，她被尿憋醒了，习惯性地回手一掏，发现老公并不在床上。她以为老公上厕所了。她顶着酒后的头痛，从床上艰难地爬了起来。忽然听见厕所传来吱吱的笑声，那种爽朗的笑声让她起了一身鸡皮疙瘩，立马就醒酒了。阿诺心想：老公平常都是苦着老脸的，大晚上怎么嘻嘻哈哈的。她脑海快速闪过一个念头——老公和别的女人聊天，甚至可能是网上传的那种不正经的聊天。她想到这儿，血一下涌上了头，于是生气地冲进厕所，一把夺过老公的手机。

老公吓了一跳，坐在马桶上直愣愣地盯着她。

阿诺拿着手机仔细一看，居然是一张奔跑的公鸡的图片，那只公鸡除了尾巴短了一点，也没有什么特别的。她狐疑地望了老公一眼。老公从惊吓中找回了理智，板着脸，酝酿完情绪之后，大骂阿诺是不是没有脑子，大半夜这样冲出来会把人吓死。

阿诺不信邪，她把老公的手机里里外外翻了个遍，没有找到任何蛛丝马迹，却发现老公手机相册里存了上百张公鸡的图片。有踢足球的公鸡，有下蛋的公鸡，有站立在鹤群的公鸡，还有秃了毛的公鸡，仿佛一大群千姿百态、神情各异的公鸡伸出头，直愣愣地盯着阿诺。阿诺吓了一跳，回过头，狠狠剜了一眼老公，问道：这都是什么鬼东西？

老公回瞪了她一眼，一把夺过手机，大声地说，看公鸡犯法吗？！没见人家正在上厕所呀，你赶紧出去。

阿诺管不了那么多，借着酒意，发疯似的揪着老公的头发骂道，你个王八蛋，你是跟公鸡过日子吗！你怎么不存一张我的照片，居然连一张我的照片都没有……

阿诺正说着，城管的面包车就开了过来，车里的人没下来。食客们纷纷识相地端起凉面，站了起来。老板蹿了出来，熟练地将大凳子和小凳子摞成两捆，塞进靠墙的角落，然后继续回去煮面。城管是掐着时间来的，这个时间点吃凉面的人潮渐渐散去，不耽误老板做生意。一切看上去那么和谐。

我和阿诺放下碗筷，面对面安静地站着。她的话似乎还没说完。我说，今天的凉面挺好吃的。她说她只请两个小时的假，还要赶回公司上班。我邀请她下次带她老公一起来我家玩，其实我住的地方离她家不远。她说，行，有空再联系。

2

七月半是鬼节，前一天祖母嘱咐我一定要吃一枚地菜煮元宝。元宝就是鸡蛋，寓意着圆满。我猛然想到，不管过什么节，祖母都会让我吃元宝。其实我是不太喜欢吃鸡蛋，特别是煮鸡蛋，蛋黄又干又粉，难以咽下。祖母怕我不吃，吓唬我说，不吃元宝，小心小鬼找上门来。听了祖母说的，我还真有点犯怵，一大早就起床煮鸡蛋。这时阿诺打电话给我说她在我家小区门口。她是和老公一起来的。我下楼迎接他们。阿诺手里拿着几个纸莲花，说是快递小哥送包裹去寺庙的时候，和尚特别送给他一堆纸莲花，他见人就分几个。

我接过来一看，纸莲花中间有蜡台，点上之后可以放在河流之上漂浮。我对阿诺说，好像没有听说过我们这儿有这个习俗，你家过七月半难道不就是吃个地菜鸡蛋吗？

阿诺说寺庙的和尚是外地请来的，过节是五花八门。她上次去寺庙说方言，那里的和尚根本听不懂，只顾着念经。我说菩萨能听懂就行。阿诺扑哧地笑了。阿诺的老公小杰站在她的身后，摸着后脑勺，不晓得要接什么话。

我给他们沏了一壶瓜片。我不懂茶，也很少泡茶。只听过祖母说，泡茶没有巧，杯盖盖得早。所以我泡茶，一般就是在壶里放进茶叶，冲上滚烫的开水，趁着热气还没冲出来，赶紧盖上盖子。

阿诺见我动作笨拙，笑我假把式，越活越油腻，小小年纪却像老干部似的喝上了茶。我说，咖啡也有，只不过按照我们这儿的风俗：有贵客来要泡茶。你们这第一次来，我当然要做好礼节。

阿诺怪我见外了。小杰喝不惯茶，茶杯都没碰，问我有没有冰可乐。冰箱里的可乐刚好喝完了，我问，要矿泉水吗？他说，只要是冰的都好。

电视机柜子上面有一件公鸡陶瓷，阿诺目不转睛地盯着那只公鸡。那是我去景德镇旅游的时候买的，当时想买一套茶具，无奈行李太多放不下，只得挑一个陶瓷小摆件当作纪念品，随手挑了那只公鸡。阿诺对小杰使了一个眼色。小杰全然不理会阿诺。阿诺又喊了小杰一声。小杰只应了一声，再也没有其他反应，似乎那只公鸡勾走了他的魂。阿诺骂了小杰一句，生气地坐回沙发上。

我坐到阿诺的身边，劝她尝一尝我泡的茶。

可能是因为茶水太烫了，阿诺端起茶没有喝，她看着水杯里翻腾的茶叶，说道，上次跟你说的事还没说完呢。

那事我记得，你不想说可以不说呢。

阿诺神色凝重地说，事情没有她想得那么简单。

回到最开始，阿诺与小杰是毕业的那一年在网吧里认识的。那个网吧她记忆犹新，虽然装修破旧，好在斜对面有一家派出所，蓝色的警徽给她带来了足够的安全感。阿诺说，在认识小杰之前，她没有谈过恋爱，甚至没有关系比较好的男性朋友，只是听说哪个男生是渣男，她会偷瞄一眼别人，看一看渣男到底长啥样。渣男都挺帅的。那个时候，她觉得自己有可能一辈子都不会结婚生子，就这样一个人过日子，终老一生。阿诺忽然转身问我，你有没有看过电影《伊丽莎白女王》，在豆瓣上很火，讲的是英国女王伊丽莎白一世。女王一生未嫁，最后嫁给了她的王国。

我摇头，我很少看影视剧了，有点空闲都耗在刷抖音上。我喝了一口自己泡的茶，茶味有些淡，可能是茶叶给少了。

阿诺再三提醒我要去看一下那部电影，特别好看。我答应了。阿诺又继续说，她没想到，在遇到小杰三个月之后就成为他的合法妻子，小杰告诉她，到了什么年龄就该做什么事。那种感觉就好像火车变轨，生活忽然按照另外一个轨迹进行。当时还不觉得，现在回想起来，对那时稀里糊涂做的决定会吓一跳。

这时，小杰回过头看了我一眼。我以为他对我有话说，连忙起身。其实他根本没有听阿诺在说什么。他只是问我，可不可以把玩一下陶瓷公鸡。我答应了。他立马笑了起来，像个孩子似的，小心翼翼地捧起公鸡，细细把玩。

阿诺见状，更生气了，指着小杰的背影说，关于结婚她之前还有些纠结，也没完全想通，是小杰再三向她保证：结婚后的生活完全不会改变，既不会要求她做家务，也不会强迫她生孩子。她反过来想，结婚就是两个人在一起，可以一起打游戏，也没有什么不好，于是就那样结婚了。但是她始终想不通小杰到底看中她哪一点，非要和自己结婚。

我见小杰玩公鸡玩得开心，总感觉哪里有些不正常，便起身走到小杰的身边，问他为什么对公鸡那么着迷。

上瘾了，他对公鸡上瘾。小杰没说话，阿诺抢先说了。阿诺继续说，小杰平时上班生活什么的都很正常的，只要工作压力大了，或者心情不好，他就拿起手机翻公鸡的图片，即便是在公司，也常常躲在厕所里看公鸡。小杰自己曾对她说过，一看公鸡的图片，瞬间全身就放松了，如同吸毒了一样，越看越兴奋，产生了一种奇怪的幻觉，仿佛一只只千奇百怪的公鸡排着队表演节目，以此来取悦自己。他很享受这个过程。

我当阿诺开玩笑的，便说，小杰玩那个公鸡真认真呀。

阿诺故意提高声音，大概是想说给小杰听。阿诺说，他这么奇怪，送他去诊所看过心理医生。医生说，比起吃药片，看公鸡图片就能让他摆脱烦心事，那应该是一件幸运的事，先观察一阵子再说。

正在这时，锅里扑通扑通地冒着水花，鸡蛋煮好了。我给小杰拿了一个鸡蛋。小杰把公鸡摆件放回了原处，一板一眼地问我，阿诺背后是不是又说他得了"公鸡病"。

我笑了笑，没有理他。倒是小杰说自己是 211 大学毕业的，又不是智障，什么事都看得通透。他又跑过来跟我耳语说，告诉你，其实我拥有一双防抖的鸡眼。

我哈哈大笑。于是问他，我家的那只公鸡怎么样。

他说是一只假公鸡，具体来说，是一只母鸡装的公鸡。他一眼就看出来了。他跟那只公鸡陶瓷对视那么久，其实是骗它的，逼着它先认。他说，一开始他就知道那是一只假公鸡。

小杰这么说，搞得我完全不知道说什么，于是问他学什么专业的。小杰没有回答我，而是要了一碟酱油，蘸着酱油，两三口就把一整个鸡蛋吃了。他说他喜欢吃鸡蛋，无论刮风下雨，他一天吃两个鸡蛋雷打不动。

我说，吃鸡蛋才好，身体很健康。

没一会儿，小杰的注意力转移了，开始刷手机，看各种公鸡的照片。我和阿诺则聊了很多以前学校的事。我记得的事，她都不记得了；她记得的，我却忘记了，但是事还是那些事，或多或少有些遗憾。

阿诺建议晚上一起去放纸莲花，还可以许愿。我拒绝了，我晚上还要去老年大学讲思想政治课，他们一个月才四节课，缺不得。阿诺遗憾地叹了一口气说，人多才好玩。她特地望了一眼那只陶瓷公鸡。事后，我还清楚地记得阿诺当时的眼神。那一瞬间，她眼里闪过一丝亮光。

3

这个夏天一直到八月份才真正热起来。管道里的自来水都是热的。大家就跑到巷子里打井水。擦一把脸，或者是抹个背，那个凉爽劲，一下子就让人振奋了起来。大家再把西瓜扔进井水里泡一刻钟，捞起来切开吃，汁水像是抹了一层甜霜，好吃又解渴。等吃到肚子发胀了，走路能听见西瓜汁在胃里荡来荡去。打一个饱嗝，西瓜新长出来的藤蔓似乎迫不及待地要从嘴里伸出来。

祖母在老家种了一畦西瓜，个头大了。祖母肠胃不好，吃不惯凉性的食物，看着偌大的西瓜被山里的小娃偷去，她干着急，再三打电话催我回去吃西瓜。我本来想街上的西瓜很便宜，回去一趟专门拿西瓜，是够不上油钱的，已经拖了两次。祖母这次生气了，说地里就剩两三个西瓜了，她种瓜辛辛苦苦，看我连瓜皮都没舔到，心里不舒服。我拗不过，只好回家吃她种的西瓜。从街上到桔村有一段崎岖的山路，我独自开车不安心，正值周末，想着打电话喊阿诺和小杰一起去玩。出发的时候，阿诺来了。小杰却没来。阿诺说小杰打游戏脱不开身。我说，祖母家养了不少公鸡，他不是喜欢看公鸡吗？可以去农村看个够。阿诺说，没关系，她带了照相机，等会儿去多拍几张。阿诺急不可待的样子，似乎特别期待祖母家的公鸡。

318国道上，桦树成荫，难得一眼青翠，心情也跟着跃动了起来。一路上，阿诺抱着手机按个不停，我问她眼疾好了一些没有。

她简单地回应，无大碍。

我提醒她，还是不要在车里看手机，路上颠簸伤眼睛。

她不以为然地说，没事，带了一瓶眼药水，眼睛不舒服，随手可以涂抹一点。

我说，你不是没医保吗？

她一听这话，赶紧放下了手机，望向窗外。过了一会儿，风景看腻了。阿诺问我，喜欢公鸡吗？

我不禁笑了，为什么又是公鸡？

阿诺说，你见过公鸡昂首阔步地往前走吗？左一脚，右一脚，你不觉得很威风凛凛，雄姿飒爽吗！

我说，你是从哪儿学会这样的成语？以我对你的了解，如果你形容公鸡的话，你肯定会说，哦，这是一只公鸡。你难道忘了，你的作文老是得不了分，八百字的作文写不到八十字。

阿诺瞥了我一眼，她说她会的成语多得很。她现在每天早上起来，梳洗完毕，把家里打扫得干干净净的，然后和老公端坐在折叠椅上，通过微信群膜拜夸赞公鸡。群里每一个人要赞美公鸡至少十句，不能重复，而且要饱含深情，用最诚挚的心表达对公鸡的感谢。

我踩了一脚刹车，诧异地望着阿诺，你在开玩笑吧？

阿诺见我的反应，可能已经习惯了，没什么表情，反而自然地说：这有什么开不开玩笑的，事实就是事实，公鸡难道不应该被感谢吗！

我忽地不知道说什么，干脆歇息一下吧，于是将车开到了一块平坦的路面。对面就是一望无际的青山，可以听得见潺潺的溪流，却看不见河沟。阿诺安静地坐在一块石头上，望着这一片山水。你看，阿诺指给我看，山腰有一只白鹭，不，是一群白鹭。阿诺兴奋地说，要是一群公鸡在飞就好了。

能不能不提公鸡！

公鸡神甫

不能!

阿诺说,自从那日之后,她一直思考小杰和公鸡的事情。她感觉太不可思议了,公鸡已经打乱了她的生活。她都没有办法专注于上班、打游戏这种简单的生活节奏。于是她要反抗,决定去搞清楚公鸡到底有什么魔力让一个成年人沦陷。于是阿诺夺过小杰的手机,一张张翻着公鸡的照片,仔细查看。那些照片大部是网友通过图片编辑软件制作的夸张效果,不是给公鸡穿上滑稽的高跟鞋,就是帮公鸡画上奇怪的睫毛。阿诺心想:到底是一帮怎样无聊的人干出这种无聊的事。她越看,肚子越窝着气。突然,阿诺翻到了一张图片,手颤抖了一下,图片上是一只公鸡落在池塘里,鸡眼瞪得圆碌碌的,绝望地拍打翅膀,羽毛沾到水的那一刹那,公鸡像是飞起来了,她把图片放大,惊讶得直立起身子——那只鸡的状态和自己太相似了。正在这时,小杰凑了过来,他指着图片说,你看这只公鸡的羽毛多艳丽,羽毛丰厚象征着福气,它是死不了的,甚至会飞起来。

阿诺回过头,木讷地望着小杰。她想起第一次遇到小杰的网吧。那家网吧顾客不多,很清静,环境也很整洁。去了两三次之后,她就习惯待在那儿了。那天,她买泡面没有带现金,小杰碰巧在她的旁边,顺手帮她付了。阿诺连忙道谢。小杰只是笑着点头。两人就这样搭上了话。阿诺一边等着开水泡面,一边听小杰给她讲游戏里的情节。那个时候,小杰也是这么温柔地对她说话,说了很久很久。她早已不记得说话的内容,却对小杰的表情记忆犹新。那一瞬间,她被触动了。或许不是爱,或许就是爱,她管不了那么多,何况小杰长得像渣男。结婚之后,阿诺玩她的游戏,老公玩老公的游戏。虽然天天见面,但是说话的机会少了许多。她望着小杰认真地讲着公鸡图片的亮点,似乎又找回了初识的亲密。这时,她回过头来再打量那些公鸡图片。那不单单是

　　　　　　　　　　　　　　　　　　　　国境线上晴与雨　|

一张张图片了，公鸡仿佛都活了过来了，从图片上跳了下来，在她面前表演各种滑稽的把戏。她忍俊不禁，原来公鸡如此有趣。

阿诺本来还有所顾忌，后来上网一搜，发现像她这样的人还真不少。她这才稍稍安了心，认为这是理所当然的，于是更加大胆了。她突发奇想，成立了一个微信群，成员全都是迷恋公鸡的网友。她订了三条群规：一是群里只能发公鸡图片和赞美公鸡的话；二是每天早晚至少赞美公鸡十次；三是通过不懈努力争取让更多人喜爱公鸡，违者会被踢出群。她还给微信群取了一个名字——公鸡神甫，意思就是公鸡是他们的上帝。她在爱好者论坛上发布介绍公鸡神甫群的帖子，入群的网友不断增加。之后的日子她虽然忙碌，心情却变好了，精神越发饱满，干啥都不觉得累。很快阿诺被推举成为公鸡神甫的祭司。她被群里的网友需要和尊敬，这无疑是一件幸福而有意义的事。重要的是，小杰亲近她了。

阿诺平淡地讲完如同家里洗衣做饭那样的平常事。她回过神，目不转睛地盯着我看。我的头皮顿时发麻，生怕她拉我入群，赶紧说，我很喜欢公鸡，但是我不想被"传教"。说到"传教"，她扑哧地笑了，然后若有所思地说，你祖母家有荒地没有？

我疑虑地望着她，要荒地干啥？

阿诺说，自己跟小杰商量了，准备建一个养鸡场，养一群公鸡，真实的公鸡。

4

到了夏末，街上开始有人叫卖莲蓬，价格偏贵，销路并不好，卖了两天就不见了踪迹。时不时下一阵雨，气温也随之降了下来。祖母让我给她从淘宝上买一个手机壳，她用的是我之前换下的那个智能机，镇上一个手机壳二十块，她嫌贵，非要淘宝上九块九的。我给她买了几个，只不过快递不送到村里，只能是我先收货，再带回去。

快递小哥送来的时候，我发现他的三轮车的顶上绑着一个奇怪的盒子。我没问是什么。快递小哥见我好奇，主动说那是一尊黄檀木的佛陀造像，给寺庙送的快递。

我骤然想起阿诺曾经对我提起过某位快递小哥，但不知道是不是这位。我也不知咋的了，脱口而出，叫了一声公鸡。他怔住了，皱着眉头望着我。我又叫了一声公鸡。他茅塞顿开，笑着问我是不是认识阿诺。

上次回老家吃西瓜，阿诺说她为了拍公鸡的图片，辞职了，有的时候她也很惊讶自己的变化。我说，这肯定是你自身的原因，你越是想要对某些事一探究竟，越是容易陷进去不能自拔。她辩解说，不是我的问题，这个世界本来就是这样的。我摇头。她见我不信，掏出手机，翻出公鸡图片，让我去看一看那些公鸡的图片，能不能保证不会上瘾。

我犹豫了，我不知道我能不能上瘾，但是我知道这不是一件好事。阿诺也知道这不是一件好事，她说现在过得舒适，她就觉得挺好的。那一趟吃西瓜之旅，我一直措辞严厉地反驳她的观点。她明显感觉到了我的抵制和不解。之后我们有一阵子没有联系了。

在确认我和阿诺是朋友关系之后，快递小哥跟我说，那一片小区的快递都是他派送。之前每天都要送阿诺的快递，小到牙签、指甲钳、垃圾袋，大到衣柜、沙发、花架，她什么都在网上买。阿诺从来不去超市，尽管超市就在出租房对面。

我说我也是这样的，什么东西都觉得网上买便宜。

快递小哥一本正经地对我说，那说明你退化了，从人类退化

国境线上晴与雨 |

成猴子，这句话是阿诺说的，但是阿诺认为人退化后不一定是猴子，说不定就是鸡，鸡可以两条腿走路，这和人很像。

我笑着说，阿诺担心的事可真多。

快递小哥说，他挺佩服阿诺的。阿诺有一次见他为寺庙送造像，也打算弄一尊公鸡的造像放在家里，为此专门跟着他去了一趟寺庙。阿诺见佛陀造像精美无比、熠熠生辉，她兴奋得手舞足蹈，向和尚打听造像是从哪里弄来的。和尚说是缅甸。过几天，她真的飞去了缅甸找师傅打造公鸡的石像。师傅住在寺庙周边的小楼里，她请了一个翻译，前去一打听，才知道师傅雕刻造像也有许多忌讳，其一就是不造畜生像，说是造了畜生像会一生不吉利。任凭阿诺怎样恳求也没用。她下定决心要带一尊公鸡像回去，于是想了一个办法，把手机里的公鸡图片全打印了出来，师傅干活的时候，她就是举起图片给师傅看，过一会儿换一张，希望公鸡能感动师傅，连续举了一个月。果然，她得逞了。师傅妥协了，破例帮她雕了一尊小型的公鸡石像。快递小哥傲气地说，那一尊公鸡石像经瑞丽入关，行程四千公里，最后由他送到阿诺家的。阿诺家肯定有性别歧视，快递小哥补充说，他们只提公鸡，不提母鸡以及其他的鸡。

我问，阿诺要石像干什么？

快递小哥说他见过那一尊石像，跟真的一模一样，尾巴的羽毛都能竖起来。他刚想碰一下公鸡，阿诺就嫌弃地拉回了他的手，把他赶了出去。后来，有几次送快递，他看到有一群人对着公鸡石像跪拜叩首，嘴里还念着颂语，那声音听起来就像公鸡在打鸣。

有这么邪乎？

快递小哥说，那种场景他想笑也笑不出来，一群人静静地回过头望着他，他只得将笑憋回去，对着石像恭敬地鞠个躬。这还不算。阿诺想拉他入伙。每次送快递，阿诺都会拿出一堆公鸡图片给他看，每天不看完五十张，就拒收快递，还给差评。他受不了，只好每天看五十张公鸡图片。

看了有什么感觉。

快递小哥说，刚开始觉得没什么，后来觉得挺有趣的，主动要求看新的公鸡图片。看多了，似乎就形成了习惯。即使没有阿诺的快递，也想来看一看。他说，差点就加入了公鸡神甫的群。据说那个群里每天有上百张公鸡的图片，还不重样，这对他是个诱惑。

后来呢。

有一天，我送快递给阿诺，怎么敲门都没人应，打电话也没人接，问房东，房东说阿诺搬走了，也不知道她去了哪儿。说也奇怪，自那之后，再也没有阿诺的快递了，如果今天不是你提一下，我还想不起这些事。

不到几个月的时间，阿诺经历过这么多事，让人难以想象。我忽然有些不安和自责，不知道她此时过得怎样，于是掏出手机，给她打了一个电话，显示无人接听。

快递小哥说，那个电话他打了上百次，没用的。

我骤然失落了。一些不好的事在我脑海里旋转，假若我本着朋友情分，有力地介入这件事，也许有不同的结局。这时，我耳边竟然响起了一声公鸡打鸣的叫声。

快递小哥想起了一件事。他说，有一次他去寺庙送快递，和尚跟他说，阿诺之前来过。阿诺要与小杰离婚，阿诺想去乡下租几亩地，建一个农场，养公鸡。和尚说，阿诺弄公鸡石像瞒着她老公，她原本想给老公一个惊喜。等公鸡石像摆好了，小杰见到之后，兴奋地大叫，甚至要抱着公鸡石像一起睡觉。后来，时间长了，小杰看那尊公鸡石像越来越不顺眼，图片上的公鸡是千姿百态的，而那只公鸡一成不变的，看多了就看腻了，一见就招人烦。小杰劝说阿诺将公鸡石像在网上卖掉。阿诺不干，为此与小杰大吵一架。小杰说她有病，中了邪，天天围着一个石头转。阿诺气得脖子伸得直直的，像是一只好斗的公鸡，凶狠狠地对老公吼道，你天天看上百张公鸡图，那是中的什么邪？！

老公也不甘示弱，回撑道，他只是在手机上看公鸡图片，网络上都是虚拟的，是假的，仅仅是娱乐而已。你倒好，搞个石头摆在这里，天天拜，当是真的公鸡，你连真真假假都分不清楚，你真有病！有闲工夫，去生个孩子呀！小杰说最后一句的时候，由于心虚，气短了许多。他们从来没有发生过那种关系，也许这就是小杰为什么沉迷雄壮的公鸡。

生孩子还不如孵鸡蛋，孵个公鸡出来。阿诺气得说不出话，她坚信世人看到的都是虚拟的假象，而她看到的是公鸡才是最真实的，包括那只公鸡雕像。亏了她认为小杰是最虔诚的公鸡神甫，真看错了人。阿诺也不愿多生口角，打开了手机，把小杰从公鸡神甫的群里踢了出去。

快递小哥说，他曾问和尚怎么看待公鸡。

和尚摇了摇头，说了两个字，荤的。

这是个笑话，我想笑又笑不出来。快递小哥从三轮车上拿下了一个小盒子，说这是阿诺的一个快递，他以为阿诺会回来的，就帮她留着了。他也不知道自己能干多久的快递员，反正不是一辈子，让我先拿着快递，等阿诺回来了再转交给她。我想了想，也没什么不妥，正准备伸手过去接的时候，快递盒子的包装胶带松了，里面的东西咚的一声掉了下来。

我捡起来一看，是一部手机，阿诺之前用过的，手机的背面贴着那一张溺水公鸡的图片。

武汉无秋日

1

我不知道下雪了。窗外是通往市集的小巷，今日没有人潮的喧哗，过于安静。相比之下，凌乱的敲门声显得格外唐突。门把手坏了三个月了。房东太太一直说修理，却总是搞忘记了。好在我除了一屋子的书，没有什么贵重物品。

敲门的是阿灿，她一周前搬进隔壁的出租屋。她敲门的时候总会努力克制好力度，生怕稍稍使劲，门就被敲开了。有几次门真的被敲开了，她惊讶地瞪大眼睛，长长的假睫毛盖住大半个眼珠子，双手不自觉地摸向头顶，好似头上酒红色的假发随时会被掀掉。她在确认假发很安全之后，关上门，继续敲。

我从床上爬了起来，快速地穿上毛衣秋裤，又套上了羽绒服，喊阿灿进门。她冲了进来，兴奋地告诉我，下雪了。我拉开窗帘，雪下得到处都是，把泥泞的小路、老旧的房屋、杂乱的店铺装点得整齐划一，白晃晃的，很是刺眼。

阿灿趁着我愣在原地，悄悄窜了过来，往我的衣服领子里塞了一团雪。雪团滑过的地方就像被刀子划开了肌肤，冻得我龇牙咧嘴，撩起衣服，满屋子跳。而她笑作一团。

"你都多大了，怎么还跟小孩一样。"我生气地瞪着她。她却在玩瞪眼的游戏，回瞪着我，谁先眨眼谁就输了。我不甘示弱，不管是不是游戏，憋足了劲，狠狠地瞪她。阿灿先眨了眼，她在自己拿手的游戏中输了，气愤地踢了一脚我的破门，指着我说："那你怎么跟个猥琐大叔一样，关在房里不出门，嗑药还是卖粉？"

看她气急败坏的样子，我忽地笑出了声，不紧不慢地说："平常我在网上卖卖避孕套，顺便也卖卖两性的情趣用品，偶尔得了闲，写写小说。"

她对我卖避孕套深信不疑，却对我写小说仅仅"呃"了一声，仿佛我写出来的文字也只是配合销售避孕套的低俗软文。她瞧见我床头边的衣柜开了一条缝，饶有兴趣地走了过去。这间出租屋大概只有十二平方米，两个老式的大衣柜占去了四分之一的空间，我用硬纸板把衣柜隔成一列列的，那些辛苦攒钱买来的书都珍藏在里面，摆放得整整齐齐。相反我的衣服就随意地堆在床边的塑料箱里。

她睃了我一眼，轻轻地叩了叩柜门，像是柜子里头住了一户人家，礼貌地打招呼。我倒是期待她去参观我的成果，就应了一声门。她打开柜门，哇地叫了一声，凑上去仔细打量，纤长的手指顺着书脊游走。

"谁是莫迪亚诺？"

"一位光写小说而不卖避孕套的法国人。"

"他写的小说好看吗？"阿灿拿起一本书，不停地翻，像要从中寻找到什么东西。

"如果我说好看，你会去看吗？"

"我不知道，可能会吧，我要拍一部电影，等我拍好了，就去看呗。"窗外的光线铺在她的侧后方，在书页上留下了一个模糊的侧影，随着页面的翻动，影子如同一只蝴蝶在振翅飞跃，时快时慢，我猜她定是在玩自己的影子。

"你还拍电影，当导演？"

"看不起人呀。姜文那么帅都能拍电影，我长得又不丑，就不能拍电影吗？！"

"你长得压根就不像导演。"

"那我像什么？"阿灿合上书本，一脸期待地看着我。

"像开拖拉机的。"我刚脱口而出，她就扑哧地笑了。我又说："你上次不是拿走了一本莫迪亚诺的书，倒是还我呀。"

上次，也就是第一次见阿灿的时候，她戴了一顶闪闪发光的黄色假发。我一开门吓了一跳。她见我吓了一跳，自己也往后一跳。她怕我碰瓷。她已经被碰瓷过两次，一位是七八十岁的老人，一位是中年妇女。在确认我没有恶意之后，她可怜巴巴地托我去药店帮她买解酒药和阿莫西林。她怕我不干，还说要请我喝酒。

我并没有从她身上嗅到酒味，便好奇地问："你没喝酒？"

她低下了头，似有难言之隐。我也不好过多地问，就随口说了一句，阿莫西林是处方药。

她知道阿莫西林不能包治百病，像是得了一种强迫症，她信不过别的药，生了病只吃阿莫西林。

我问她身体哪儿不舒服。

她摇了摇头说，浑身不痛不痒，就是不舒服，说不出来是个什么感觉。

我又问她为什么不自己去买，药店其实并不远。

她说她怕，她看到药柜就怕，看到医院就更怕了，她很怕自己会得上什么奇怪的病。说着话，她乍然吐了，一着急，从我手里抢过了我还未读完的《青春咖啡馆》，摊开书本，尽情地吐在了上面。吐完之后，她不好意思地站在一旁，既不敢抬头看我，又不晓得说什么，干脆飞奔回了房间。

我答应帮她。一下楼，我肚子饿了，在路口吃了一碗湖南人烫的热干面，我说不加辣，面还是很辣。店的旁边就是武汉人开的面摊，他们只做早点，上午忙完了，下午就约着打牌去了。吃完热干面，又去喝了一杯豆汁，等走到药店，才发现卖药的也去打牌了，一整条巷子老老少少都挤在麻将馆。谁也不想买东西，谁也不想卖东西，只有几个做小本生意的外乡人，在没学会打武汉麻将之前，该发呆的发呆。我走了两个街区，才找到一家连锁药店，买了解酒药，而买阿莫西林要身份证，我又没带，只好算了。在路边，我看到有卖米果的，五颜六色的米果好看极了；我想女孩子可能喜欢，就各种颜色都买了几根，一并带了回来。

阿灿说："原来那个人就叫莫迪亚诺呀。"

我说："是呀，你一周前就认识了。"

她说："他好帅呀。"

我说："你怎么知道？"

她说："我吃老坛酸菜泡面的时候，用书垫桌子，封面上有一张他的照片，他就那样传神地望着我，配着泡面的酸爽劲，我差点就答应他了。"

我说："你还是别答应吧，人家还要写小说呢，那本书呢？"

她侧过脸，转移话题说："上次的米果还剩着呢，吃米果吧！"

我们坐在阳台上吃着米果。我用热得快煮了一壶水果茶，还加了蜂蜜和牛乳，味道很是鲜美。我们比着一根米果谁先吃完，每次都是阿灿轻松地赢了。阳台上的视角看得不太远，但是从几栋商业写字楼的夹缝中，还是能看到一小块长江，江水没有想象中的奔腾，分外温顺静谧。我端起水果茶，茶的水面与江面刚好重合在一起，竟共融在一起，毫无违和感。

我问阿灿，准备什么时候拍电影，我要一睹为快呢。

阿灿没回答我，只是说，米果很好吃。

许久，她从长江上抽出了眼神，瞥了我一眼，问我要烟。我不知道她会抽烟，我不抽烟，自然没烟。她不耐烦地在阳台上兜着圈子，蓦然问我，对武汉熟吗？

我诧异地看着她说，咋了，你要拍武汉的电影。

2

阿灿送来了一幅水墨画，长约两米，她租的那间屋子摆放不下，就搁到我的屋子里。那画题为"百花争艳"，画的是牡丹和芍药，大红大紫的，看着就俗气，我叫她拿走。阿灿不干，说画挺应景的，外头花开草绿，正是春光无限好的时候，而我的屋子跟长了霉似的，有股酸味。

我赶紧嗅了嗅衣服领，昨晚洗的澡，有一股舒肤佳香皂味。我反驳她说，哪酸了，挺香的。

阿灿走到我书桌前，拿起来我往杂志社寄的初稿，从上到下闻了个遍，舒了一口气说："真酸呀！"

"酸你个鬼，小说又不是吃的。"

"那也得有人看吧，你写了这么多字，要是没人看，还不是都被拿来包欢喜坨。"

"你知道我卖书了？"

"何止知道，还吃到了。"

楼下卖早餐的武汉人以友情价从我这里购买了一批书去，比收废品的贵一百多块，我挺感激他的，所以挑的都是俄国人写的小说，一本本都挺厚的。第二天，吃完油条，我将包油条的纸展开一看，是契诃夫的一个短篇，我记得我看过这篇，但是想不起名字了。让人欣慰的是，那天油条的碱放得刚刚好，不咸不淡，炸得又香又脆，真想再吃一根。

我问阿灿，画哪儿来的。

她说是老乡送的。她认识一帮美院的学生，时不时会送一些习作给她，大多是油画，也有水彩和版画，有时还会收到一些静物素描，画一个苹果、一个花瓶送过来。阿灿看不上这些画，她肯定地说，那帮年轻人是成不了画家的，更可恶的是他们知道自己成不了画家，还心甘情愿地浪费时间。话是这么说，然而别人送给她的画，她照单全收。

我问，既然对别人没好感，为什么要收别人的画呢。

她说，廉价。她早就看透那些美术生撩女生的小把戏。那种画等遇到下一个女生的时候，又会很快有下一幅。她拿来垫煮泡面的锅，正好物尽其用。

我笑着说，你眼光挺挑剔的，莫不成是搞艺术的。

她说，不是，但是她觉得自己有搞艺术的天分。

我问她，电影拍得这样。

她让我别提电影的事，她正糟心着。

我推开屋子的破门，走上阳台，望着沿江一栋栋拔地而起的高楼，不禁自言自语：春天是什么时候来的？

阿灿跟在后面，给我递上一根香烟。我没接。我问她什么时候开始抽烟的。她没说话，直接点燃香烟，猛吸一大口，然后将烟雾缓缓地吐到了我的脸上。我第一反应这又是一个游戏，而且我已经猜到了游戏内容。我快速地把她吐出的烟，吸入嘴中，又吐到她的脸上。她骤然笑了。我们不约而同地说道：追龙。"追龙"是我在网上看的一个抽烟的游戏，一人吸烟，只入口，不过肺，再吐出，另一人将吐出的烟再吸入，如果配合得好，可以一直往复下去。

原来你也是烟贩子。阿灿又递了一根烟给我。我还是没接。

我对她说，我不抽烟，偶尔也是为了写小说进行必要的生活体验。

她会意地叹了一口气，随手也点燃那一根香烟，两支烟一手夹一支，像个贪婪的孩童，左右吸。她说：你的小说里写过树吗？

树？

阿灿指着楼下巷口那一棵盘根错节的老樟树。密密麻麻的棚户房遮蔽了巷子的大部分阳光，只剩最后一小块，却被那棵老樟树给挡得严严实实。似乎没有人发现他们住的地方长年阴湿。

所以你要把那棵老樟树砍了吗？

阿灿满不在乎地说，她才不管那些事。

我又问，你的电影是要拍那一棵树吗？

她若有所思。她说，她之前住的美院后面有一条学生街，也有一棵这样的老樟树，连场景都一模一样，两棵树定有一棵是假的。她以为自己产生了幻觉。她又说，树可能是真的，反而是自己，无论走到哪儿都一样，生活没有丁点改变。

我狐疑地望向那一棵树，那确实是一棵樟树，却不是我见过的那一棵，而是另外一棵。阳光透过枝叶投下斑驳的光影，巷子的另一头是杂货店，墙面上挂满各类临摹的世界名画，阿灿漫不经心地走过，鞋底叩打着光滑的青石砖，发出咚咚的回响，恍惚之间，时光变得冗长而乏味。阿灿对我打了一个响指。我回过神来，树没有了，杂货店没有了，什么都没有了。我说，那一定是幻觉。

阿灿像是知道了我的心思，便说，那种幻觉是不是特别像放电影，自己在脑海里一边拍摄，一边放映。

我同意地点头，是有点像。

阿灿说她特别喜欢看电影。她告诉我，小时候，父母都去沿海打工，没人带她，她会偷偷钻进电影院，一坐就是一整天，看完一部电影又接着看，直至电影院关门。起先，照看场子的大爷会赶她走，她又偷偷钻了进来，大爷赶来赶去，烦不胜烦，干脆就懒得管她了，以至于后来，她跟大爷混熟了，大爷见她可怜，就经常把客人剩下的爆米花塞给她。大爷问她，这些电影你都看过好几遍，还有什么看头。她怯弱地说，父亲向她保证要带她看一场电影，但是每次都被事情耽搁了，她一直等着那场电影，以至于现在只要一想起父亲，她就很想去电影院。大爷似懂非懂地说，原来电影是你爹呀。她哈哈大笑。她也不记得自己看过多少场电影，即便是重复看了几十遍也不嫌无趣，反而内心中产生一个想法——要拍一部属于自己的电影。这个想法渐渐在她的心里扎了根。阿灿问我，是不是有些可笑，拍电影就是一个类似幻觉的东西。

我没作声。阿灿将烟头对着樟树扔了过去，烟头在半空中改变了方向，并没有碰到樟树。她抿嘴一笑，从口袋里掏出一张门票，后天有一场公益画展，问我要不要去看。还没等我答应，她把票塞给我就走了。

我攥着票，焦虑了好几天。在武汉住了多年，武汉的春天是从一场接着一场的雷阵雨中开始的，等东湖各园子里的花开了，巷子里飘进了杂糅的花香，春意才正酣。我很少去东湖，也很少去赏花，大半原因是我对花粉过敏，即便出去一趟，总是想尽办法躲避那些小麻烦；其次，在狭小的出租屋里待久了，世界也就窄小了，骤然去了偌大的地方，心里像掉块肉，总有些不安。

公益画展是阿灿的同乡和几位青年画家一同募捐资金办的。我不晓得为什么会对那场画展格外在意，一遍遍打量门票上的日子，甚至把那些夸大其词的介绍文字都熟记于心。这样一来，我对画展就有了不同寻常的期待和兴奋。

一大早我打电话给阿灿。她没接。我猜她已经去画展了。我戴上口罩，打开百度地图，找到了一条远离公园的路，走了大半天，走迷路了。我发现了一棵似曾相识的大樟树，守在巷子的外头。我突然有一股冲动，挽好袖子，提了提牛仔裤的裆，沿着树干往上爬。身体早不如少年时期了，那个时候往树干上一蹿，就蹿到了顶。我费很大的劲才爬上了树干，站在树干上环顾四周，视野跟平常完全不一样，我看到东湖岸边长满了郁金香，细小的花粉在天空飞舞，我讨厌那些东西，它却无处不在。我打了一个大喷嚏，好一会儿才缓过神，抬头只见郁金香的尽头，柳树一棵接一棵，招摇的柳叶将我视野引向了展览馆的中央，一群人围着一张巨幅国画，寥寥几笔简约又粗陋的线条勾勒出一位侧卧女子的曼妙身体，我一眼就认出那是阿灿，而那对丰腴的胸部则是画家臆想出来的部分，阿灿的胸没这么大。画的落款是一个扭曲的"秋"字。我使劲揉几下眼睛，再仔细看了一遍，确认了所看的是真实的。阿灿站在那群人的中间，我一眼就看到她了，她背对着我，我看不到她表情，她乌黑的头发披散在肩头，来回摆动，像是一种隐喻。我颓丧地低下头，坐在树干上。一只斑鸠飞到离我不远的树枝上，旁若无人地梳理羽毛，等它悠然地回过头，骤然发现了我，它吓了一跳，差点掉了下去。

我在树上坐了很久，那只斑鸠来回飞了几趟，它每次飞回来，以为我走了，见我还在，就立马飞到离我不远的地方。这棵树应该是它的家吧，可怜的斑鸠。我爬下了树，往家的方向走，奇怪的是我并没有遇到一朵花卉，便摘下了口罩，呼吸了几口清新的空气。我望着一条条熟悉又陌生的街巷，叹了一口气，路是越走越远，回去的路比来的时候更长了。

3

我在阳台上煮水果茶，煮好之后，放入五毛钱一根的小布丁冰棍，冰棍在温水中快速融化开来，形成乳白色的果乳，一口喝下去，冰凉爽口。这种奇怪的喝法是阿灿教给我的。阿灿穿着睡衣倚在阳台的栏杆上问我，武汉有秋天吗？

我说，夏天的冰棍还没吃几支，你就想着秋天呀。

她说，对武汉的秋天还真没什么印象。

我说，你怎么突然提到秋天。

她告诉我，那天去找房东太太交房租，正碰见房东太太腾屋子。房东太太将一套七八十年代的老房子隔成大大小小的胶囊房，自己却住在楼顶的简易屋里。最近她想把这个简易屋也租出去，再在旁边搭一个小的简易棚留给自己住。在房租这件事上，房东太太一向是斤斤计较的，阿灿却是个例外。别人要一次性交三个月的房租，还要多付押金。阿灿不但不交押金，还提出本月付上个月的房租。房东太太竟然爽快答应了。

房东太太埋头收拾东西，那些放置多时的空礼品盒舍不得丢弃，都一一归整好。阿灿靠在门边，想要抽烟，房东太太转过身不让，说女孩子抽烟找不到好男人。阿灿将打火机塞进口袋，瞄了一眼蹲在地上的房东太太。房东太太瘦小的身体顶着一团蓬松凌乱的发髻，肩上沾着碎碎点点的头皮屑。

阿灿随手翻了翻一旁堆着的杂物，发现了一个铁质的月饼盒，看样子有些年头了，她饶有兴趣地打开，里面是一张喜帖，写的是房东太太的名字。

阿灿问房东太太，你离婚了吗？

房东太太触电般回过头，一眼瞅见铁盒子，慌不及待地想从地上爬起来，却一不小心四脚朝天地仰了过去。阿灿见状，赶紧跑了过去，伸手扶住房东太太。房东太太甩开了阿灿的手，一把夺过铁盒子。

两人对望了一会儿，房东太太先开了口，她说，没结婚，谈什么离婚。

阿灿"哦"了一声，手摸进口袋，握住打火机。阿灿没有继续问下去，转而笑着说，要不玩个游戏吧。阿灿伸出两只手，攥成拳头，猜一猜打火机在哪一只手，左手？右手？

房东太太配合地说，左手，阿灿张开左拳，什么都没有；右手，阿灿张开右拳，也什么都没有。猜错了吧，谁说打火机在手上。阿灿从口袋里掏出打火机，快速地点了一根烟，畅快地吸了一口。

房东太太被逗笑了，笑着笑着就耷拉下了脸。她小心翼翼地从铁盒子里拿出喜帖，沿着纸张的边缘抹去灰尘，指腹徘徊在封面上的红双喜字上，无奈地说，婚期本来是秋天的。

秋？阿灿走到屋顶的边缘，楼宇之间的那一小块长江静谧而安详。她一边想着电影的事，一边望着长江，房东太太的声音越变越小，如同蚊鸣，直至她听不清。

阿灿闭上眼，忽地出现了一棵樟树，就是巷口的那棵樟树。她脑海闪过的第一个念头竟然是爬树。她为这个想法感到惊愕，但是最终还是行动了。她发现爬树也不是一件难事，双手用力，两脚一蹬，人就上来了。树干上站着一只斑鸠，好像睡着了，一动也不动，也没有察觉阿灿的到来。她蹑手蹑脚地走到斑鸠旁边，轻轻地坐了下来，繁茂的枝叶像是一件巨型的外壳，将她团团包裹，通过分开的枝丫，她能清楚地打量外头，甚至看得更远。

她看到一间熟悉的出租屋，同乡背着书包出现在门口。他们已经够熟了，甚至吃遍了美院学生街的每一家餐馆，可以说除了兰州拉面，其他所有的菜都不够地道，湖南菜不够辣，东北饺子不够料，广东菜又不够汤汤水水。阿灿喜欢将吃饭当成一个游戏玩，于是她拉着同乡玩了一个游戏，双方先把自己喜欢吃的菜写在纸上，谁先猜出对方喜欢的菜谁赢。

阿灿打开了门，同乡手里提着热干面和豆浆。她接过袋子，刚烫的热干面有一股浓郁的芝麻酱香味。

同乡站在外头。她也没叫同乡进屋，自顾地吃起了热干面，等她吃得差不多了。同乡突然说，我赢了。说完，脸噌就红了起来。

阿灿说，对，你赢了。

同乡说，那……

她说，进来吧。

她站起来就开始脱衣服，这是在玩游戏之前就说好的。同乡立即从背包里拿出宣纸、毛笔和墨汁。她一般是给油画当模特，看到这些物料，忍不住笑了起来。同乡害羞地抬起头，什么都没说。她会意地摆了一个专业的姿势，顺口说道，你喜欢吃苹果吗？

同乡尽量克制内心的慌乱，小声说，不喜欢吃。

阿灿说，那你怎么挨着那只苹果很近。

同乡听到这话，顿时怔住了，连忙道歉。阿灿说的苹果是一件挂在画室的素描图，画的是水果盘，里面不单是苹果，还有香蕉、橘子、葡萄。之前，她高中还没毕业，就在一家商场卖内衣，每次摸到文胸上精美的花纹，内心就很激动，那是一种说不清道不明的感觉，她想要是自己能画出来就好了。她攒下了一笔钱，打算去拍电影。怎么拍是一个大问题。

阿灿想拍电影是一门艺术，于是坐上 758 路公交车跑去了美院。恰巧碰上美院举办文艺复兴展览活动，校园到处摆满了廉价的展品，她围着一座座仿制的人体雕塑、一张张临摹的人像油画转了半天，敏锐地察觉到自己快要触碰到艺术了。她想，在拍电影之前不妨先对其更深入地了解，而当人体模特是一次留在美院的机会。

她第一次当众脱光衣服，内心很平静，像是一种前所未有的自由。学生观察她的形体，她也通过一面竖镜观察自己，微微调动姿态，展示她认为美的一面。当然也有不愉快的时候，她的直觉让她分辨出了一束不怀好意的目光。那幅水果素描图的后面藏有一双眼睛炙热地盯着她看。然而她没有心思理会这些，她沉迷在自己的美之中。

偷看的就是同乡。

同乡慌忙地辩解说，我不是那种人，我第一次在别人的画上看到你的身体时，就很想把它画下来，所以我才会去偷看的。

阿灿保持专业的姿势，没有作声。

同乡低下头，想把自己的注意力集中在绘画上，画了几幅都不满意，将画稿揉成一团，扔在一旁。废稿堆成了小山。他下笔更加谨慎，过了半天，画纸上依旧空空如也，他懊恼地捶打头。

阿灿说，别打了。

同乡跪在地上，眼泪巴巴地看着她，怯弱地说，他们都说你是美院最好的人体模特。见阿灿没有反应，同乡又接着说，不只是你的形体好，更重要的是你拥有难以言喻的自信。她还是没有反应。同乡急得哭了，他绝望地说，我只想画好画而已。

阿灿心软地说，想要画好画是好事，那你想干吗？

同乡望着她认真而严肃的表情，不禁打了一个寒战，一字一顿地说出了口：我想摸一下那里。他指的是胸部。说完，嘴唇一直颤动，像还有话没有说完，脸色从红色涨成了紫色。

阿灿说，你当真。

同乡连喘气都变得沉重了，他说，当真，我从来都没有摸过女人。

你摸吧，阿灿说。

同乡听到这话，不敢相信，仿佛要晕倒过去，用最后一口气勉强支撑着身体。

阿灿骤然笑了，那你先喝点酒壮壮胆。

同乡迟疑地望着她，不知她的话是真是假，有些不知所措。

树上掉了几片树叶下来。她看了一会儿天。天是阴的。她目光重新落回到那间窄小的出租屋——同乡喝醉了，一脸红润，兴致勃勃地挥毫泼墨，要不了多久，画就成了。最后，他在落款处写了一个"秋"字。

阿灿不解地问，为什么是"秋"。同乡羞涩地说，你的身体如秋之肃然静美。

阿灿伸出手，接过一片落叶，专注地抚摸着叶子的脉络，如同是文胸上的花纹。她问我，这是哪儿。

我喝了一口水果茶，漫不经心地说，在出租屋。

阿灿说，是呀，感觉我们生活在这里，又不是生活在这里。说完，我和阿灿不约而同地望向那一小块长江。

阿灿突然想到了电影，她兴奋地跳下大樟树，沿着街巷往外跑。她大声喊着，终于知道自己的电影要拍什么啦。

我望着晃动的人影，高兴地问她要拍什么。

她扯着嗓子说，武汉的秋天。

4

武汉一连下了几天的雨，气温也随之骤降。一日寒过一日，秋天怕是要来了，于是我穿上秋裤，又套上棉袄。然而雨一停，气温猛然拉回到三十摄氏度，我猝不及防地脱棉袄和秋裤。如此反复，有时一天要换几次衣服。

房东太太得知自己要出演电影，来得特别勤。她身上有一股海飞丝的香味。她每天早上都洗头，还梳了一个梨花式的发髻，说是当年挺流行的发型，看起来年轻多了。她一来，先探探阿灿在不在，不在的话，她就坐在阳台上，盯着那棵大樟树。我问她，那棵树有什么看头。

她说，树比人的知觉更敏感，秋一来就会落叶。

我说，樟树不一样，它是在春天落叶，秋天不会落叶的。

她不信，人分贵贱，而树都是一样的。

阿灿不知从哪儿搞了一台摄像机，同乡给她掌机，趁着空闲，到处去试镜。阿灿拍电影也没有什么章法，想拍什么就拍什么。她给同乡开了一张清单，镜头里要有长江大桥、双层公交车、美院学生街、大樟树等，还要有房东太太的出境，最重要的是要突出秋天。看了阿灿的拍摄计划，我还真不知道她要拍一部怎样的电影。

她胸有成竹。

我们连续跑了一个多月，沿江的大街小巷大多都跑了一遍，景也选得差不多了，就只剩下等秋天到来了。然而等待秋天是一个漫长而辛苦的过程。房东太太说阿灿做事像极了她，看着阿灿辛苦，想犒劳阿灿一番。季节交替，雨水渐多，趁着下雨的间歇期，房东太太在楼顶搞一顿烧烤。

楼顶的那间简易屋一直没有租出去，逐渐变成了房东太太收破烂的地方，空瓶子和纸板箱堆得到处都是，我们一起动手帮忙归掇。同乡从画室里拿来了几瓶喷漆，在楼顶的中央喷绘了一幅涂鸦作品。我问他画的是什么。他说是秋叶。图案过于抽象，我根本没看出来是一片叶子。阿灿兴冲冲地买来了一串电子彩灯，说这叫"彩头"，图个好寓意。在我们的收拾下，楼顶焕然一新。

另一边，房东太太从来不做烧烤，工具还是跟楼下卖热干面的武汉人借来的，只是觉得年轻人会喜欢，所以照样子有模有样地烤了起来。烤串的味道还不错。我提议喝一点酒。同乡赶紧拒绝，说他酒量不行，一杯就醉，喝完身上还起红疹。我们坚决要他喝，掰开他的嘴，往他嘴里灌。当然房东太太也不例外。

房东太太放开了，她的酒量不小，一口气喝了几瓶罐装的雪花啤酒，话也多了起来，拉着同乡问，怎么还不找媳妇，要不要介绍一个武汉姑娘。

同乡乐呵呵地笑着说，武汉姑娘好，直爽！

房东太太又灌了一大口啤酒，笑着说，最近不知道怎么搞的，整日想着要上镜，就像待嫁的姑娘那样心神不宁，真要上镜，该怎么说、怎么演。

同乡笑着说，你怕是要成大牌明星了。

房东太太说，要是真成了大明星，立马就把这套房给卖了，再也不用担心着急了。

阿灿拉着房东太太的手再三地说，不存在演不演，平常是怎么样的，上镜就是怎么样的。

我不满地插话说，既然你拍电影，那怎么不让我写个剧本，我是写小说的，写个剧本对我来说小菜一碟。

阿灿一口回绝，剧本都是编的，我不要，我的电影要反映最真实的生活。

谁的生活？我无意多问了一句。

我们的生活。阿灿说完，气氛骤然尴尬了起来。同乡见状，提议放点音乐来跳舞。房东太太赶紧响应地说，八十年代，她跳舞在学校排第一名，第二名差了她几条街。

阿灿跟着起哄，喊房东太太来一曲。房东太太站了起来，捋

武汉无秋日

顺衣服，笑着说，有一首歌叫《大海啊故乡》，你们这群小孩肯定没听过，配的是慢三的舞步，步子我还记得一些，谁来跟我搭个伴。

我将同乡一把推了出去。阿灿马上拿出手机搜音乐。房东太太一下子就精神起来了，抬头挺胸，仿佛回到了许久以前，一脸的陶醉。同乡很有天赋，很快就跟上了房东太太的步伐。我见状，伸手请阿灿来跳一曲。她死活不干，说自己没有音乐细胞。

阿灿喝了几口酒，脸没红，酒好像都被她的假发喝了下去，呈现出迷离的酒红色。她跟我说，虽然不打算让我写剧本，但是必要的文字工作还是想请我帮忙。

我问她是哪些必要的文字工作。

她反问我没看过电影吗，电影放映完了会出现一条条字幕，那些都是文字工作。

我赞同地"哦"了一声，说那种事适合我做。

阿灿醉了，她一边大口咀嚼肉串，一边靠在我的肩膀上。她说她病了。

我说，病了就吃阿莫西林。

她说，吃阿莫西林也没救了。

我扫了她一眼，她皮肤很白，在灯光下显得柔美，她的身体看起来很轻，似乎风一吹，就会被吹到远方。我抑制自己不去看她，可还是怕她被风吹走了。我忽地把她抱紧，接触到她的皮肤的一瞬间，不由得吻上了她的唇。

事情本不该这样的。她表情骤然僵硬了，起身就走了。看着她身影消失在楼道口，我头脑一片空白。而后，我不知道我如何从楼顶爬到了床上，像是一具尸体躺在出租屋里。床边放着莫迪亚诺的小说，那也是一具尸体。我环顾四周，屋子里躺着国外的、国内的各种各样的尸体，虽然是尸体，但是他们跟着我的心跳一同跃动。

夜渐深，我的意识却越发清醒。我听到门口有喘气声，我在想，不会是书架上的哪具尸体爬了出去吧。我问谁在那儿。阿灿醉醺醺地说，有没有醒酒药。

我晃晃荡荡走到门口，正要开门，她不让。她从门上的窟窿里把手塞了进来，笑着说，莫迪亚诺的小说我看完了，那个法国人应该挺帅的。

我坐在门边一把握住她的手。一刹那，我们来到了巷口的大樟树下，我回过头，阿灿面无表情地站在我的身边，头发凌乱，一身酒气。她也正望着我，脸上挤出笑容，问我，要玩游戏吗？

我点头答应。

那我们爬树吧，她说，看谁先爬上去。

我以为这个游戏我会赢，但是她的身手出奇地敏捷，像是在经常练习爬树。

我们并排坐在树干上，我对她说，我输了。

你看，我顺着她指的方向望去，只见昏暗的出租屋里，阿灿站在床上，一件件脱去了衣服，动作迟疑，眉目挂着一丝愁容，仿佛她不是在脱衣服，而是在创作一幅画，一份她能看见的艺术。

她问我，她的身体美吗？

我毫不犹豫地说，美！

她笑着说，我相信你。过了许久，她又问我，武汉有秋天吗？

肯定有。她松开了我的手。我惊醒地从床上坐了起来。

当日的天气预报说，种种迹象表明武汉的冬天马上就要来临，市民再也不需要脱掉秋裤了。听到消息，天还没亮，我立马想到了拍电影的事，赶紧喊阿灿。阿灿却不在，哪儿也找不到她。我只好叫上房东太太和同乡，出门寻找秋天。

我们不停地挤公交，转出租车，挤过人潮汹涌的街道，行走在一条条陌生的巷弄。秋天到底在哪儿？街道上树叶没有黄，没有落下一片叶子，草木没有衰败，人也依旧。我们挤在人流之中，仿佛迷失在了这座城市。我们连续找了三天，疲倦地聚集在楼顶，望着那一小块长江。

我泡了一壶水果茶，大家默默喝着，似乎也不太解渴。房东太太说她找不到阿灿了。她从铁盒子里拿出了喜帖，里面夹着一沓人民币，让我把这个交给阿灿。房东太太说自己年纪大了，折腾不起，或许秋天对她来说没有什么盼头，她退出不干了。说完，她头也不回地钻进了她的简易棚，收拾起了那些永远也收拾不好的破烂。

我望了一眼同乡，他也低下了头。

我落寞地走到阿灿的屋门口，敲了门，无人应答。我又叫了几声名字，屋内还是没动静。我将喜帖从门缝里塞了进去。

我回到房间，浑浑噩噩地躺在床上，什么都没有想，就那么躺着。不知过了多久，同乡打了一个电话给我，说是有重要的事。我以为他发现了什么线索，赶紧跑去美院。我在画室找到了他，他无精打采地靠在墙上。他熬了一宿，画了一幅画，让我进去看看。我没有心情去看画，只不过碍着面子不好拒绝，就走进了他的画室，只见一面墙都是层林尽染的黄叶。他画了一棵大樟树。我问他为什么要画这个。他说阿灿总是梦见一棵大樟树。

我抬头仰望画上的树，确实跟我遇见的那一棵树很像。我顺手抚摸一片片黄叶，忽然发现，繁叶之中，依偎着一只斑鸠。我轻轻一碰它的羽毛，斑鸠惊吓地飞走了，而我骤然置身于巷口，树变成了金黄的一片，微风拂过，黄叶如雨下，惊得我半天说不出话来。电影终于可以拍了。

气温在骤降，风雨要来了。我狂奔回出租屋，想第一时间将这个消息告诉阿灿。门一打开，屋子里空空如也，地上散落各种垃圾，泡面盒压着莫迪亚诺的小说，而房东太太的喜帖丢在一旁，里面夹的钱不翼而飞。一切如同很匆忙的样子。我走到屋子的中央，只见墙上挂了一幅水墨画，就是那一张名为"秋"的画。我隐隐约约听见窗外有人在喊，下雪了……

与小黑同居的日子

1

一声炸雷，阿铭吓了一跳。他抬起头：床头挂的是一排平角内裤，加上今天刚洗的，一共五条。梅雨季节，到处都是湿漉漉的，衣物也难得干，他那间不大的出租屋里横七竖八地挂满了衣物。今天是休息日，他洗完了内裤就闲了下来。床铺对面的狭窄的写字桌上放了一台联想笔记本。他一早起来就打开了电源。电子邮箱一直响个不停，是顾客发来的咨询邮件。他只是扫了一眼闪烁的图标。阿铭每个月只能休息四天，大多数工作日还要加班。平时他给顾客发邮件，对方也是爱理不理的，在休息日，他可以还回来。

阿铭看了一下时间，离晚饭又近了，在家里躺了一天，休息日不能出门总觉得亏大发了。可是晚上吃什么呢。他伸出头，观察天空的云层。这雨一时半会下不来，又缩回床上，心想：晚上去吃个火锅吧，但是一个人去涮火锅不够味，又显得落单了。他住的地方有些偏，也不想坐一个多小时的地铁去找朋友玩。思来想去，天都黑了，还没决定吃什么，干脆叫个外卖吧。

阿铭起身打开日光灯。这时地上出现一团黑色的东西，围着他转了一圈之后，从脚边飞快地蹿了过去。他吓了一跳，连忙后跳一步，跳到了安全区域，开始不停地踩脚，弄出声响来驱赶它们。阿铭仔细一看，原来是几只蟑螂。他赶紧跟上最后一只掉队的蟑螂。脚掌使足了劲，狠狠地一脚下去，想是把蟑螂给踩死了。他小心翼翼地抬起脚，像是什么都没有；再蹲下来一看，是几只细小的蟑螂后腿，而它本尊却跑得无影无踪。阿铭疑惑地盯着柜子的缝隙，自言自语：少了腿还跑得那么快。他担心的事还是发生了。在南方，无论新旧小区碰上蟑螂都是一件容易事，也是一件麻烦事。阿铭租房的时候，特意选了一个环境比较好的小区，检查了房间的下水管道和边边角角，没有发现任何蟑螂的踪迹才付了租金。入住之后，他时常注意房间的卫生，从不在房间里吃零食，甚至为了不留隔夜的垃圾，每天晚上还要跑出去倒一次垃圾。然而蟑螂还是找上来了。一想到四周的东西都被蟑螂爬过，心里就硌硬得厉害。

阿铭手足无措地站在原地。要不打个电话给在老家的母亲。母亲知道怎么用土法子治蟑螂。阿铭又犹豫了。绝对不能打电话给母亲。母亲铁定会说：你三十岁了还不找个女朋友结婚，那干脆就和蟑螂结婚吧。母亲为这事跟他结着怨呢。何况这房租还是母亲垫付的。

阿铭准备自己干。他从鞋柜里找出一只结实的塑料拖鞋。悄悄靠近墙根，轻手轻脚地挪开柜子。如果看到蟑螂就一顿拍打，把它们打得粉身碎骨。然而柜子挪开了，底下除了一粒粒类似蟑螂粪便的颗粒，什么都没有。他又用相同的方法搬开了沙发、冰箱和鞋架。竟然没有发现一只蟑螂。见鬼了，刚才明明看见了好几只！阿铭气馁地仰倒在床上，拿出手机在知乎软件上搜索"蟑螂"，立马出现一大堆灭蟑的文章。排在最前面的是一篇科普文章，说蟑螂早在三亿六千万到两亿八千万年前的石炭纪就活跃在地球上，比恐龙要早得多。蟑螂熬死了恐龙，说不定会熬死人类。排在第二的是一篇点赞过万的热文——《杀灭家中蟑螂的毕生绝学》。这篇文章被知乎日报收录推荐，说明内容挺靠谱。阿铭饶有兴趣地点开。文章第一句写着：不要过于沉迷蟑螂药广告。这让阿铭第一感觉是销售蟑螂药的厂商使用欲擒故纵的招数。他也是干这行的，对套路门儿清。阿铭快速阅读完文章，他特别留心文中的商品名，一旦出现，他对这篇文章的信任度将大打折扣。好在文章从头到尾没有提及任何一种灭蟑药物，它用大量的篇幅描写如何找到蟑螂藏匿的地方，只有找到蟑螂窝才能将其子孙一网打尽。文末写道：市面上从来不缺乏好的灭蟑药物，只是民众不知道将这些药品放在哪里更加有效，就像上天不知道把你放在哪个位置能让你发出金子般的光辉，有些事得自己去探寻。看到这儿，阿铭笑了。这家伙从灭蟑上升到心灵鸡汤，乍一听还挺有道理的。

阿铭按照网上的方法，挪开柜子，人平躺在地上，从下向上查看柜子的底部。果然，几只蟑螂悠闲地趴在那里。原来它们喜欢玩倒立。正在阿铭兴奋的时候，忽然一只又黑又大的蟑螂发现了他。它发出了信号，其他的蟑螂一哄而散，那只黑蟑螂却留下来了。它一动不动，像是在盯着阿铭。阿铭仔细观察了那只黑蟑螂，大概一整节拇指长，两厘米左右宽，通体呈黑色，背部有红褐色条纹，翅膀上翘，它处于战斗的姿态，毫不畏惧。阿铭见状，心想气势不能输，于是挤出凶狠的目光回瞪着它。黑蟑螂扑动翅膀向他飞了过来。阿铭没想到黑蟑螂这么拼命，顿时慌了神，又怕黑蟑螂飞到他脸上咬一口，得不偿失，赶紧捂着脸，退了出来。末了，他把柜子狠狠地推进墙根。

第一把就输了。阿铭无奈地趴在床上犯了一会儿懒，又猛然跑到了笔记本前。他对比了一下图片，那只黑蟑螂大概是属于德国小蠊品种，只不过个头偏大，说不定进化了。原来是德国的小黑。知乎上有网友说，蟑螂会咬人，有图有真相，并且列举了一大串蟑螂可以携带的病菌。被蟑螂咬了一口，伤口即便不会破皮出血，光想一想就觉得心头肉在颤抖。阿铭认定小黑是会咬人的那种蟑螂。晚上睡觉，他用空调被把头捂得严严实实。这导致他一宿没睡好，头脑里总想着：蟑螂繁殖能力惊人，要是小黑钻进他又窄又温暖的耳洞里产卵，不一会儿就会有几百只小蟑螂从他的耳朵里钻出来。阿铭吓到了。第二天一早，他纠结了一番，决定在网上找一家信誉好的卖家，购买一批除蟑药。

2

冷！阿铭正在洗澡，喷头的热水断了，冒出来滋滋的冷水，他急忙躲到一边。热水器烧了半个小时会自动跳闸断电。阿铭又忘了时间。没办法，他匆匆用冷水将头上的洗发水泡沫冲掉，裹着浴巾走了出来。他用毛巾擦拭着头发。头发似乎比满屋子的衣服更难干。阿铭抬起头，有那么一种错觉：房间变宽敞了，或许说自己变渺小了。他围绕房间转了一圈，发现晾晒在四壁的衣物，早前有几件衣服一起干了，他收了起来，导致有几处明显空缺。原来如此，于是阿铭将洗澡换下的湿衣服挂了上去，房间恢复了原来的模样。阿铭站在房间的中央，还是不自在。或是小黑就在他身后。一想到小黑，他冷不丁地打了一个寒战。他耸了耸鼻子，故作强势的模样，沿着房间从左往右巡视了一遍，特别是冰箱底、柜子缝、墙角缝这些有缝隙的地方。说不定小黑躲在暗处，等着看他的笑话。

他果真猜对了。等阿铭的目光转到浴室的时候，就在那一瞬间，小黑从浴室外的防水垫里头猛然钻了出来，冲了一段距离，又换成急刹，稳稳地停在了阿铭的正前方，瞥了阿铭一眼。假如小黑有表情的话，那一定是充满恶意的哂笑。阿铭慌了，急跺着脚，想要一脚踩死小黑。小黑比阿铭的身手敏捷，总是抢先一步冲到前面，还停顿一下等阿铭。像是玩游戏一样，踩出了一种节奏感。阿铭不甘心。他抬脚的动作更夸张，脚踩下去更使劲，两三下就把身上的浴巾震掉了，整个人光溜溜的。阿铭累得急喘气，而小黑还有使不完的劲，它蹦跶着围绕阿铭兜了一个大圈子，逍遥地消失在某个缝隙。

阿铭捡起浴巾，蜷缩到了床上。这时，笔记本响了几声。阿铭以为是顾客，就没去理会。笔记本又响了几声，他才不耐烦地打开笔记本，忽然想到了网购，于是他在某网络购物平台找到了一家信誉度最高的店，花了几千块钱买了一个全程灭蟑指导服务，这笔钱还是从他信用卡上刷的。阿铭按照付款后自动发过来的联系号码，添加了客服的微信号。客服的头像是一个胖乎乎的女孩子，标签上写着：蟑螂是我哥，除蟑我精通。阿铭骤然笑了，他捧着手机，目不转睛地盯着屏幕，等待客服通过好友添加。大概过了十几分钟，客服通过了。阿铭立即发了一个小猪打招呼的表情图。客服秒回了同样的表情图。

在收到灭蟑指南之后，阿铭询问，你有没有遇到过那种成了精的蟑螂。

客服说，亲，暂时没有，主要是《西游记》和《封神榜》中没有蟑螂精。要是蟑螂成精了，轮不到悟空和子牙发光发热。

阿铭发了几个笑翻了的表情图，又接着说，只能问一问日本的奥特曼，看他有没有遇到过蟑螂怪兽。

客服说，亲，你说的这个不在我的业务范围内。

阿铭说，其实我觉得我家的蟑螂看不起我。

客服说，亲，何以见得。

阿铭说，我给它取名小黑，刚刚它把我扒光了。我都能听见那只蟑螂的笑声。它笑着跑回家，肯定会把这事告诉它妈和它女朋友。我丢脸都丢到蟑螂界去了。

客服说，亲，你主动的？

阿铭说，它主动的。阿铭骤然发现客服讲的是个荤段子，于是发了几个气愤的表情过去。说道，我们都是公的。

客服回了一个假装不知所云的表情图。

阿铭顿了顿说，这些蟑螂怎么会看上我这破屋子。

客服回复，亲，出租屋对于你来说破旧，对于蟑螂来说就是天堂。那儿有充足的水源和热源，它们过着丰衣足食的舒适生活。偶尔无聊了，或是出去冒险，发现新大陆；或是吓一吓你，也挺有意思的。

阿铭思虑一会儿说，照你的意思，小黑是来自天堂的使者。

客服发了一个微笑的表情。

阿铭接着说，我想踩死它，脚踩酸了，就是踩不死，你这灭蟑指南真的有用吗？

客服回复，亲，灭蟑是一件科学的事，其实也很简单：找到蟑螂的栖息地，把毒饵送到它嘴边，它不需要怎么动就能轻易地、舒舒服服地吃到毒饵，一直吃一直吃，就呜呼哀哉了。

阿铭说，舒舒服服？

客服说，亲，这是关键，让蟑螂舒服地吃毒饵，它们才会放弃某些抗拒的本能。客服又介绍说，除了指南，我们还会给你毒饵，我们的毒饵是特别研发的，它的毒性不是很烈，不会把蟑螂一窝端，而是通过某种机制，先是毒死种群里的老弱病残，其他的蟑螂只是慢性中毒，慢慢地毒发身亡，这样才能达到一劳永逸的效果。

客服承诺在三天之内寄来毒饵。

连续几天雨下得特大，新闻里说今年很有可能要发洪水。蠢蠢欲动的江河只与阿铭的出租屋隔了几个街区，他暂时还不用买防洪窗布。只不过这样的天气，再大的雨伞也挡不了雨。雨是从四面八方夹击，一出门就是一身湿。阿铭去楼下拿个快递，回来衣服全湿光了。他顾不上擦干脸上的雨水，迫不及待地拆开快递盒子，里面是客服寄来的东西。

　　阿铭按照客服教的法子，经过连日的观察，推测家里蟑螂的栖息地就在浴室旁边的墙角缝。阿铭心想，杀敌这事全靠演，不然小黑会警惕起来了。他嘴里念着：淋雨了要去冲个澡。这是说给小黑听的，解释今晚为什么要第二次洗澡。然后一边冲澡，一边刺探敌情。他观察了一会儿，没什么动静，估摸着小黑可能出去串门了，连忙将毒饵按剂量投放在墙角的缝隙里，弄完之后，装作无所事事，洗头发，吹头发。阿铭把自己弄干之后，屋里也就安静下来。他心里依旧不安。他总觉得小黑会从某个缝隙里气势汹汹地冲出来，与他对峙，质问他为什么要实施谋杀。阿铭自嘲地叹了一口气：有这种想法很搞笑，可是又抵不住胡思乱想。为了缓解情绪，他关掉了灯，走到阳台的窗户旁，靠在墙上，望着窗外的倾盆大雨。

　　出租屋对面是一家廉价的 KTV，隔音效果特别的差，那些不着调的破嗓门时不时上演一番鬼哭狼嚎，有时会持续到凌晨两三点。阿铭投诉过好几次，没人管，只能将就地听着。好在他也慢慢地习惯了。此时，唱歌的应该是一位中年男人，声音嘶哑低沉。他唱的是那家 KTV 的热门曲目——凤凰传奇的《月亮之上》，这首歌一晚上至少要点个六七遍。阿铭听着歌，像是着了魔，不但不嫌弃那人唱跑了调，反而不悦的歌声抵消了他许多的不安和不快，甚至还有那么一丝激动。他想象自己推开窗户，从阳台上飞了下去，在雨中奋力奔跑，直到筋疲力尽。窗外广告牌投射出五彩的霓虹光经过一道道雨帘变得格外斑斓。这些复杂的光落在了阿铭的身上，他情不自禁地跟着音乐的节奏舞动了起来。这种放松的状态太棒了。阿铭掏出手机给客服发了一条微信说，我觉得那毒饵像是给我吃的。

客服秒回了一个问号，接着开玩笑地说，亲，你怕是中了毒。

阿铭说，感觉的事说不清楚。

客服说，亲，那也不在我的服务范围。

阿铭说，可是我就是想说。

客服说，亲，那你说蟑螂吧。

阿铭瞟了一眼墙角缝，毒饵发挥着药效，一只蟑螂经不住诱惑，从缝隙中露出了头，刚好碰到了毒饵。阿铭清楚地看到那只蟑螂长长的触须摆来摆去，像是在跳舞。但是那只蟑螂不是小黑。阿铭说，好像有效了。

客服说，亲，看到要死的蟑螂是不是有些心慌，当你明天看到一堆蟑螂尸体的时候，就不会有这种感觉了。

阿铭问，那是什么感觉。

客服说，亲，可能是满满的获得感之类的。

阿铭问，真的吗？

客服说，亲，当然了。你每天都会看到一堆蟑螂的尸体，这种获得感就会不断增强。

阿铭说，直到某一天没有蟑螂的尸体了，是不是灭蟑就成功了。

客服回了一个微信的表情。在凌晨的时候，客服又发来消息，就五个字：那就祝贺你。

3

雨停了一会儿，湿气就起来了，人不经睡，阿铭一早就醒了。他连忙查看投饵的地方，果然出现了一堆蟑螂。它们紧紧挨在一起，一动不动。阿铭见状，故意跺了一下脚，发出响声。蟑螂还是不动。阿铭确定它们已经死了，于是戴上口罩，用一次性的筷子将蟑螂一只一只地夹进塑料垃圾袋，一边夹一边数，一共十二只。阿铭在夹的时候特地将每一只蟑螂都翻过来仔细观察。它们除了身子微微发硬，和平常没什么区别。两根触须轻轻摆动，像活的一样。看样子，它们死的时候很安详。阿铭在这堆蟑螂尸体中没有发现小黑。他打赌：小黑那么聪明，怕是会在最后一批尸体当中。

处理完蟑螂，阿铭看了一下时间，还是早晨七点。不知道客服起床了没有。阿铭管不了那么多，拿起手机给客服发微信，汇报了一下成绩。没想到客服又是秒回，给阿铭发来了一个点赞的表情图。阿铭回了一个胜利的手势。客服说，亲，不要骄傲哦，灭蟑你只是走出了一小步。

阿铭说，关键是你的毒饵好。

客服说，亲，毒饵再好，也要有人投放。

阿铭说，你这话让我有罪恶感。

客服说，亲，你要是有罪恶感，就不会大清早的来找我了，以后你每天都会收到一个惊喜。

第二天，墙角又出现一堆死蟑螂。阿铭数了一下，一共二十只，没有小黑。第三天，死了二十五只蟑螂，依旧没有小黑，但是阿铭的心情越来越好。

晚上，王者荣耀的游戏场景出现在了阿铭的梦境里。他化身为安琪拉，蹦蹦跳跳地钻进草丛，准备阴敌军。只见草丛里还有一个半人高的黑溜溜的东西。他吓了一跳，连放了几个技能也没有弄死对方。那应该是友军。他俯身一看，竟然是小黑。小黑撇过头，阿铭无法看到它的眼睛，于是不可思议地摸了摸小黑的触角，像是钢丝一样有韧劲。草丛的不远处，客服化身为射手，背着一张巨大的弯弓，虎视眈眈地巡查。忽然，客服回过头，冷峻的眼神落到了草丛。安琪拉顿时慌了，丢了法器，准备逃跑。这时一排长箭快速地飞了过来……阿铭猛然惊醒，草丛变成了一张结实的床。窗外下着淅淅沥沥的小雨，微弱的光线照在床上，阿铭缓了好一会儿。做个梦也这么累。他艰难地从床上坐了起来。毫不意外，墙角又出现一堆蟑螂的尸体。他远远打量一番，蟑螂堆中露出一点黑色。阿铭以为是小黑，顾不上穿拖鞋，嗖地跑过去，用手翻了翻，只是昨天喝奶茶掉下的黑色珍珠糯米粒。他这才松了一口气。

　　阿铭回想起昨天加班，到下班的时候已经很晚了，遇到雨下得特别的大，还刮着大风。在回家的路上，他的伞被风雨刮得翻了面。他用力一拽，伞柄离了手。他赶紧追伞。抓到伞的时候，一不小心摔了一跤，伞的骨架折断了。他只好用伞的布料包裹着头，淋着雨，一路小跑回家。当他把钥匙插进门锁正准备扭动的那一刻，他听到屋里有窸窸窣窣的动静，或许是一种幻觉：小黑又在家里横行霸道。他没有开门，湿漉漉地站在门外。那一瞬间，他想象着门的那边：家人为他准备好了晚饭，等着他回家。餐桌有他爱的酸辣土豆丝和冰镇啤酒。电视机里放着央视八套的电视剧……阿铭打了一个寒战，雨水挂了一脸，他也没有去擦，任凭雨水在脸上横流。他的确闻到了酸辣土豆丝的香味。他才发现忙了一天，才吃了一顿早饭。楼道传来了嘀嗒的脚步声。阿铭回过神，马上转动门锁，打开房门，提起破雨伞，快速躲进家里。

　　阿铭打开灯。小黑趴在房间的中央，那是它的老地方。阿铭一改往常，没有慌乱地去踩踏。他假装看不见，径直走向浴室，洗一个热水澡。倒是小黑乱了阵脚，怔怔地眺望浴室。

　　此时，阿铭望着蟑螂的尸体，忽地有些迷茫。他一直想干掉小黑，如今却又担心小黑真的死了。想到这儿，阿铭把蟑螂尸体统统装进袋子，也没有去数今天死了多少只蟑螂。

阿铭一天都在想心事。稍晚些时候，他忙完了，坐在墙根下，喝着果啤。对面 KTV 传来阵阵歌声，夹杂着哗啦啦的雨声。那是他喜欢的一首歌，周杰伦的《彩虹》。窗外老旧的民宅剥落了一层层油漆灰，街道旁被砍得七零八落的梧桐树，一排油腻又暗淡的霓虹广告牌——阿铭发现：这条街来回走了许多次，依旧给人一种陌生感。他想到了许多那些自己处理不了的事情，像这条街一样积攒着埋没的灰尘。

阿铭回头一看，发现小黑又趴在房间的正中央。他骤然觉得自己跟小黑很像，小心翼翼地寄居在别人的家里，努力地生存下去。阿铭晒笑了一番，然后举起果啤，敬小黑一口。小黑似乎有灵性，这个时候没有跑路，反而摆动触须，如同在回敬酒。

阿铭跟着歌声哼唱起了《彩虹》：为什么天这么安静，所有的云都跑到我这里。黑蟑螂也跟着旋律转圈圈。它大概也沉醉在音乐之中，阿铭笑着说，你小子品位真差，我这歌唱得稀乱，你竟然还嗨起来了。

唱完之后，阿铭舒服地靠在墙上，他想到了客服，她应该也是睡在某个城市的某个角落里吧。

次日，阿铭把投放在墙角缝隙的毒饵清干净，换上了一颗话梅糖。他听客服说，蟑螂爱吃糖。阿铭在家里只搜出了两枚话梅糖，还是从同事的婚礼上拿回来的。另一枚话梅糖他塞进了自己嘴里。

阿铭把小黑当成了室友。小黑像是心领神会了一样，也变得没以前那么狡猾，总会被阿铭在某个角落找到。

自从有了室友，日子看起来不那么孤独。阿铭一回家，先是找小黑，告诉小黑，今天做了哪些事。小黑竟听得出来是好事，还是坏事。听到是好事，就钻出来，转一圈圈，像是在邀功要糖；听到是坏事，从不露脸，不知道去哪里鬼混了。阿铭骂它，真渣！

有了这些变化，灭蟑的事搁置了下来。阿铭也不知道怎么向客服解释，只好暂时汇报虚假的蟑螂死亡数据。数值每天都在递增。直到第十天，客服主动给他发信息。阿铭以为是客服发现了问题。阿铭心虚了。的确，这段时间与小黑处得很好。小黑像是宠物，更像是朋友。爱屋及乌，连带其他的蟑螂也提升了在家里的地位。生活就是这么奇妙。那些他曾厌恶、一心想赶尽杀绝的生物，如今却带有一种隐喻，让他清楚地看到生活的倾斜面。在他这里，灭蟑失败了。

客服发来了一张曲线图。接着说，看到这条曲线你更能理解，蟑螂是一拨一拨死的，开始的时候蟑螂尸体每天会增多，直到某个峰值，死亡的数量逐渐下降，重新回归到零。

阿铭望着曲线说，到零了，意味着家里没有蟑螂了。

是的，根据数据，你家再过不久，蟑螂就死绝了。客服给他发了一个祝贺的表情。

有些东西说不清，阿铭也不知道怎么解释，干脆确定收货，完成交易。情急之下，他把客服删了。

4

到了点，对面KTV又响起来了歌声。阿铭从床上爬了起来。他很疲倦，想喝口水都不愿意去倒，只身蜷缩在窗台的角落。他向公司请了年假，已经连续几天待在屋子里，没有出门。

他在迷迷糊糊之中，做了一个奇怪的梦：客服化身为射手，对他射出冷箭，其实箭并不是射向他的，而是身边小黑。他也以为小黑死了，心里不是滋味。

这时刚好母亲打电话给阿铭，问他最近的情况。他想到母亲有一天也会和小黑一样死去，猛然哭了。

母亲不知所措，以为他工作上受了挫折，责备他，压力是正常的，不学会抗住压力，就不能在城市里生存。

阿铭又想到了小黑，它得多抗压才能生活下去。

母亲说，她从乡下寄了生活用品过来，其中有一包除蟑药，夏季正是蟑螂横行的时候，它们太狡猾了，一旦让它们钻了空子，就很难清干净，得早早预防。

阿铭直愣愣地盯着地板，他看到了几个黑影，于是轻轻地搬开鞋柜，一群蟑螂迎面窜了出来，黑压压的一团。阿铭顿时一阵阵呕吐，胃都要吐出来了。猛然想到自己有意无意地养了一只蟑螂，不对，一群蟑螂，整个人就呆住了，也不知道什么时候挂断了母亲的电话。他瘫坐在地上，平复了胃部抽搐，身体还是不舒服，有一口气憋在胸口，他责备自己是有多么神经错乱，才会将小黑当作室友。

过了一会儿，小黑像往常一样，出现在了房间的中央，它大概是要一小份糖。阿铭回过头，一眼瞄到了小黑。他一激灵，乍地拿起人字拖，对准小黑狠狠一拍。他保持这个动作许久。雨和风从窗台飘了进来，他才回过神，扔掉了人字拖。不偏不倚，小黑已经粉身碎骨。一切发生得这么突然。本以为情况会有所改变，然而他心里依旧空荡荡的，没有任何的喜悦和快乐。

他开始虎视眈眈地看望着家里的那些蟑螂。他甚至觉得最开始蟑螂一出现，他就迫不及待地沦陷了，只是自己没有发觉而已。阿铭不停地抓头发，如同一只吃了毒饵的蟑螂在地上打滚。

阿铭花了两个多月的时间，天天跟蟑螂斗争。蟑螂命硬，繁殖能力也特别强，总觉得它们带有生命的某种力量，怎么杀都死不绝。阿铭疯狂在网上购买各种毒饵，短效的、长效的，国内的、国外的。效果开始不错，但是都没有一网打尽，总有一两个蟑螂偶尔在他眼前晃。阿铭最后想到了母亲的除蟑药，果真见效，不到三周，家里一只蟑螂都没有了，连蟑螂尸体都没有。它们彻底从家里消失了，但是阿铭的心结并没有消失，反而更加失落了。他发现家里变得特别安静，静得有一些奇怪。他只要待在房里，就会用音响放嘻哈音乐，并把声音调到最大，按理说，这样环境应该挺闹了，他却像听不见，依旧觉得静，那种心发慌的静。

他连续半个月没上班，被公司辞退了，他几天没怎么睡觉吃饭，身体乏累，像是得了重病，脑海里浮想联翩，总觉得少了一些什么。阿铭翻开手机，找到了之前客服发给他的数据图，他左看右看，倒过来，才看明白了，这原来是一条精神愉悦程度的曲线，随着蟑螂死亡数量逐日增加，这条线就往上跑，也有一个峰值，过了那个点，愉悦程度就会递减，随后是持续的失落。他明白了一件不可思议的事：经过了那一段时间，蟑螂的生生死死和他的喜怒哀乐已经紧紧地联系在一起，不可分割了，它们融入到他的生活当中。

他突然有了一个想法，他要养一群蟑螂，然后用相同的方法把它们杀死，再养一群，再杀死。正如那张数据图所示的：一条曲线是一个始末，连续曲线就是一个周期。

阿铭走到窗台，打开窗户，这个动作似乎惊扰到了街上的人。阿铭看着街上男的、女的、老的、少的都瞪大眼睛盯着他，眼睛充满了欲望和贪婪，像极了一只只巨大的蟑螂。阿铭吓了一跳，赶紧别过头，只见桌上的柠檬水吐着气泡，似乎下一秒蟑螂就会从中一跃而起。阿铭起了鸡皮疙瘩，反胃地干呕了几下。他立马打开了灯，他需要光，需要明亮。他仰头直直地盯着灯，灯光刺眼，白晃晃的，宛如梦境一般。他倒在了床上。有人一遍遍在他耳边重复："你何不主动养一群蟑螂，然后把它们杀死，以此取乐。"

许久，阿铭平静了下来，拿出手机，重新加回了之前客服的微信，发了消息，你们那儿有卖蟑螂的吗？

客户立马回复，亲，当然有，那是我们另外的套餐服务。不一会儿，客服发来了各种蟑螂的照片。客服说，亲，养蟑螂不难，比灭杀蟑螂要简单。你看这里有美洲大蠊、德国小蠊、澳洲蟑螂等众多品种，都适合家养，而且全套价格更优惠。客服推荐说，越难杀死的品种，越有挑战性，获得感也会增强的。

阿铭回了几个问号。

客服说，放心，不止你一人，我们有一群客户，还有专门的工厂，服务质量可以得到保证……

"人就是这样的奇怪，明明弱肉强食是生存本领，却当成了兴趣爱好。可是大家都是这样，我不这样反而奇怪了。"这样一想，阿铭似乎解脱了，脑子里杂七杂八的思绪被清空，身体也放松了下来。他痛快地下了单，站起来，打开窗户，雨从傍晚开始淅淅沥沥地下，下得挺欢。阿铭大口吸了一口气，喊了一声狗日的，然后跟着 KTV 难听的歌声，一边舞动，一边低唱。生活似乎又回归到了正常。

做　题

1

　　那天老乡邀请我去参加他的新书《故乡志》的发布会。地点是在市区的一家大型书店。路上堵车，我到达的时间比原计划晚了半个小时。我一路小跑进入书店，恰好遇到老乡。他对我说，发布会推迟了，文学院的学生都堵在路上，参会的人数不够，得等一等。

　　我环顾大厅，仅有寥寥几个人，心想：等会儿签售书拍照，人太少了就显得尴尬，好像新书没有什么人气。我笑着说，今天是个黄道吉日，街上都是结婚接亲的车队。

　　他说，怪不得，原来是个好日子呀。

　　我正打算跟他探讨一下他的新书。我可是花了两周才看完《故乡志》。这时刚好有领导走进来，老乡连忙去接待领导。我见他忙，就在书店四处转了转。这家书店面积挺大的，因为有国有公司的背景，政治类书籍占据了书店最显眼的位置，其次是教辅类的图书，而文学书籍只有两排书柜。我饶有兴趣地走近一看，书柜上大多数是青春小说和网络小说。让我意外的是，在一堆盗墓小说中掺杂了几本意大利作家卡尔维诺的书。大概是卡尔维诺小说的书名比较诡异，容易卖出去吧。

自从成了一家网络售书平台的会员，我已经很久没有逛书店了。虽然清楚这家书店没有我想要阅读的书，但是压制不了想要去翻开书本、触碰文字的冲动。仅仅是翻一翻书页，整个人就已经很愉悦了。我在书店来来回回逛了三圈，最后停在一排教辅图书的架子前，上面摆满了"黄冈密卷"。我是黄冈人，自然对"黄冈密卷"感到熟悉亲切。随手拿起了一本，仔细一看是高中物理试卷，封面背景是大别山的剪影。

我想起了那一年，因为亲戚结婚，我从深圳返回故乡，坐了几个小时的动车抵达武汉，再转大巴。大巴车驶入山区开始颠簸起来，人跟着车的频率摇晃，弄得我有些晕车，似睡似醒，迷迷糊糊中看见一条巨大的鲨鱼，张着血盆大口，凶狠地向我游过来。我害怕极了，不停地挣扎游动。鲨鱼紧贴着我不放。我越游越累，速度慢了下来，而鲨鱼一个激灵冲了上来。我被它一口吃了，连同周边的小鱼。吓得我醒了过来。

梦中那头吞噬我的鲸鱼竟然是大巴车，它严重变形的车后架紧紧咬住我的大腿。身旁是一团碎玻璃碴，锐利的尖角闪着寒光，甚是割眼睛。我才想起来：几分钟前，大巴车在 228 省道上疾速行驶，刚路过一个集镇，车子突然失控了，径直冲出绿色围栏，沿着小山坡滚落了下去。

当时，我的头脑嗡嗡作响，耳畔传来一阵阵涛声，仿佛大海的潮水还未从脚跟退去。我确定那是耳鸣，于是拍了拍耳朵，又使劲地摇头，想把那一片汪洋从耳朵里甩出来。或许是有效果了。我感觉到脸上有水流，顺着脖子灌进我的衣领，并继续往下流，弄得黏糊糊的。奇怪的是水流有一股中药味道。我抬起头，眼前是逼仄扭曲的车厢，到处都是散落的行李，几位乘客一动不动地趴在地上。而我头顶的座椅上，挂着一个塑料水杯，杯身被压破了，杯子中的液体缓慢流出。

等到我的听觉恢复到正常水平，周遭猛然升高的嘈杂声倒惊了我一下。有人在尖叫，有人在痛哭，有人在喊妈，幸好还有一些保持理智的人在报警。我大喊了几声，没人管我；又死命地呼喊救命，还是没人管我。我意识到喊是没用的，得保存体力自救，就尝试挪动大腿。大腿卡在椅子下，完全动弹不了。虽然我没有感觉到疼痛，但也想不到办法弄出来，看来只得等待救援了。我又躺了回去，平静地盯着水杯往下滴水，一滴，两滴……看得喉咙都有些发干了，伸舌头舔了一滴，有点像板蓝根的味道。我也不是那么排斥了，就一直舔。这时，椅子下伸出了一只手，吓得我脚一跳，撞到铁板了，痛得嗷嗷叫。

"看到我的包了吗？"对面是一位女士，语气听起来很焦急的样子。听说话的方言腔，应该也是黄冈人，只不过座椅挡住了视线，看不到她的模样。

"什么样的包？"

"黑色的，皮的，上面还挂着一个海马的公仔。"

我用双肘架起上半身，艰难地移动脖子，环顾四周，在旁边的座椅下发现了她的包。只不过我没有支撑点，不能移动过去。我安抚她说："看到你的包了。"

"真的吗？能够拿给我吗？"

"就是远了点，我的脚卡住了，使不上劲。"

"那可怎么办呀。"女士焦急地拍着车底板。

"你先别急，我找一找有没有什么可以用得上的东西。"我看了一下，四处没有什么可以使得上力的工具。为了安抚她，我弄出动静，假装寻找。

"里面是有贵重的东西吗？"

女士安静了下来，犹豫地说："倒是没有什么值钱的物品，就是有一件对于我来说很重要的东西，缺不得，我一般都随身带着。"

听她这么说，我误以为是女士用的卫生巾，便脱口而出："哦，原来是那东西。"

她猜出我指的是什么，笑出了声，赶紧说："不是你想的那个东西，是'黄冈密卷'，听你口音应该是本地人，肯定知道'黄冈密卷'，我包里就有，而且是一套高中物理的试卷。"

我笑着说："真没想到是这个，是给孩子的作业吧。"

"不，我孩子才读小学呢，做这套试卷还早，准确来说是我的，我自己做。"

"你是老师呀，现在教书也挺辛苦的。"

"不是老师，我是干活动策划的，平时工作压力大，出差到处跑，就靠做一做物理试题排解压力，这都成习惯了。不管什么情况，我只要拿到试卷，看到物理题目，内心满满都是安全感，不仅心安，而且人也变得有自信了。'黄冈密卷'高中各年级的物理卷我都有，平时包里都装一份。"

我没作声。我第一次听说这样的事，心里有些惊讶。

女士沉默了一会儿，又急了起来，她带着哭腔说："我现在状态很不好，没有那份试卷，身上到处都疼，胸又闷，好不舒服。"

2

我放下"黄冈密卷"，走进大厅。发布会还没有开始，老乡来来回回走动，不停地拨打和接听电话。我找不到时机跟他说话，就去周边的冷饮店买一口喝的。冷饮店空荡荡的，只有一位年轻的店员在研磨咖啡。在我看来他的动作非常缓慢，好似闲久了，忽然有一件事做，不想那么快结束。我坐在角落里，对面的墙壁上挂了一幅鲁迅的画像：他穿着长衫，挂着长围巾，坚毅的眼神直盯着我。书店挂鲁迅画像的不多。

我从包里翻出了给老乡新书写的评论文稿，题目是《故乡志：现代性视域下的异质书写与想象曲面中的故乡意向》，待会儿要在发布会上读。我拿出笔，改了几个词，比如"积极意义"改为了"重要意义"，使文章到处充满溢美之词。我完整地默读了一遍稿子，改得差不多了，咖啡也上来了。

咖啡上漂浮着奶油拉花，我看着像是百合，不太确定，便问了店员一声。店员指了指广告牌，原来这家店叫百合咖啡。我搅动玻璃杯，将百合花打散，使其快速地融入咖啡里。黑白交融的咖啡让我想到了那位女士。

车祸之后，我被救护车拉到了附近县城的医院。虽然受的是轻伤，医生说还是要全身检查一下，才能得出最终结果。CT室外排了很多人，我一眼看到了那位女士，她站在前面。我像老熟人一样对着她打招呼。

她迟疑地看着我。

我见状立马解释说，你是不认识我的。翻车的时候，你在我前面，你让我帮你找物理试卷，后来你晕过去了。救援队来了，我喊的消防小哥把你拉出来，看着医生把你推进救护车。

她对上号了，笑着说，真是巧。然后不停地感谢我。

我说，这也没什么，要感谢的是救援人员，毕竟当时我也等待他们来救我。

我见她拄着拐杖，问她伤得怎么样。她说，没什么大事，就是骨折了，要休养几个月。

我检查完了，结果正常。出门，发现她在等我。她觉得病房里太安静了，一进去就不舒服。听护工讲，医院后面的档案楼下面有一家奶茶店，医护人员爱去喝，味道还不错。她说，不如我请你喝咖啡，算是答谢你。

我正想出去走一走，立刻答应了。这家医院我以前来过，之前路边种的是悬铃木，一到秋天就落叶，也不打扫，路上铺得满满的枯黄的叶子。现今，悬铃木都砍了，换成了跟医院更搭的樟树，即便是深秋，也是绿意满满，一副充满希望的样子。

我说，你最近在忙什么。

她说，没做什么，出事之前我已经辞职了，没有工作上的麻烦，所以很轻松，太无聊了，就做一做黄冈密卷。

我说，那你读书的时候物理成绩应该很好。

她说，反正不差。

我说，那你是读理科的？

她迟疑了一下说，读文科。我有些惊讶，又表示理解。我们当年高考是采取分科模式，我原本历史政治不错，家人说理科就业路子广，让我学理科，而且十个理科班才一个文科班，说明理科紧俏。我也反驳不了，就去读了理科。事实证明理科也不好就业，于是我又回校考了现当代文学的研究生，又读了博士，混了一个教授的头衔。

她说，我向来没什么主见，都听母亲的安排。母亲高考失利就辍学，她本来打算读中文系，当一名作家，那个年代对文学有一种狂热的追求。所以她让我读文科，我就读文科了，其实我特别喜欢物理。

我说，那我们应该换一下，我特别不喜欢物理，两个小球撞来撞去的，一会儿算它的速度，一会儿算它的能量，真的是要命。

她笑着说，是该换一下，人生或许会不一样。她望着樟树，喃喃地说：我小时候得了一种奇怪的病，打了激素的针之后，病情控制了，但身体特别的胖，班里的孩子喊我猪婆，都不喜欢跟我玩。我也不稀罕跟他们玩，就自己玩自己的。说是玩，其实大多数都在发呆，然后是看书。学校图书室里有北京某单位捐赠的百科大全，很厚一本，崭新的，没人看。我就去翻那本书，挺有意思。后来上初中学习物理，从一开始，不管题目有多难，我每次测试都是高分。有一次，全班大部分同学都没及格，我得了高分。标准答案上有一道题解答错了，而我那一道题恰巧也做错了。别人都说我私下有答案，考试全是抄的。他们这样说，我也是无所谓的，因为我做物理题目并不是为了得高分，而是真的喜欢那些题目。

它们可爱极了，小球、小车、小木箱，像是一群亲密伙伴，陪着我一起玩游戏。我光初中就做了一千多套物理试卷，即便是碰上重复的题目，也像碰到了老朋友一样，还得将题目多读一遍，表示向它打招呼。特别是曾经难倒我的题目，那就是更亲密的好友，我可以对着它自言自语，悄悄地说一些心里话。咖啡上桌了，打断了她。玻璃杯上漂着百合的拉花。花纹太好看了，我舍不得去破坏，就对她说，这拉花真好看。

她没看杯里，直接喝了一口咖啡，情绪激动地继续说：后来，我不是读了文科嘛。我记性又不好，地理课程每每弄得我头大，很多题都不会做，连一个字都写不出来，只能望着题目发呆。那个时候绝望又烦躁，我开始怀念做物理试题的那种亲密感觉。后来，我趁着吃饭的时间，从理科班偷了一套物理试卷。那些课程我都没学，竟也能下笔解答。我才发现自己迷恋上了物理题，不仅使我整个人平静下来，更能给我带来自信。我通过做题偷偷地自学起高中物理。在考试的时候，遇到地理、历史上不会做的题目，脑海里自动跳转出物理题目，所以我的地理试卷上会写很多物理公式。为此还挨了母亲的骂，她责备我学习不认真。

我见她歇了一口气，便问，你为什么不选择转到理科班呢。

她叹气地说，当时没觉得，单纯地认为做物理题是我的爱好，放松心情而已。

何况我不喜欢跟母亲争论，她决定的事改变不了，我说不过她，还会挨骂。后来我也想了想，如果转到理科班，我对化学和生物不太感冒，也是白费的。

我赞同地说，这事我深有体会。

她摇头说，有些东西形成了习惯就改变不了，物理试题像是我的毛发一样，从我的身体上长了出来，我再也摆脱不了。

我们那里高考完了，无论考到什么学校都会大办一场升学宴。我的升学宴来了很多人。他们每一个人都会问我考的是什么大学。其实，我只考了一个三本院校，我觉得对不起他们送的礼金，羞于说起自己的学校。

站在大人好奇的目光里，我既紧张又尴尬，于是钻进了厕所。在厕所蹲了二十分钟，我做完了一套物理试卷，是当时高考的真题。做完之后随即对了答案。

我就错了一个选择题，得了高分。这个分数让我惊喜得跳了起来，人也变得有自信了。出去后，大人问我考试情况。

我满意地说，今年高考物理只错了一道选择题。在宴会上，我还主动唱了一首五音不全的歌。当然我不是献给来宾，是献给我自己的。那首歌我还记得，是五月天的《知足》。

3

我透过饮品店的玻璃看到载着中文系学生的大巴车抵达书店门口，车身上贴着某酒厂的赞助广告。学生们三三两两进入书店，如同注入了灵气，让书本活跃了起来，在书架上颤动，发出咝咝声响。我拿着演讲稿走出饮品店。老乡见着我，高兴地向我挥了挥手，把我推向了前排座位。

新书发布会照常进行，在经过近半个小时的致辞、发言的流程之后，所有嘉宾都谈完了，终于轮到了我上台发言。我扫了一眼底下青涩的面孔，少部分学生仰起头一脸蒙地望着我，既警惕又好奇，大多数头也不抬地玩手机。很难相信在不久的将来，他们将从我们手中接过文学评论的手艺。我想如果有可能的话，我要将文学评论的手艺带到棺材里去，不给他们半丝机会。

在大家的注视中，我开始大声读演讲稿："20世纪八九十年代以来，当代中国作家对待故乡的标准仅仅是停留在混沌的状态，描写熟悉的故乡毫无疑问降低了书写的难度和质感。我们不妨试想一下，如果描写不存在的故乡，陌生感从作者开始，延伸到读者，这种异质化的写作向纵深发展，抵达了一个新的高度。故乡只有以这种状态存在，才能检验一个作家作为作家的能力……"

我嘴里念着稿子，脑海里却冒出了大别山，几只老鹰在山头盘旋。大别山横跨黄冈，我就是在山脚下长大，如果没考出去的话，我会在那里待上很长一段时间。

女士说，想回大别山看一看。

那次车祸过了三个月，我接到了一个电话，是那位女士打的。她说在保险的资料里无意中发现了我的电话。

我说，你的脚伤好些没有？

她说，基本上没事了，吃了不少的排骨，补得差不多了。

我说，你还好，我没受什么伤，在家里也是被逼着喝了不少肉汤，说是要补回来。我都不知道要把什么补回来。只有喝了肉汤，他们才安心。

她说，你现在是住在城市，还是在大别山？

我说，这不出了事嘛，学校也没课，我干脆请了个年假，回到了大别山。

她"哦"了很长一声，又问我忙不忙。我说，在家里出了这学期期末考试的题目，这学期的工作基本上搞完了，算是闲的。

她一听到试题两个字，立马变得很激动，有一茬没一茬地讲了起来，语气急促，生怕事情说得不完整。我想她在联系我之前，肯定已经打算跟我说这事的，于是耐心地听着，很少去打断她。她说：我三十岁生日的那一天，刚好是周六，天气特别好，阳光明媚，甚至有些刺眼。我一点都不愿意出门，拉上窗帘，躺回床上。除了撒尿，什么都不做，不吃不喝，一直待到了晚上。最后饿极了，被逼着起床，穿衣服，洗漱，出门找东西吃。

走在十字街，我将自己藏匿在人群中，挑剔地打量两边的餐馆。这也不想吃，那也不够味。走了许久都没有驻足。

最后走过了繁华街区，人群骤然散去，暴露出我本来的孤独。我就不愿意走了。这时，路边刚好有一家火锅店，因为位置偏僻，也没什么生意。我看火锅店跟我有些相似，便毫不犹豫地走了进去。刚好一对情侣买完单，走了。偌大个店子就只有我一个客人。我点了一个鸳鸯锅和一大堆菜品。服务员反复确定我是否吃得下，她简直是小看了我的胃口。

菜上好了。我从包里拿出了一套自己打印的试卷，内容是这五年来把我难倒过的物理题目，共计六十道题。我一边吃火锅，一边做题。嘴里辣霍霍的，心里却产生了一些复杂的情感，跟单纯做题是完全不一样的。这每一道物理题都代表一小段经历，我忽然感觉自己不是在做物理题，而是在翻阅相册。

我眼前闪现很多往事，绝大多数都是不值得一提的小事，于我也没有任何益处，除了与母亲的争吵，几乎每一次都印象深刻。这五年来，母亲对我忍无可忍，她为我做的所有选择都被我推翻了。我像别人家十几岁青春期的孩子那般固执，偏不按她说的做。反而不像我十几岁的模样，那个时候我可乖了，她说什么是什么。可是我依旧过得不好，真的不好。

从上个生日到现在，我和母亲已经有一年没有说话了。三十岁了，一事无成，那些固执转化成了怀疑，怀疑自己，怀疑生活，也渐渐怀疑起了物理题目的标准答案。筷子一滑，从火锅夹起的丸子掉了下去，火锅汤汁溅到了眼睛里，又疼又辣，揉了好一会儿，才好起来。我叫来了站在门口诧异地望着我的服务员。她给我递上了湿巾。我问她，火锅的汤底可以打包吗？

她迟疑地说，可以吧。

我说，我要打包。

她说好。她瞄了一眼我的试卷，想问什么，又戛然而止。在这个社会，做题有无数种合理解释，考试、考编制、考职称等等，每一项都是积极的，让旁人羡慕。

眼睛揉了好久，才不辣了。我埋头快速将物理试题做完，对了一遍答案，全对。然后将试卷叠好，小心翼翼地将其撕成大小相同的一小块一小块，再将堆成小山的纸片放进火锅，煮了几秒，就捞起来，一口口地吃，像吃涮羊肉那样，我将全部的物理试卷碎片吃完了。

声音突然消失了。

我一看手机没电了，自动关机。我吓了一跳，赶紧跑到书房，将充电线连上。

等了一会儿，手机开机了，我立马回拨了电话。她没接。我又打了一个。在滴滴声响了第八遍的时候，她接通了。我告诉她信号中断的原因。她说了一句，这样啊。

声音带了哭腔，我才知道她哭了。我看不到她的表情，面对这样的情况，我骤然不知道该说什么好，也不好叫她别哭，憋了半天，只蹦出了一句话，然后呢？

她扑哧地笑了，接着说：吃完火锅，我擦了擦嘴，拿起手机熟练地拨通了母亲的电话。她这一天从早到晚一直等着我这通电

做题

话。我一打，她瞬间就接了。

我喊了一声妈。

母亲开门见山地说，事情我都给你安排好了，他是一位公务员，和你同年，也是属猴的，家境不错，我的意思是后天安排见面，见面的地方你选。

我咽了咽口水，立刻答应了，说道，那就选择去吃火锅吧。

母亲说，都行，我看他照片挺帅的，工作、生活各方面的我都打听了，不抽烟，不喝酒，没有不良爱好。

我轻轻地"嗯"了一声。

母亲又说，你都这么大年纪了，要有自知之明，也不要挑了，人家看上你，这事就定了。

我肯定地说，都听你的。

母亲说，人长一岁，树长百叶，你今天这个态度才像是个成年人。对了，今天你过生日，吃点好的，钱我转给你。

听到母亲这话，我的泪水涌了上来。

我对着手机快速说了一句"不需要，已经吃好了"。赶紧把手机挂断了，泪水哗哗地往下流。

服务员拿着打包盒，一脸蒙地看着我，给我递了纸巾，怯弱地问，还需要打包吗？

我擦干眼泪，点头说，打包，家里还有一柜子物理试题。

4

我为《故乡志》写的评论文章被文学评论杂志退稿后，感到很失落，干脆将文章传给了一位朋友。那位朋友在文学报工作。他说文章太长，对于报纸来说不适合，但可以给我安排一个专访，就重点部分进行刊登。过了几天，朋友又问，那篇文章可不可以发在他自己做的一个小众的微信公众号上。公众号叫"凤山后生伢"，关注公众号的都是文学圈子里的牛人。我随口答应了。很快文章就发出来。我对排版不是很满意，行距太窄，字体太小，密密麻麻的一团，没有阅读舒适感。我大概翻了一下，没作声。整整过了两周，文章阅读量才达到八十九人，后边留言有十几条。扫一眼网名，几乎都是我带的本科生。他们是从我的微信朋友圈看到的。里头有一条留言很特别：如果不是故乡，那就是故乡了。我一看网名，竟然是那位女士——我们之前通过电话加了微信。

到了晚上，她通过微信给我发了一大段文字。

她说，我看了你写的东西，很有感触。特别是最近发生了一件事：我女儿的班级布置了周末语文作业，其中有一道题目是写一篇关于自己的家乡的作文，要求亲身经历，真情实感。我女儿语文成绩很好，写东西特别有语感。她只花了半个小时，就完成了作文，兴冲冲地拿给我看。

她在文章里描写了家乡大别山的山脉、草木和山里淳朴的小伙伴，写得文从字顺，挑不出语法错误和逻辑毛病。我觉得自己都写不出这样的文章，自然是高兴和欣慰洋溢在脸上。正当我要夸奖她时，我突然意识到这篇作文从头到尾都是假的，是女儿瞎想和胡诌的。要知道，她除了满周岁的时候，我们带她回去办酒宴，她未曾回过老家、见过大别山，更别说有小伙伴了。

我当时就怔住了。我仔细回想，家乡的山脉是什么样的，草木是什么样的，伙伴是什么样的，我竟想不起他们的模样，甚至没有一丝一毫的记忆。我只知道有一条河，河上有座桥，家在桥的这边，学校在桥的那边，学校前有一个公交站，平时上学过个桥就到了。

上学，做题，上学，做题。这就是我对家乡全部的印象。而桥的再远处可能就有一座山——大别山。这么多年，我竟然没有仔细看它一眼，它到底是一副什么模样，我没有任何概念。那一刻，我觉得一切变得虚无起来。而那种虚无在脑海中又具体化，形成了一个个名词：黄冈密卷、大别山、故乡。它们深深地刻在我的记忆里，我却不知道到底是何物。

你知道吗，我当时的状态把女儿吓到了。她给我倒了一杯开水。她爸说，生病了要喝开水。女儿以为我生病了。

我也觉得自己生病了。我一想到女儿万一哪天再碰到一个作文题目：我的家，我的小区，我的城市，那该怎么办。我闭上眼睛，细细地琢磨着这个问题，发现那些地方我一个也描述不出来。我慌了，着急地跑来跑去，好好打量我的家，从厨房到客厅，从卧室到卫生间，每一个角落，每一个细节也不放过。我打开窗户，好好打量窗外，小区、街道、超市。我发现了很多新东西，原来小区不止两个保安，原来通往公园的道路是单行道，原来超市旁边开了一家母婴店……我脑子里的信息呈现出爆炸式增长，导致头部血量供应不足，我开始发晕头疼，于是蹲在地上，把头深深埋在手臂里。

女儿被吓到了，大哭了起来。她说给她爸打了电话，她爸马上就回家。她哭泣的声音太尖锐，太吵人了。我别过头，瞪了她一眼，无意中看到她的手中拿了一份试卷。我瞬间想到了黄冈密卷，想到了物理试题。自从结婚之后，我再也没有做过物理题了。

我飞快地冲出家门，跑到最近的书店，快速找到了一份物理试卷。书页刚一打开，熟悉的感觉又回来了。我弄来一支签字笔，趴在地上，奋笔疾书。一切都回来，故乡的山脉、草木，还有亲爱的小球、小车、小木箱都回来了，童年和少年的时光在题海中缓缓展开。

我百分之百确定，我在物理题里找到了故乡。那份惊喜，仿佛这么多年没有白活。

不怕你笑话我。做完物理题之后，全对，然后我哭了。旁边过路的人不知道发生了什么，纷纷围了过来，三言两语好心地劝我。不管他们怎么劝，我都不听，非要趴在物理试卷上哭一场。

她微信发的内容到这儿就结束了。

我把她发来的文字看了好几遍。我不知道该怎么回复她，是高兴，还是祝贺。我意识到我们的聊天还得继续，干脆送书吧。我微信回复她说，将朋友新书《故乡志》送你一本如何？

她欣然接受了，并且表示迫不及待地想看。

我说书的内容没她想象得那么精彩。

她说，我知道，在我的认知里，除了难倒我的物理试卷，其他的书都不会打动我的。

我回了一句，哈哈，又发了几个开心的表情过去。

后来在接受文学报专访的时候，我邀请老乡参加。采访的间隙，我们一同去上厕所。在厕所里，我们谈起了《故乡志》。我先前觉得对这部作品是过度赞誉了，后来发生的事情证明，我在评论中将"积极意义"改成"重要意义"是非常正确的。

老乡讨好地说，那篇评论写得好，有八十九个人看了，我猜有几位是茅奖的评委。

我说，这你都猜得出来，那你说说我指的到底是什么意义。

老乡笑了笑说，要有那么多意义干什么，能吃得好、拉得出才叫意义。

我懂他的意思，但是不在我的点上。我给老乡讲了车祸的那件事，连带提到那位女士。老乡对车祸饶有兴趣，说可以作为下一部作品的素材，但又说那位女士可能是患了臆想症，她完全活在自己的世界里，而这在虚构作品中是常见的把戏。

我反驳他说，那位女士活得很真实，她能把自己的生活给吃了，倒是我们没有她那样的勇气。

老乡摇摇头说，你何必这么执着，说那么多文学报又不会给你发表出来，多给你稿费。

刚走出厕所，微信响了一下，又是她。她写道：我今天离婚了，刚办的手续。离婚是他提出来的，说是忍受不了我埋头做物理题。他认为这种行为是不正常的，具体来说是神经病。他竟然还搞到了三甲医院的证明，要求把女儿的监护权判给他。相比他抽烟、酗酒、通宵打游戏，做物理题已经足够正常了。就这样吧，我本来没什么主见，也不是去争去抢的性格。我同意了离婚，只有一个要求，我要带女儿回一趟故乡，去亲眼看一下大别山。

我在微信的回复栏敲出一行字：其实我也挺想亲眼看一下大别山。然后反复在心中默念了几遍，又将这行字一一删除。或许她不再需要我的回复了。

乌鸦吃骨灰吗

殡仪馆门口有一座小花园。玉红站在园子外头喃喃自语：偌大的园子怎么没个人打理，枯枝败叶的，这怎么能行。她从早上起来就嘀嘀咕咕地埋怨，见到什么都要说上两句丧气话。一旁的和平权当没听见，默默地坐在马路牙子上。和平听见动静，仰头望向天空。是一群乌鸦，黑不溜秋的。它们围着殡仪馆的烟囱，一边盘旋，一边发出聒噪的叫声。

和平突然开了口："乌鸦吃骨灰吗？"

玉红停止了碎碎念，抬头瞅了一眼乌鸦。脑海里浮现出乌鸦一粒粒吃骨灰的画面，顿时觉得不适，赶紧别过了头说："别瞎扯。"

和平咳了一口痰说："奇了怪了，乌鸦若是吃骨灰的话，它们怎么还是那般黑，没有一丝丝变白。"他的嗓子时常会闷痰，怕是烟抽多了。

乌鸦瞪着红彤彤的小眼睛。玉红有些害怕，赶紧岔开话题："车子怎么还没来，都等了半个小时了，你给孩子们打个电话催一催。不然我们就走回去，不麻烦他们。"

和平来气了，松开裤子口袋里紧捏着的手机说："催谁，让他们来拿骨灰吗？他们才不要骨灰，不吉利，还不如喂了乌鸦。"

玉红说："谁都不想这样，只不过事发突然，孩子们时间安排不过来。何况这本也不是他们的事。”

和平狠狠剜了一眼玉红，从地上爬了起来，习惯性地拍了拍屁股上的灰尘，然后提起用黑布包裹的骨灰盒。骨灰盒略有点沉，年迈的他稍显吃力。

玉红盯着骨灰盒，想说什么，又把字句都咬碎，吞进肚里，小心翼翼地跟在和平的后面。

通往殡仪馆的公路两旁原来种了梧桐树，几十年的树龄，却都被砍掉，导致整条路秃了，看起来怪怪的。和平贴着树桩往前走。没多远，地上趴着一排塑料大棚，安安静静的，任由一群人钻进钻出。路边的牌子上写着：采摘草莓，停车免费。玉红喃喃地说：“听说这儿的草莓卖得好，不少人大老远开车过来采摘。草莓的个头大，颜色血红血红的，甜得很。”玉红说得像是吃过一样。

血？和平望着“草莓”两个字，一下子又想到了姐姐……

那年和平才七岁。家门口的山秃秃的，都被搜刮得干干净净，连引火的松针都没有。母亲得了肺痨，治不好，在床上咳咳咔咔几年，终于走了。父亲没多大主意，听人盘计：趁着灶门的柴还没烧光之前，把和平送给算命的瞎子当徒弟，学个营生好活命。瞎子循古礼，让和平三叩九跪拜师傅。和平犟着不干，想等再大一些去当兵，无论旁人怎么劝说，就是不进瞎子的家门。父亲气不过扔下和平，走了。瞎子关了门，也没管他。和平见没了势头，反而害怕了，哭天喊地了一天，肚子饿得咕咕叫。姐姐来了，塞了一块印子粑给他，上面印着鲜红的“寿”字，像鲜血一样红。他手一抹，“血”沾在了指头上。和平管不了那么多，囫囵吞枣地吃完，还舔了舔手指。这印子粑到底是咸的还是甜的，他很模糊，就是觉得好吃。

和平问："粑哪儿来的？"

姐姐说："十里外的一个村，死了老人，从供桌上拿的。"

和平问："别人没打你？"

姐姐说："我趁他们哭得正伤心的时候拿的，但还是被发现了。他们追了我几里路。幸亏我跑得快，他们追不上。"

和平说："这粑好吃，手都染得红彤彤的。"

姐姐问："回家吗？"

和平说："回。"

姐姐背起和平往回走。和平没吃饱，有气无力地趴在姐姐的背上。有一瞬间，和平把姐姐的脖子当成了印子粑，大口喂着姐姐的脖子。

玉红碰了一下冥想中的和平："你个老家伙又在胡想啥呢？"

和平说："去买点草莓吧。"

玉红说："花那个冤枉钱干什么，我喝红糖水都品不出个甜味，更别说草莓。有钱你给我买兰花吧。"

和平没作声。

玉红又小声地说："不消时日，家里的兰花就要抽穗了，得晒晒太阳，开出的花才持久。我这辈子没个正儿八经的爱好，唯独喜欢养花草。那些兰花都是我的命根子。你把姐姐接来的第一天，我虽然有一肚子意见，脸上还是乐和的吧，我也晓得姐姐是苦命人，就说炖个骨头汤，给姐姐接风，我们去超市买牛排。姐姐趁着家里没人，把兰花全都连根拔起，插上了五颜六色的塑料花。那塑料花是别人扔进垃圾堆的。她见没人要，就捡了回来。弄得满屋子一股馊饭味。闻着都快吐了。姐姐偏说那是花香。我问，为什么要拔掉兰花？姐姐说，那陶盆好看极了，却长了一堆草，瞅着就别扭。我心疼地说，那是兰花，市面上几百块钱一盆。姐姐不在意地说，兰草满山都是，没什么看头，倒不如这几朵红花，家里显得喜庆不说，又不要钱。我气得差点要说脏话，我把儿子养大之后，就没大声骂过人了，硬生生地忍了回去。"

和平没作声提起骨灰盒继续走，玉红抢先了一步走到和平的前面说："那个时候我真该骂你，你接你姐姐来家里，怎么也不提前跟我商量，这家我也有份。"

和平习惯性地绕开玉红，他还沉浸在印子粑的记忆中，没有听到玉红说的话。和平说："我当时好想再吃一个印子粑，就那样趴在姐姐的背上，姐姐敲我的脑壳，让我别咬她，她疼。我就没咬了，但还是饿。"

玉红说："你说买房子的时候找姐姐拿了五千块钱，房子姐姐有份，她可以理直气壮地住进来。就算是这样，房产证上可写了我的名字，问一下我不行吗？你一脸凶巴巴的。我心里门儿清，你怕我不同意，就先吓唬我。"

和平说："父亲打了姐姐一顿，不解气，要打我的时候，姐姐把父亲手里的棍子夺了过去，用砍刀剁成两截，塞进了灶门。姐姐只说了一句话，生火做饭。父亲叹了一口气，什么都没说。"

玉红说："你别现在有种，要是你跟姐姐一样得了老年痴呆症，依我的脾气我也不会伺候你。到时养老院不收，你就流落街头吧。"

和平说："那个印子粑好吃。"

玉红听到了和平牛头不对马嘴的回答，气不打一处来，又冲到了和平前头。和平往左走，她往左走；和平往右走，她往右走，抵在和平的跟前不让路。和平刚好手臂酸乏，于是将骨灰盒放在树桩上，歇息一会儿。

玉红深深叹了一口，东风有些倦，扑在脸上冷巴巴的。

和平叉着腰，环顾四周。公路的右手是一条河，河水都干涸了，露出枯黄的河沙。再远一点是工业开发区，烟囱林立，冒着白烟。河沙的黄与白烟融合在一起，眼前似乎戴上了一层滤镜，万物变得混浊了。大概是老花眼吧，和平揉了揉眼睛，"这地真偏僻，一辆车都没有。"话音刚落，一辆警车呼啸而过，侧门上"警察"两个字格外显眼。和平望着警车扬起的灰尘又陷入回忆……

"我是派出所，你媳妇打人了……"接到电话的时候，和平正卧在沙发上看《周易》。自从退休之后，看书成了为数不多的正经事，从小说到四书五经，他什么都看。和平有点蒙，对着电话又问了一遍："谁打人了？"

"你媳妇打人了，她抢人家葬礼上的供品，被主人家拦住，她又把主人家给打了，主人家报了警，你媳妇现在在派出所，赶紧来一趟吧！"

和平不敢相信，平常连鸡都不敢杀的媳妇居然打人了。他立马警觉了起来：八成是骗子。和平打电话给玉红求证。玉红接了电话，说她现在正给朋友的女儿相亲，那姑娘三十多岁了，还没找对象……玉红叽里呱啦地说个不停，和平把电话挂了。那边果然是骗子。和平瞟了一眼电话机，心里总有些不安，特别是电话里提到葬礼上的供品，他猛然想到了印子粑，有一种说不清的感觉。和平放下《周易》，匆忙赶到派出所。一进门，只见一位老妇披头散发地坐在椅子上，神态慌张。和平一眼就认出了那是姐姐。姐姐这么多年来一直寡居，才半个月没有联系怎么变成这副模样。和平直盯着姐姐。姐姐目光躲闪，害怕地扭过身子。和平蹲了下来，扶着姐姐的腿，喊了一声："姐！"

姐姐这才回过头，左右打量他。眼里忽然闪过一丝亮光，高兴地摇摆着手大叫："相公，你回来了。"

和平听了这话，大吃了一惊，着急地说："我是你弟弟。"

姐姐说："你不是弟弟，是相公。"

和平急促地说："我是弟弟，你把我带大的，送我去当兵，你不记得了？"

姐姐痴笑地望着和平，一连喊了几声"相公"。

三十年前，姐夫在采石场放炮，被石子砸到脑袋，砸了一个大坑下去，抢救也不中用，没多久就死了，也没留下一儿半女。和平心疼地看着姐姐。一旁的民警见状说道："这老太太神志有问题，在街头流浪了好几天，实在饿不过，抢了人家的供品。人家本来有丧，情绪激动，后来看着老太太可怜，就没打算追究责任，都回去了。我们问了半天，老太太报了一个电话，说是她相公的……"

姐姐顺手将和平从地上拉了起来，在衣服兜里掏出了两块印子粑。手捏得太用力，印子粑碎成了粉末。姐姐说："你看我给留了什么好吃的。"说着就将印子粑往和平嘴里塞。和平用舌头舔了舔，猛然想起了久远的味道，于是大口地吃了起来。

姐姐连忙问："好吃吗？"

和平拼命地点头说："好吃。好吃！"

玉红见和平自言自语，心中有些好笑，气一下子就消了。年纪大了，生个气也嫌麻烦。她走到树桩前，试着提了提骨灰盒，的确有些沉，又将骨灰盒放回了原处，说道："我以后死了烧成灰，肯定比这个轻，我比姐姐瘦多了。"

和平说："你再这不吃那不吃的，死了就没机会吃了。"

玉红低下头，抚着骨灰盒说："姐姐你胃口真好，一顿要吃三碗饭，我就吃不了，半碗饭都嫌多。"

姐姐刚来到家里，她一刻也闲不下来。姐姐吃了第一餐，第二餐不干了，她嫌玉红炒的菜淡了，不合胃口，锅和勺子都抢过去了。玉红本以为做饭的事交给姐姐，自己会清闲点。姐姐口味重，每盘菜多加辣椒多加盐。玉红有高血压，姐姐做的菜她真吃不惯，每餐还得重新煮一锅面，单另着吃。姐姐发现了，骂玉红是"万八贯"，不懂得勤俭。

一旁的和平嫌玉红叨絮，挑过头，没有理她。姐姐来的第二天，趴在栏杆上，勾着头，认真地望着隔壁家的小孙子画水彩画。和平起先以为她是羡慕别人家有孩子，后来才发现姐姐在认真地看画画。她嚷嚷着要越过栏杆，去抢小孩的画笔。和平索性就给她买了素描纸和水彩笔。姐姐很是兴奋，趴在地上画起了画。

玉红也背过身，对和平说："你把书房给了姐姐睡，这事也没跟我说，书房是我放兰花的地方，归我管。"玉红嘴上这么说，那个时候她心里在想：兰花都被连根拔起了，要个放兰花的地方有什么用，让姐姐睡吧。次日，他们去战友家送礼，让姐姐自个儿待在家里，谁知收破烂的刚好来小区了，吆五喝六的，姐姐听到了，喊住了收破烂的，把书房里的书统统都卖了。三十八块七毛。里头还有儿子的毕业证和荣誉证书。玉红找收破烂的，花了十块钱才将毕业证买了回来。收破烂的说，荣誉证书还要再收十块。玉红觉得不合理，就和收破烂的吵起来了。收破烂的一狠心，不卖了，全撕了也不卖。玉红当时就气晕了。

玉红扯着和平的衣服说："锁是你安的，这别赖到我头上，你说为了防止姐姐偷偷溜出去，在门上多装一把锁，出去也要钥匙。"

和平甩开了玉红的手，继续往前走，路边花坛里稀稀拉拉地伸出一些不知名的花。和平说："姐姐喜欢画花花草草，杜鹃花、鸡冠花、荷花。画得好不好另说，但是不得不佩服姐姐把色彩搭配得非常自然，看着舒服。"

玉红说："别提了，那些画看着奇奇怪怪的，我也欣赏不来，姐姐要把画挂在墙壁上，我没意见，你说挑两三张好的装裱一下，当作装饰品。姐姐不干，她把每张画都当作宝贝，非要挂起来。墙壁上都是姐姐的画，更可恶的是卧室也全贴着那些画。那些花花草草纤细的茎叶都长进了我的梦里，变成一条条绳子，紧紧勒着我的脖子。我吓醒了，当时还真以为是你姐进了房间，勒住我的脖子。从那以后，我睡觉之前，要反复检查房门锁好了没有。有时睡着了被吓醒，以为是门没关好，又要重新确认一下锁好没有。"

姐姐一画完画就要让和平欣赏，像是邀功一样。那几天姐姐一直画一团毛球，一张接着一张。和平实在看不懂她画的是什么，就问她。她说那是儿子。和平听了这话，想到姐姐的处境，骤然有些鼻酸。姐姐愣愣地看着和平。和平没有理她，径直走进厨房做饭。和平做饭也习惯了放辣椒和盐。他记起来了，小时候家里没什么吃的，经常用辣椒和腌菜下饭。

玉红紧追着和平说："那几夜真是见了鬼，每天大半夜都有什么在叫唤，既不像是狗叫，又不像是猫叫，叫得那个欢呀，弄得我一夜合不了眼。我去物业举报了，并告诉他们如果处理不好，我就去街道、去政府投诉。养了宠物，又不管教，是得好好教育一番。"

那些日子，和平发现姐姐画的一团毛球越来越精致，可以看出，那不是她一贯画的花花草草，而是一个活物，有鼻子有眼有嘴巴。和平看来看去也不知道是个什么东西，问姐姐，她笑而不答。

玉红说："奇了怪了，物业把养狗养猫的人家都问遍了，都说不是自家的宠物叫唤，何况又没有到发情的季节。我想也是，那些养狗养猫的都养了几年了，之前也没听到猫猫狗狗在半夜不停地嚎叫。"然而小区居民听说可能是从外头来的野物，顿时来了兴趣，都在猜是什么野物。说是黄鼠狼吧，上了年纪的都知道，黄鼠狼不叫；说是狐狸吧，它又为什么叫呢；说不定是一匹豺狼，毕竟动物园离这儿也不远。大家越说越离谱，越说越兴奋，硬是要找出来是个什么野物。

后来姐姐找到和平说不想画画了，画画会让她想到儿子，她要去找儿子。和平说："你没儿子。"

姐姐急了说："我有儿子。我跟他一起去河里玩，他抓了一条鲫鱼，我们把鱼烤了吃。儿子还会带我去逛街，我们一起走过了许多巷子，直到走不动了，就在大桥底下坐着，一起看车来车往。"姐姐一边说一边激动地跑到门口，用力地砸门。她要出去找儿子。

和平劝她说："我们还是别出去了，外头有野物，不知道是个什么东西，就躲在我们小区，大家都在找。碰到了，若是个性子烈的东西，咬了一口，还要打狂犬疫苗，要是多咬几口，咱们这把老骨头铁定受不了。"

姐姐继续敲打着门。和平见状，只好带姐姐到附近的广场走走。姐姐来到广场，跟几位从未见过面的老人打招呼、拉家常，像是格外熟络的朋友。

玉红说："小区的邻居都魔怔了，难得这么齐心地帮物业找野物，里里外外找了几遍，怎么找都找不到那只野物。野物野惯了，狡猾着呢。一群人就商议，晚上把小区的大门关了，一栋楼一栋楼地，边搜边听，誓要看一看那只野物到底躲在哪儿。"

玉红的描述让和平回忆起了那天晚上，低声说："奇不奇怪，那个时候我总觉得野物的叫声离我们很近，如同在枕头边对着耳根子吹气。"和平几次认为那东西就在身边。他联想到了姐姐的画,似乎就是她画的那个东西在叫唤,不只在叫,还在拉扯他。

物业敲开了玉红家的门,说声音是从她家传出的。玉红当时就蒙了,怎么可能,她家又没养宠物。物业坚定地说,楼上楼下排查了几遍,声音确实是从你家传出来的。玉红这才想起姐姐,她慌忙地跑到最角落的书房,打开门一看:姐姐穿着睡衣,爬上了防盗网,一脸愁容地凝望夜空。大家还没开口,姐姐对着窗外号叫了几声。

所有人都惊呆了。

和平猜测姐姐可能在模仿灵长类的动物叫唤,比如说猴。可是她从哪儿学来这些的?和平去翻她的画,发现那画中毛茸茸的东西有一丝像小小的猴子。

和平指着画问姐姐:"这是儿子?"

姐姐点了点头。

和平大胆地猜测:姐姐在流浪的时候遇到过一只同样流浪的猴,那猴一直跟着她,她就把那猴当儿子了。关键是我们这平原上的城市,周边又没有山林,哪儿来的猴?和平百思不得其解的时候,姐姐猛然哭了。他清楚姐姐是想那只猴了,轻声问道:"你想出去找?"

姐姐"嗯"了一声说:"去把儿子找回来!"

和平点了点头。

玉红见和平一个人提着骨灰盒有些气喘,她走过去提起了一边的带子。看起来不起眼的事,两个人做总归是轻松些。他们走上了大桥,那里是他们第一次见面的地方。和平偷偷瞟了一眼玉红。他还记得,刚去当兵时,穿了一身军装,在桥上遇见了玉红,就多看了她两眼,脸瞬间就发烫。

玉红自顾地说："我家出了一只人猿，街坊都笑掉了大牙。害得我几天不敢出门，怕被人截在路上问东问西。唯一一次出门还是买降血压的药。那几日也没买菜，天天煮面吃。晚上还要照顾姐姐睡觉，怕她又深更半夜起来瞎叫。吃药已经降不下来血压了，我感觉血都堵在头皮里，迟早要爆炸。"

　　姐姐倒喜欢去外头疯，越发关不住。姐姐只要烦闷了就要去找儿子，和平只好陪着她。他们出门还专门背一个包，里头放了水杯、毛巾和零食。和平问姐姐去哪儿找。姐姐让他别管，跟着她走就是了。姐姐轻车熟路，先带和平来到了大桥下。那儿有一群穿着紧身衣、手臂上文满了各式图案的年轻人，他们在桥墩上涂鸦，第一眼见了和平，警惕地瞪了他一眼，似乎在告诉他不要管闲事，第二眼看到了姐姐，年轻人开始起哄。他们认识姐姐，笑嘻嘻地冲过来。姐姐跟他们每一个人拥抱、打招呼。和平也不知道姐姐怎么会认识他们。年轻人问姐姐最近过得怎么样。

　　姐姐挽着和平的手说："我找到相公了。"

　　年轻人听这话，将和平上下打量一番。和平连忙解释："她是我亲姐姐，我是他亲弟弟。"

　　年轻人对姐姐说："难怪，这老头不配你，你能找个更好的。"姐姐佯装生气，敲了一下年轻人的额头。年轻人也不恼火，递给了姐姐一瓶百威啤酒。姐姐熟练地开瓶，灌了一大口。和平连忙过去把酒瓶接了过来。

　　年轻人说："画快画完了，左边这一幅画完了，右边这一幅还有四分之一就完工。"

　　和平抬起头一看，左右桥墩上各画了一幅涂鸦，线条很是夸张，依稀看得出有一丝猴的轮廓，特别是那一双水灵灵的眼睛。姐姐高兴地拍巴掌。和平这才明白，姐姐画画的技能或许是向这群人学习的。年轻人笑眯眯地说："大爷，这画得跟你有那么几分神似。"和平瞪了年轻人一眼,顺便把酒瓶子还给他们,拉着姐姐就走。

玉红顿了顿说:"同在一个小区的熟人问我,听说有一位女人跟在你丈夫后面还一口一个相公。我说,那是他姐姐,脑子有问题。熟人说,小区的人都在当笑话说这件事,他们整天到处去玩倒像是一对。听了这话,我骂了熟人,质问她脑子里想什么。"嘴上这么说,可是玉红的脑子里也止不住瞎想。姐姐做饭,和平打下手;姐姐拖地,和平洗衣服;姐姐看《西游记》,他就坐在一旁傻笑。为了照顾姐姐,和平都搬到客厅的沙发上睡了。而玉红呢,天天躺在床上,上午躺,下午躺,晚上躺,有那么一刻,她感觉自己在这个家才是一个多余的人,才是一个病人。

他们提着骨灰盒行进了一段路。这次是真的累了。和平的手插入口袋,握住电话。玉红见状,拍了拍和平的腿说:"到这个点孩子们都没来,那是真的忙。"

他们坐在河堤上,骨灰盒放在一边。远远望着干涸的河道。等下一个雨季来的时候,河道里会灌满新一年的雨水,继续冲刷着年久的记忆。

和平瞅了一眼玉红,说:"姐姐喜欢红色,在地摊上,我给她买了一条红色围巾,她戴着挺好看的,我想你戴着也好看,给你买了一条粉色的。"那次买完围巾,和平带着姐姐去河边拍照,她摆了各样的姿势,然后戴着围巾欢快地兜着圈子。和平想起他们小时候经常去江边玩,姐姐坐在河滩边,他在河岸奔跑,然后朝江里扔石子。那个时候,和平经常使坏,见姐姐走神了,故意跳进河里潜入水中。姐姐看不见他,着急地奔跑,大声喊他的名字大哭起来,和平才缓缓浮出河面,给她一个惊喜。有一次和平忽然又想玩这个儿时的游戏,他趁着姐姐不注意,往水里一跳。由于过于用力,把腰给扭了,疼得在水里扑腾,灌了好几口河水。这可吓坏了姐姐，她冲过来，一把将和平从水里拉扯出来。和平嘴里灌着水，像上岸的鱼一样痛苦地翻腾。姐姐拍打着他的脸，哇哇大哭。过路的人闻讯赶紧过来帮忙，等和平吐出灌入的河水，这才舒服一些。就在这时，姐姐突然叫了一声他的名字："和平！"

和平惊呆了，姐姐终于认出了自己。看着姐姐一副哀痛的模样，和平心里清楚，姐姐定是想起丈夫遇难时的场景，当时她也是这般痛心疾首。和平后悔逗姐姐了，强忍着疼伸手帮姐姐擦掉了眼泪。然而等和平从地上站起来，姐姐又把他给忘记了，追着喊"相公"。

玉红假装没听见和平提围巾的事，故作生气地说："就因为那次，你的腰受伤了，躺在沙发上嘤嘤地叫，我本来不打算管你，让你自作自受。后来细想了一下，心里憋着一口气，再不出的话，高血压真犯了。"那一刻，玉红不知道哪儿生出来的一股劲，先是在客厅把和平骂了一顿，然后去厨房夺回锅和炒勺。玉红压制住所有的怒火，平淡地对姐姐说，以后做饭的事她说了算，不放辣椒，少放盐。

姐姐怔怔地看着玉红。

玉红怕姐姐没明白，又说了一遍以后家里的饭、家务事都不用她操心。

出人意料的是姐姐听懂了，她洗好了青菜，擦了擦手，就退出去厨房。那一顿菜，玉红一丝盐都没放。和平吃了一口，骂骂咧咧的，要玉红去拿辣椒酱，他的口味早被姐姐恢复了。玉红不服气，以前又不是没吃过清淡的饭菜，于是借着腰疼不能吃辣，硬是不拿辣椒酱。

和平把碗扔了。吃不下去就不吃了。就在这时，姐姐尖叫了一声。和平没想到砸碗的举动吓到了姐姐。姐姐以为和平说自己做的饭不好吃，一个劲儿道歉。

和平说这是玉红做的饭。

姐姐硬说是自己做的饭。

玉红也急躁了起来，喋喋不休地说个不停。

和平腰疼头也疼。放出狠话说，以后干脆不吃饭了，吃饺子，嫌淡自己蘸酱油，再没什么争论的吧。

想到这儿，和平会心地笑了一下。他拍了拍骨灰盒，像是跟姐姐在聊天："算命的瞎子说你活不过六十七，你真的只活到了六十七岁。"和平低下头，发现脚边冒出了一些绿色的小嫩芽。春天来了，万物滋长，这些野草也不例外。他顺手掐了一根，是地菜，放在嘴里嚼一嚼，怎苦！

玉红说："你记起来了？全家就我是一个多余的人。一有事，你就叫我对姐姐好，讲了无数次你和姐姐小时候相依为命的往事，何况房子也有姐姐的一份。我当时在想，他们姐弟两个有亲缘关系，我倒是一个外人，我一听到'姐姐'这个词就烦。"

和平摇摇头说："你看姐姐不顺眼，我嘴上没说，那些轻蔑的动作我都看出来了。"和平最反感玉红到处说姐姐的事，还称呼为"那痴呆姐姐"。和平不知道玉红到底在烦什么，不让她洗衣服做家务，姐姐都帮她做了，她闲了起来，不享福还到处添乱。和平说了玉红一次，没想到玉红大发雷霆，劈头盖脸地骂他。那时他真不想理玉红。和平说："倒是姐姐总是在照顾我的情绪，给了我体面。姐姐叫我'相公'，每次我都得跟她解释一遍，姐姐叫的次数多了，我就把'相公'当作了自己的名字。"

那天和平正在包饺子，姐姐喊了一声"相公"，和平答应，抬起头，见姐姐穿了一条裙子出来了。从小到大，和平从来没看过姐姐穿裙子。姐姐欢乐得像孩子一样，在客厅转来转去。那裙子是玉红的，是姐姐从衣柜里翻出来的。姐姐指了指墙上的结婚合影，那里面的玉红也穿着这条裙子。多年前，他和玉红去香港旅游，玉红一眼看中这条裙子，要价三千多块。她舍不得买。和平买了。玉红嘴上不满，心里可欢喜了，一回到家里赶紧穿上，拉着和平去照相馆拍照留念。那条裙子太贵了，玉红舍不得穿，没穿两次，后来样子过了时就再没穿了。姐姐和玉红的体型差不多，穿着正合适。

姐姐一个劲地问："好不好看？"

和平说："好看。"

玉红推开门，看见姐姐穿着她那条裙子，高兴地跳起了舞，一旁的和平趴在地上用手机拍照，一幅其乐融融的场景。那裙子玉红有太多记忆了，都是和平对她的好，这么多年虽然不穿，但是一直好好地珍藏。姐姐连叫几声"相公"，玉红听了头脑里嗡嗡作响。姐姐又说要把新拍的照片挂到墙上去，原先的不好看，要扯下来扔掉。玉红顿时失去了理智，冲向姐姐，狠狠地将她推倒在地，使全力非要扒下那条裙子。

姐姐在地上不停地滚，推搡玉红。

她们两个越扯越凶，和平都劝不住。玉红一激动，扇了姐姐一耳光，让她滚出去。话一说出口，玉红立刻就怔住了。

和平看出玉红的慌张和窘迫，先去扶了一下玉红，等他再回过头，姐姐已经跑了。和平赶紧冲出去追，姐姐已经不见了踪影。

和平真吓到了，沿着街道到处去找。到了天黑，还是没有找到，他失意地走在空荡荡的街上。

玉红说："姐姐消失了，那一瞬间似乎生活又能恢复了，可是我心里很难受。是的，姐姐她有什么错呢。"玉红冲到黑夜里，在大街上一遍遍喊着姐姐，那个时候，她多么期待姐姐能有回应。冥冥之中，玉红听到一声嚎叫，那是猴的叫声，跟之前小区里的叫声一样。一定是姐姐。她激动得差点哭了起来，一路追着那个叫声，拐过了几条街，来到了大桥下。

玉红笑着说："没想到，我一把年纪了，不仅能跑，还能跑那么远。"姐姐坐在桥下，仰望着桥墩上绚烂的涂鸦。玉红二话没说，一把抱住姐姐。姐姐忘了刚才发生的事，开心地抱住玉红。姐姐说找到儿子了。说着，指着大桥下另一个桥墩上的涂鸦，是一只猴的画像。

姐姐死后，和平从姐姐的床垫下翻出一张老照片。姐姐送他去当兵，他们第一次来到市区，姐夫特地请他去动物园游玩，他们拍了一张合影。照片上，三个人笑着站成一排，和平的身后蹲了一只猴，露出一个滑稽的表情。这么多年，姐姐一直记得那只猴。

玉红蹲下来，抱了抱骨灰盒。和平转过身，刚好看到了玉红脖子上系着的粉色围巾。就问："你什么时候围上这个的？"

玉红说："围巾一直放在包里，刚才在大桥的时候觉得天气转凉了，就围上了。"

和平说："这条围巾好看。"

玉红说："一把年纪了，还讲究什么好不好看。"

和平说："好看！"

玉红说："把姐姐暂时放在书房吧，等我们买了墓地再作打算。把兰花都搬进去，陪着姐姐。"

和平摇了摇头，他从口袋里拿出一张皱巴巴的纸条递给玉红。上面画着一只毛茸茸的猴闭着眼睛躺在山坡上。和平说："姐姐不想去我们家了，这个地方不错，把骨灰撒在河边吧，过不了几日，春风一吹，岸边会长满花草，姐姐喜欢五颜六色的花。"

和平伸出了手，玉红会意地牵着，两人相互搀扶着走到河岸上。玉红抬头看了一眼天空，那群乌鸦正盘旋在空中。

去某一个地方

　　明志在火车站转了一圈，唯一空的休息椅旁边坐了一位稍显肥胖的女人。她神情投入地啃着一块鸭脖，卷起舌头，连骨头缝里的一小丝肉都不放过，最后吐出来的骨头光滑精致，像是一件小摆饰。女人拿着鸭骨左右瞧了一眼，满意地扔到塑料袋里。

　　明志习惯性地瞟了一眼鸭脖的包装，应该说没有包装，那只是一层保鲜袋。看来不是商场贩卖的周黑鸭，而是自家卤制的，难道是女人自己烹制的鸭脖？那可不是一道简单的熟食，而且，懂得吃的女人才懂得生活。

　　很快女人察觉到了停留在手中鸭脖上的目光。她快速地扫了一眼明志，确定目光来自这位陌生的男人，才停止嗦鸭脖的动作，顺带将鸭脖塞进松垮的背袋，拿出备好的湿纸巾擦拭掉嘴角的油渍。女人面无表情，好像跟那一堆骨头完全没有关系。

　　明志站在一旁未动。女人又瞟了一眼他，然后礼貌地往外挪了挪身子，好让空出的休息椅看起来有足够的空间能容纳下一个高个子男人。她做好准备，随时等待明志坐到她的身边。

　　此刻，明志无论坐，还是不坐，都有些尴尬。他将背包放在座椅上，从口袋里掏出香烟点燃。这是多年来形成的习惯，只要遇到不好解决的事情，就闷头抽烟。香烟带有心理暗示的作用，吞吐出来的烟雾像是缠线一样把明志团团包裹，别人看不见他，他也看不见别人，层层烟雾能带给他安全感。

一列火车到站了，人潮涌动，明志往后挪了挪位置，尽量避开来往的人群，他是个喜欢清净的人，所以大学一毕业，他就考取了公务员。省政府庭院深深，环境幽静，他作为一名小文员，除了给领导写写讲话稿，平日又无人叨扰，正好适合他。

明志的烟刚抽完，离站的人离站，上车的人上车，候车室又恢复了平静。他眯着小眼睛盯着墙壁上的显示屏，假装寻找着"武汉"的字样，他清楚显示屏上暂时不会出现这两个字，到武汉的列车还有二十多分钟才会进站，只不过他觉得盯着一个地方看总比东张西望要强些，至少给别人一种他在忙的感觉。

明志感觉到有一双眼睛正打量着他的背影，像是一只猫爪挠着他单薄的衬衣，他的不理不睬使得这只猫变得暴躁起来，竖起了它锋利的指甲。明志仿佛能听见衬衣撕裂的声音，他回想起一些细节：体形偏胖的女人皮肤一般都很好，比如方才那位啃鸭脖的女人皮肤如同鱼丸一样嫩滑，而她啃鸭脖时，油腻的丰唇闪亮亮的，像是涂抹了一种特别的唇膏，有一种说不上的性感。明志吸完最后一口烟，被人盯看的感觉有些奇怪，背部发麻，他趁着丢烟屁股的间隙，若无其事地朝女人瞥了一眼，只见女人正在低头刷着手机，传来嗖嗖的刷屏声，她在和别人聊着微信呢。女人的状态完全和明志想象的不一样，原来是自己过于敏感，又自导自演了一场心理戏。明志背上的酥麻感瞬间消失，那只骚扰他的猫也跑得无影无踪。明志掏出手机，他想给安迪打个电话，手机屏上显示的时间是七点过六分。他早上六点不到就起床了，是他和安迪同居以来起得最早的一次。安迪送他出门后，肯定会再躺回被子，睡到中午才会起床。明志怕扰了安迪的睡眠，转而给她发了一条微信：上车了，离开了你的城市。

列车还没到站，明志时刻盯着手机屏幕，他迫不及待地想知道安迪看了微信之后会有什么样的心情。还没等两分钟，嘴里不断分泌涎水，他又想抽烟了。明志在口袋里摸了半天，摸出了两枚茶叶蛋，他知道这是安迪故意放的。安迪说她出远门的时候，母亲总会在她的背包里偷偷放几枚茶叶蛋，等到她上车之后，母亲再打电话嘱咐她饿了有茶叶蛋可以吃。安迪说她很恼火母亲这种自作主张的做法，难道不能事先提醒一下，气归气，茶叶蛋每次都派上了用场。

明志想到今天早上他一睁开眼，安迪已经在厨房里忙碌，她很少下厨，平时更喜欢点各式各样的外卖。她会把外卖重新装在精致的瓷盘里，摆放成好看的模样，像是自己亲手烹饪的一样，喋喋不休地讲着这些食材是如何烹制的。安迪也时常去街上的小店里吃饭，却总是抱怨在街上吃和在家里吃，菜品一样，感觉却完全不一样，到底是哪儿不一样，安迪也说不清楚。忙活了一早上，安迪做了一个蛋包饭，洋气的摆盘一看就知道是按照网上的攻略来做的。

相比味道一般的早餐，在餐桌前飘来飘去的纯白色连衣裙更吊明志的胃口。安迪忙碌得腾不开手，似乎有一大堆事等着她立即处理，她半分钟也停不下来。明志知道安迪是假装若无其事的，其实她心事重重。

安迪问明志是要番茄酱还是甜辣酱，明志说都要。她笑着说，都要？岂不是又酸又甜又辣，那你要怎么吃啊？明志说，就这样吃，你做的横竖都好吃。安迪一个劲地笑，转身冷不丁地在明志的脸颊上亲了一口。明志的心忽然被刺了一下，感觉有些痛，他不忍心揭穿安迪的假装，他清楚安迪的良苦用心。

车站的广播开始通知检票，人潮又躁动起来。明志嗅到一股卤香味，女人提着背包从他眼前走过，特地瞟了他一眼，似乎在打招呼。明志不由得摸了一下脸颊，安迪的吻痕依旧温存。他刚按熄手机屏幕，就收到了一条微信，是安迪发来的，她提醒明志衣服口袋里有两枚茶叶蛋。明志回了一个笑脸。他抬起头，望着楼梯下白色的"和谐号"像是一头喘着粗气的白熊，像要跃跃欲试地扑向他，将他整个人一口吞掉，而自己如同无处逃窜的小兽，被迫去接受命运。他怀揣着不安的心情，捏紧军绿色的背带，被人群裹挟着，顺级而下。明志不停地张望"和谐号"，心里盘算着那件不得不完成的事。

列车在这一站只停靠几分钟。明志刚上车，车门就关上了。他走错了车厢，找了一圈才找到自己的座位，刚好靠着车窗。这是安迪给他买的票。安迪知道他有晕车毛病，专门挑选了一个靠着窗户的座位。明志心想安迪对于这件事很上心。

明志忽然发现坐在他旁边的正是刚才那位啃鸭脖的女人。两人相互对视，女人礼貌地微笑致意，明志也点了点头当作回礼。他仰靠在椅子上，耳朵里塞着耳麦，却并没有播放音乐，这个动作象征着列车上其他的事不再与他相关。

窗外是郊区高高矮矮的房屋，到处都是违章乱建的蓝皮房，亮锃锃的，与红砖灰瓦极不相称。明志想起初次遇见安迪也有这种感觉，与同龄人相比，安迪总是表现出与环境极不相称的气质。明志记得那天夜黑得很早，他正在为领导起草一份讲话稿，政府的文件说好搞也好搞，不就是套上级的文件；说不好搞也不好搞，摸不准领导的脉络，写再多也是废话。他写烦了，就邀朋友去喝酒。他是一名小小的文员，还够不上顶风违纪的门槛，拿准则条例去框他又显得太板眼。他还和大学时一样地生活，既不揣着玻璃杯，也不提着文件包，穿着一身运动装，背着双肩包，一出省政府大门就直奔KTV。

安迪是明志的朋友带来的。她留着飘逸的长发，穿着白色连衣裙，娴静地坐在KTV包间的角落，一点也不拘谨，端着高脚杯，抿着红酒，与旁人讨论着某个精彩的话题。她不像某些女子那样奔放，对着麦狂吼，她只唱了两首王菲的歌。不得不说她和王菲的声音有几丝相像，空灵通透，不细听的话，还真分不出彼此。安迪可能觉得唱这类抒情的慢歌冷了聚会的气氛，唱完两首之后，坚决不再唱，反而喝酒喝得更欢了。她熟练地把玩着高脚杯，红色的酒汁来回摇晃，如同与青春相关的某种隐喻。一整个晚上，明志一边喝酒一边被这位与众不同的女人吸引着，仿佛自己是她手中摇晃的那杯红酒，身体悄然分泌出不可名状的物质，炽灼着肌肤，全身火辣辣的。包间到处安装了棱镜，明志抬起头环顾四周，满屋子都是自己拉长变形的大头，他凑近一看，脸红耳赤，真是一副尿样。

　　明志观察到在一旁安迪是来酒不拒。作为一名女子，她的酒量真的不错，明志都有些羡慕了。他壮着胆子跟安迪邀酒。安迪一口气干了三杯。明志艰难地喝了两杯，已经很难保持意识清醒，他望着满满的最后一杯酒，又不好认尿。于是他自己给自己打气，杯子里不过是酒而已，跟水一样，直接往嘴里倒就行。喝完之后，明志还能通过镜子看清楚自己的鼻子眼睛，但是他心里明白，只要稍微一摇晃，酒劲来了，他准断片。就在他将要醉晕过去的前一秒，他做了一个大胆的举动，成功地加上了安迪的微信。

　　那一晚明志醉得很彻底，隐约做了一个梦，更确切地说，是隐约地释放出一种压抑许久的情感。他睁开迷离的眼睛，四处白茫茫的一片，他不知道自己身处何处，只觉得全身都很温暖，阳光如同穿过厚厚的彩绘玻璃，展现出一幅光怪陆离的景象。他望了许久才蓦然发觉，那彩色的景象是一幅画作，里面趴着一位裸体的女人。明志毫不惊讶，他驻足观望了一会儿，有一瞬间他想起了母亲，其他的时候他想到的是安迪，那是一种神秘而亲近的感觉。

第二天，明志醒了，他赤裸着身子躺在卫生间，完全不记得昨晚醉了之后发生了什么事情。

列车穿过城郊驶向江汉平原，视野骤然开阔，一望无垠的农田，零星点缀的湖泊，以及农田边几座孤寂的坟头，给人一种安逸的视感。女人拍了拍明志的肩膀，明志摘下耳机，女人说她想用手机拍一张风景照，好发朋友圈，示意明志往后靠一点，别挡住了镜头。明志笑着配合她。

只要领导不开会不讲话的时候，明志就特别闲，实在无聊，他每一分钟都要刷一下微信朋友圈，看一些在网上火爆的帖子。他想，跟他一样无聊的人应该不少，不然哪来这么多的点击量。明志通常是只看不发，一方面，他觉得没什么可发的；另一方面，如果别人点赞的话他要回赞，你来我往的，显得有些麻烦。在认识安迪之前，明志没有发过一条朋友圈，总让人误会他是把朋友圈给屏蔽了，或是删除了好友，这都是不友好的行为。明志为了让安迪没有这种想法，他随便在网上找了几句鸡汤文，配几张美图发了出去。这本来是一件很平常的事情，让明志惊喜的是刚一发出就收到安迪的点赞。

安迪的朋友圈发的都是到各地旅行的照片，应该说是环游世界。其中有一张还是在非洲的土著部落拍摄的，她和一群瘦弱的黑人小孩合影。看得出来安迪笑得很灿烂，而孩子们的表情并不自然，或许是安迪长得太白，或是孩子们黑得太刺眼，总有一种不协调感，但是不得不说安迪的经历果真丰富。明志花了整整一天才翻完安迪的微信朋友圈，他感觉自己和安迪完全不是一路人，安迪做的很多事都是他想做却都没做成功的，比如说骑行川藏线。对他来说，骑行川藏线是一件特别能彰显个性的事，为了实现这个计划，一上大学，他就开始行动起来，并把骑行川藏线的规划当作终身大事来做。终于攻略做好了，资金也到位了，山地车也买好了，出发的前一天却犹豫了。正是那一瞬间的犹豫，让他陷入无休止的心理拉锯战，仿佛掉入一座菱形的迷宫之中，让他一下子迷失了方向。他一宿没合眼，脑子里不停地回想着车祸、抢劫、诈骗以及各种不幸和意外，他开始质疑骑行川藏线的合理性：这是一件绝对要做的事情，还是一时的冲动；如果上路的话，还有哪些未考虑到的风险；花费这么多真的值得吗？明志的心里逐渐没了底，出发的日期一拖再拖，就这样一直到大学毕业，他都没能上路，最后只好将山地车二手卖了。

明志的手机又亮了，安迪发来了一条信息，她想把婚礼的举办地挪到明志的老家，那是一个山区的小县城。

明志不想办婚礼，这倒不是因为什么党纪党规。他认为婚礼是一项复杂而又充满着人情的仪式。相比之下，他更想旅游结婚，去巴厘岛或者马尔代夫，那些地方他一次都没去过，护照很早就办好了，等着盖上第一个出境章。明志真想去看一看那些念叨许久的风景，听一听安迪的旅行故事，然后拍几张照，发发微信朋友圈，这就够了。

明志输入了一堆解释的话，劝安迪不要对婚礼有过多的期待。然而，明志思索片刻之后，一个字一个字地删了全部的内容，只简单地回了一个笑脸，他认为笑脸是不置可否的意思。现在不是讨论这些事的时候。

明志望着车外，不知道此时此刻安迪在做什么、在想什么，大概是和着睡衣，依偎在阳台的吊篮里，晒着太阳，阅读卡尔维诺的《树上的男爵》。那本书安迪看了一年多还没看完。吊篮只要晃动起来，安迪白色的裙角飘飘扬起。很多次，明志默默地站在安迪的背后，欣赏着她的背影，好看极了，像是一幅大师创作的油画。

去某一个地方

列车驶过长江，再往北就是北方了。明志感觉离那个城市不远了，他脑海里闪过一条熟悉的街道，他曾在那条不长的街道上长久踟蹰。除此之外，明志对这座北方城市很是陌生。即便如此，离那个城市越近，明志的心跳动得越快，他感到强烈地不安。他播放了一首英文歌，把耳机的音量调大，本想借此掩饰内心的忐忑，却毫无效果。明志伸手去摸口袋里的茶叶蛋，却摸到一个弹性十足的塑料包装袋，很明显是一只避孕套，这也是安迪为他准备的。

明志紧紧握住避孕套，像是瞬间掉到了一个无底洞里，四周伸出无数双手，指着他的脸辱骂他，谴责他，如同噩梦一般。明志吓到了，他赶紧松开避孕套，掏出茶叶蛋，狠狠地在小餐桌上敲碎蛋壳，剥下蛋皮，放在嘴里大口咀嚼。

女人从袋子里拿出鸭脖，用胳膊推了推明志，示意他尝一口。明志迟疑地摘下耳机。女人将鸭脖直接凑到他的跟前，明志也不好推托，只得吃了几块，不同于一般的江城鸭脖的盐多味辣带麻感，这鸭脖风味独特，淡淡的盐卤味，越嚼越香。安迪也喜欢吃鸭脖，只不过她不会当着明志的面吃，像是吃瓜子吐瓜子皮一样，当着别人的面吐出一堆骨头，她觉得很不雅观。

女人递上一个装垃圾的塑料袋，询问明志鸭脖的味道怎么样。

明志点头说道口感不错。女人又从包里拿出一小袋鸭脖硬塞给明志，说道，鸭脖是自己卤的，不值什么钱。明志扫了一眼，女人的手提包里塞满了鸭脖，难道是卖鸭脖的？

女人连忙摆手，说带给她男人吃的，她男人除了抽烟、喝酒、赌博之外就好这一口。

你们分居了？

不，他嫖娼被拘了。女人和明志熟络起来后，也没把他当外人，自顾自地说了起来。这还是一个月前的事，她男人说有朋友介绍他去外地打工。当时她就觉得不对劲，家里有挣钱的事她男人坚决不做，非要跑到那么远的地方找事做，肯定有隐情。她也不指望她男人挣钱养家，别败钱，好好过日子就行。她就劝她男人留在家，别到处跑，她男人犟着要去，果然，出了这档子事。

女人很随意地说出"嫖娼"二字，似乎它仅仅代表着两个汉字，没有其他任何的含义，更没有任何的道德情感。明志却感到有一堵墙重重地压在他的胸口，他或许不该问这么多。

女人继续说道，听说那几个女孩还是未成年，所以处理这事要麻烦一些，但也不是什么难事，有他兄弟帮他出面。只是里头的生活缺油少盐的，她好不容易过来一趟，特地卤一大袋子鸭脖，好让她男人过过嘴瘾。女人指着手提袋说道，这么一袋鸭脖，也只够他吃两三天的。不过没酒，里头不让带酒，要是有酒的话，她男人可以整天地啃鸭脖。

女人说话像是啃鸭脖那般细嚼慢咽，仿佛在讲别人的故事，与自己毫无关系。明志感觉不到她情绪的起伏，更无从揣测她内心真实的想法。谁知道她受过怎样的煎熬，流过多少的泪水。但这些都不重要，重要的是那一袋子鸭脖，女人对自己卤的鸭脖很是满意。尽管明志连女人塞给他的那一小袋鸭脖都吃不了，但是鸭脖总归要有人吃的，如同这次列车注定要驶向它的终点站。

明志不像女人那样坦率，他说不出"嫖娼"二字，似乎一出口，全列车鄙视的目光都会投掷到他的身上。然而，明志对嫖娼的一些细节尤有兴趣，他向女人问道，做那事犯法吗？判得重吗？

没抓到就没事，抓到了就该倒霉。她说，她男人经常去嫖女人，她对那点事门儿清，抓到了塞点钱什么的，好捞人，只怕遇到的不是什么善头。明志点了点头，他的目光最多扫到女人的嘴唇，他不敢看女人的眼睛，眼睛是最实诚的，里面肯定装有许多他能想到的不光彩的事，只不过从她眼里看出来比听她说出来，更让人不安。明志发现女人的丰唇涂抹了鲜艳口红，原来女人在上车之后偷偷地化了妆。

突然，明志的手机响了，是安迪打过来的，她的声音平静得像一泓清泉，明志想从她的声音中找出一丝隐藏的情绪，却无功而返。在这时，安迪哪怕表现出一丝细微的负面情绪，明志都会觉得好受一些。他曾有中途下车的念头，现在已经不现实了。

安迪说她打扫房间的时候，无意瞅到衣柜里的婚纱，她按捺不住兴奋，直接将婚纱套在了身上。婚礼还有一周才举行，她已经迫不及待想成为新娘。安迪追问着明志，在老家举行婚礼有哪些风俗；是中式礼仪多些，还是西式礼仪多些。

在手机的另一头，明志想象着安迪穿上婚纱的模样，肯定会很美。他俩选婚纱的时候，跑了好几家老店，专门寻找九十年代样式的旧婚纱，安迪坚决不愿意穿上纯白的婚纱，她希望婚纱带点搁久了的淡黄色，说那是时间流逝的痕迹。安迪一说，明志就懂了，安迪是想带着她经历过的丰富故事出嫁。这种婚纱特别不好找，他俩找了整整一个月，最后在一家老摄影店的仓库里翻出一套，皱巴巴的不成样子，老板做顺水人情免费送给安迪了。

安迪在手机里雀跃地问道，你猜我在干吗？

明志说，我猜猜，听歌对不对？安迪说她喜欢王菲的歌是真的也是假的，她很有表演天赋，喜欢扮演不同的人，感受不一样的人生，这样能让她从更多的角度去认识世界。但是，她更多的时候，特别是独自一人时，她喜欢清脆的吉他声。她偏爱民谣。俏皮的歌词看起来俗气又不正经，却能直达内心，像是一首婉约的诗。安迪沉醉在民谣里，无论是漫长孤独的路程，还是静谧安逸的夜晚，兴致渐浓时，还会踏着节奏翩翩起舞。她是舞蹈系毕业的，一投手，一踏步，专业范十足。

明志记得第二次见到安迪也十分意外，那天，他正在绞尽脑汁给领导写讲话稿，突然收到安迪的微信。自从上次双方在 KTV 互加微信之后，明志只是反复翻看安迪的微信朋友圈，越看越觉得自己与安迪的生活天壤之别，本来想发出的 Hi，输入后，又一次次删除。这次安迪主动发微信约他去喝酒，明志自然有些惊喜，他瞟了一眼电脑屏幕上的演讲稿，几个口号式的名词翻来翻去，再怎么搞也搞不出新意，干脆出去找找灵感。明志回了安迪一句：位置发来，立马就到。

　　再次见到安迪，她戴着火红色的假发，化了一个烟熏妆，紫色的眼影贴着长睫毛，坐在夜宵摊，跷着一双细腿，格外显眼。安迪的这次装扮十分妖艳，却依旧魅力不减，像一朵随处生长的带刺玫瑰，跟大排档的环境一点也不搭。

　　明志看到桌上酒已经点好了，他也不知道说什么，只好将酒杯倒满，先干了。明志对酒实在没什么好感，领导的酒局，他是能躲就躲，实在躲不过去，也就认了，谁叫他领政府的这份工资。领导知道明志酒量差，喝不了多少铁定要发酒疯，还劝明志再来一杯，领导就喜欢找点乐子，明志一发酒疯，气氛就热闹了。

　　安迪也一口干了。明志看着她红艳的嘴唇，立刻就有了生理反应，而且越来越强烈，他尴尬得不知所措。于是又倒满酒，准备再喝一杯。喝晕了就不关他的事了，至少在道德上不关他的事了。这杯酒被安迪拦下了，她扬起头问道，难道不想说点什么？

　　说什么？我也不知道说什么？

　　就说实话吧，你觉得我怎么样？

　　你？明志先是很惊讶，然后是羞涩，他没想到安迪问得这么主动，犹豫地回答道，你很漂亮。

　　就漂亮而已？

明志又加了一句，还很性感。

就很性感而已？

明志只好再加一句，还很特别。又继续说道，骑行川藏线途中，你在穿过通麦天险时遇上了泥石流，那条路是陡峭山体上的悬路，旁边就是咆哮的帕隆藏布江，路面向江边倾斜，如果靠江一边轮子离开路基，就会从悬崖上掉到江里，狂怒的江水五分钟就能把车在石头上摔成碎片，绝无整体打捞上来的可能，而你在遇到泥石流的情况下，还能虎口脱险，真是不可思议，你是怎么做到的？

安迪笑着说道，我的事你都这么清楚啊？怪不得你那个朋友一直说你很迷我。

明志觉得迷这个字用得好，安迪像谜一样迷人。他连续喝了好几杯酒，和安迪说了好多话。在政府工作多了，他感觉自己说话的思维变成了给领导写材料的那一套，时时刻刻揣摩上级的意思，即便在朋友面前，他也有意无意地察言观色，投其所好。但是，在安迪这儿，他才回想起那些被自己抛弃的往事，他曾经离梦想的旅程那么近。他肯定自己是得了强迫症，对未完成的事情耿耿于怀，以至于对骑行川藏的事情念念不忘。他觉得自己可能还要念叨好几十年，相反，他非常羡慕安迪的经历，简直太狂野了。

酒越喝越多，明志有些晕乎乎的，意识开始不听使唤，他怕自己发酒疯，准备先走。安迪不肯，非拉着他去跳舞。大排档旁边就是一个迪厅。红灯绿光配上震耳欲聋的嗨歌，一群男男女女胡乱地扭动，像是搁在油锅里爆炒的生虾，活蹦乱跳，发泄着内心的原力。安迪笔直地走进舞池的中心，疯狂地舞动，一招一式极具爆发力，如同挥拳击打的拳手。明志站在舞池的外围，他从没有来过这样的地方，他觉得周围都是不良男女，他们文身，说脏话，看起来会贩毒、性乱交、涉黑。安迪招招手，明志一步步走进舞池，也学着她的样子，跟着节奏跳动了起来，他发现迪厅的舞蹈动作是不用学的，仿佛天生就会一样，很快就学会了。昏暗的灯光像是盖在脸上的幕布，没人认识他，更没人在乎他，他可以卸下所有的防备，随心所欲地发挥创意，于是跳得更起劲。他跑到舞池中央和安迪共舞，安迪先是一惊，慢慢变得温柔起来，贴近明志的身体卖力地扭动。明志原以为迪厅藏着肮脏的交易，平时路过也要尽量避开，现在看来，他非常适合来这个地方。

第二天醒来，明志发现自己躺在一个陌生的房间里，四处都是高大的书架，塞满了各种书籍。一喝酒就醉，真不顶用，明志心里十分懊悔。他努力回想着昨天是否出了洋相，又敲打几下脑袋壳，好让自己保持清醒。

一翻身，果然安迪睡在他的身边。为了不惊醒安迪，他躺在旁边，静静地看着安迪，昨晚肯定很仓促，安迪连妆都没卸，花了一脸。明志伸手抹掉安迪脸上的口红，刚一接触安迪的皮肤，他像触电了一般，心都要跳出来了，他吮了一下手指，原来口红是甜味的。

吃鸭脖口渴吧，来喝喝这个。女人从保温瓶中倒出一杯盖凉茶，这是用鱼腥草煮的糖水，鱼腥草只有这个季节有，喝了清肺降火。

女人说话亲近得体，明志无法推辞，只好拿起杯盖，一口下肚，果真清凉。

你太太似乎很担心你?

她是未婚妻。说起担心，明志确实有些担心安迪。

女人笑着问明志去干吗，她甚至跳过了问他去哪儿。

明志一时被问得哑口无言，他要去干吗呢? 既然是一件说不出口的事，就当是看病吧。

去某一个地方

哎呀。女人叹息地喊道,跑这么远看病,肯定是疑难杂症。年纪轻轻的,到底是什么病呢? 女人忽然觉得自己说的话不妥,她瞧了明志一眼,歉意地笑了笑,继续啃着鸭脖。明志正想解释什么,女人聪明地保持了沉默。

列车驶过一座座北方城市,空白处留下一片片黑土地冒着绿芽。明志猜测黑土地种的不是玉米就是小麦,或者是高粱,而在南方,水田只能种水稻。明志不明白安迪为什么要回老家的小县城举办婚礼。他了解安迪的个性,时常会做出乎意料的决定,但是,他始终不清楚安迪的脑子里到底在想什么。安迪有些决定让明志摸不着头脑,只能无条件地接受。

明志回想到那次在舞池醉酒之后,他俩躺在床上。明志只要轻轻地往前侧身,就能触碰到安迪的肌肤,如果角度合适的话,说不定能嘴碰到嘴。不知道安迪是喜欢干吻,还是湿吻。安迪抚摸着明志的脸,问道,你是不是喜欢我?

明志愣愣地点头。

那,你是喜欢我经历的那些故事,还是单纯地喜欢我?

明志答不上来,他的确被安迪经历的故事迷住了。那些丰富多彩的经历,有些人,比如说他,一生都没有那样的勇气和机遇去创造传奇的人生。而安迪,那个穿着白色连衣裙、不食人间烟火的安迪,那个红发翩翩、尽情舞动的安迪,她还有更多的装扮,哪一个才是真实的安迪? 明志心想,有没有一种可能,安迪根本就没有真实的自己,或者最真实的自己就是随心所欲地去装扮成别人。明志立马摇头,他对自己的这个想法感到好笑。反正他爱的是那个有故事的安迪,是那个神秘莫测的安迪,有这个就够了。

明志没有过多地解释,安迪也没有继续追问,只不过明志有些不甘心。有时,他会在心里问,那你会喜欢上我吗? 仅仅是嘴皮动了几下，没有说出口。明志知道自己在政府的这份工作安安稳稳，大不了讲话稿没写好，被领导骂几句，皮不痛肉不痒的，也不可能大富大贵。这样平凡得不能再平凡的日子，像是陷阱一样，过着过着就会失去对生活的激情，导致很容易安于现状。一两年后，他即便是想改变，似乎也很难了。

自那以后，无论是上班给领导写稿子，还是下班独自去吃饭、洗衣服、睡觉，明志只要一不留神就会想到安迪，安迪的影子如同一只只跳蚤钻进明志思想的空白。连续一个月，他一有空就给安迪发微信，他也数不清到底发了多少条。无论明志怎么等待，安迪连一个表情、一个标点符号都没有回复。明志却将她的微信朋友圈翻烂了。明志不甘心，于是像写日记一样，将每时每刻发生的事情写成文字发给安迪。文字不管用，就发照片、小视频。明志意志坚定，他为了等到安迪的消息，故意将手机屏幕调到不熄灭的状态，一眼就能看到微信页面。明志不相信安迪找他是为了约炮，为了欺骗，为了多增加一篇故事，多经历一个有趣的人。何况他们什么都没做，只是躺在床上相互望着彼此。安迪的眼神是骗不了人的，明志坚信，那时的安迪满眼温情。

安迪消失了。时间一长，明志更加自卑，他开始怀疑自己，就像大学时期怀疑骑行川藏一样。他觉得自己没有任何值得炫耀的经历，没有故事，也不会喝酒，安迪会喜欢这样的自己吗？明志越来越频繁地梦见那座菱形的迷宫，他站在一片绚丽的光芒之下，长久地注视着彩绘玻璃上的裸体女人。那是安迪吗？他一遍遍询问着自己，是和不是，答案又有什么区别呢，就当她是的，她肯定是的。明志不愿意轻易地从梦境醒来，这是他唯一可以如此近距离接触安迪的机会，他不会放弃。

几个月后，安迪在微信朋友圈发了一张风景照，是北方的那个城市，她又开始新的旅程。明志没有过多地思索，他把领导的那篇又臭又长的讲话稿整齐地打印出来，然后一页页撕掉，呲呲的撕纸声让他感到畅快。

那天，他给安迪的微信点了一个赞，并在后面评论道：我来了。

列车还有两站就到达了目的地。明志望着窗外，只觉得列车不停地加速，他都有些头晕目眩，索性拉下窗帘。明志叹了一口气，上次也是坐同样的列车去同样的城市。那次上路，他对一切事物都感到新奇，甚至是列车进出站，他兴奋得合不上眼，到处东张西望。

因为鸭脖的咸味重，明志有些口渴，他向女人讨了一杯凉茶。鱼腥草虽然酸苦，却润喉解渴。明志小心地问女人，你恨他吗？

女人知道明志的意思，而且明志不是第一个问她这个问题的人。女人熟练地说道，恨他干吗，他可疼爱我呢，我身上的衣服、脚上的鞋子，甚至头上的发卡都是他给我买的，又细心又温柔，过情人节还会送玫瑰花给我呢，我可是全村唯一年年都收到玫瑰花的女人。男人嘛，不都好那口？

是啊，男人都好那口。明志又喝了一杯凉茶。女人递给他几只鸭脖，明志也没拒绝，仔细地啃了起来。

明志想起上次抵达那座北方城市的情景，当时激情满怀，像是准备完成某种仪式。他没想到自己能够踏出政府大院，告别安稳的生活，重新回到旅程上。人在路上，真是一种不可思议的感觉，这或许正是安迪的用意。

一下列车，明志再次用微信联系安迪，他想安迪肯定会如约出现的。虽然没有正式说明，但是，明志隐约地感觉他和安迪之间存在一个关于旅行的约定。

然而事与愿违，现实打破了明志的幻想，无论他向安迪发多少消息，安迪依旧毫无回音，如同人间蒸发。明志又联系朋友，找到了安迪的手机号码。他拨打了近一百回，每次都是忙音。这不是明志想要的结果。他怔住了，突然不知道该怎么办。

明志失望地坐在车站的台阶上，旁边是一位乞讨者，一脸绝望地望着他。

明志思索着问题到底出在哪里，是他踏出政府大院的那一步吗？或者是他太相信、太不了解安迪了？明志静下心来，他想，其实给领导写材料没什么不好的，领导的心思又不会老藏着，他总有渠道让人揣测到真实的意图，安迪却始终让人猜不透。或许，他和安迪真的不是一路人，一切只是他自作多情而已。他要把自己的不甘心强加给安迪，终会落得一场空。明志苦笑一下，当年骑行川藏的计划落空之后，就不该耿耿于怀啊。

明志想好了，他准备搭明天最早一班车返回，安迪也算是他经历的故事之一。他看一眼身边的乞丐，他可不想像一名落魄者那样离开，干脆就当作一次旅行。于是，明志趁着黑夜在陌生的街道闲逛。夜色如同无数个癌细胞包裹着明志，他思索着自己为什么想要到陌生的地方去，难道在熟悉的地方忍受不了孤寂，就要把孤寂带到别的地方去。明志心事重重地走了很远，像那个菱形的迷宫一样，他也不知道自己身处何方，他也不在乎那些听了又会忘记的地名，反正这是他最后一次来这个城市，他还要回到那个庭院深深的政府大院，帮领导写讲话稿。

正当明志走累了，想休息的时候，一个红光闪闪的小店出现在他的面前。明志好奇地多望了一眼，小店除了是理发店那种金碧辉煌的装潢，桌子上连一把推子、一把剪子都没有，干干净净的。几个打扮妖艳的女人若无其事地坐在沙发上，对着门外抛媚眼。明志一下就明白了，这是一个"鸡店"。正当明志要转移目光的时候，一位白衣女子吹了一声口哨，轻蔑地看了明志一眼。

去某一个地方

133

那眼神仿佛世界都匍匐在她高昂的头颅之下，有那么一瞬间像极了桀骜不驯的安迪，但是她比安迪更艳丽性感，明志才多看她一眼，她就搔首弄姿，特别是那一双性感的嘴唇，像是两条毛毛虫在他的心尖蠕动，明志的身体莫名地产生一种快感。他认为自己在旅行的路上，就应该创造旅行的故事，这可能是一段很好的经验，何况他只是处男，不是一名未成年，无须监护人同意，所有事自己就可以做决定。

明志迈出了第一步，以至于轻松地迈出了第二步，一步步朝理发店走去。白衣女子更加殷勤地摆弄着身姿，她像是放了一块肉的陷阱，钓到一只猎物，不断地撕扯着衣服，本来穿着就不多，肉一下就露了出来。欲望把明志点着，熊熊燃烧。明志强烈地觉得身体的每一个细胞都在充血，火辣辣的，血快充爆了，即将要喷出来。明志伸出手，就快要摸到女人嫩滑白皙的皮肤，手指一点点靠近，直到只差一个拇指的距离，电话响了。是安迪打来的，顿时，明志整个人仿佛被冻僵了。

安迪说：你娶我吧！

听到这话，明志所有膨胀的细胞像是死了一样，毫无知觉。他许久才回过神来，不好意思地避开白衣女子期待的目光，转身离开了理发店。自然，身后传来了一阵泼妇骂街的声音。

列车缓缓驶入终点站。明志想不到自己还会再次来到这个城市，安迪说她只是来这儿旅行，当时是随便选的一个城市。然而，对于明志来说，这次他带着必须完成的任务。

女人趁着空隙又补了一个妆，她马上要见到丈夫了，可以看得出来，她很是亢奋，一直在嘟囔着：一袋子鸭脖够她男人吃多久。

明志打趣地问她，是有多爱她老公。

一提到爱，女人有些不自在，她故作姿态地说道，谁知道呢，上辈子欠他的债吧。

明志同意地点了点头。他给安迪发了一条微信：到站了。

安迪是秒回：嗯，要不要去买一枝玫瑰花？

明志心想，安迪肯定抱着手机浏览着他的朋友圈。他回一句：好的，回去也带一捧给你。

安迪最喜欢的是紫玫瑰。他约安迪去酒店的那个夜晚，他跑了全城十几个花店，才凑到了九十九朵紫玫瑰。明志把酒店的房间装点成紫色花海，确实很美，他都不知道自己原来有这么浪漫，坐在房外抽了好几根烟才平复内心的激动。

安迪尤爱喝红酒，明志买了一瓶进口红酒，超级贵的那种，他先喝了两小杯，味道不错。房间里灯光昏暗，音响播放着舒缓的钢琴曲，明志明显地感觉到身体在不停地分泌着荷尔蒙，他都有些迫不及待了。

安迪这次赴约穿的是一套牛仔装，头发披散，看起来像是一位民谣歌手，明志很是满意，光看着这套行头，他就有感觉了。安迪坐下刚喝几口酒，旅行的故事还没来得及讲完，明志就将她按倒在床。安迪没有反抗，她深情地望着明志，等待着美好的一夜来临。

只不过明志一触摸到安迪的肌肤，立马会想到理发店的白衣女子。他极力地克制这种想法，越是克制，白衣女子搔首弄姿的动作越是深刻，耳畔嗡嗡地响起那几个女人爽朗的笑声，暧昧地重复着：包夜六百，全套三百，帅哥八折。明志的身体突然就软了，无论怎么弄都挺不起来，这吓得他退缩到一旁。

安迪明白了什么似的，安慰明志说道，没关系，我们一起想办法。即便这样，明志还是恐慌不已。随后的几天，他们去了多家大医院，诊断结果均显示明志不是器质性问题，而是心理问题。无论安迪怎样询问，明志都不愿意提及那件事，那可是嫖娟，虽然未遂，却留下了后遗症。明志知道自己有强迫症，要彻底解决这个问题，他必须把未完成的事情完成。比如说骑行川藏线落空，一直是他内心惴惴不安的源头，而对于这件事，他清楚自己必须回到那家理发店，跟那位妓女完成交合。但是，这样一来，嫖娼会是他一辈子的阴影，涉及道德、伦理，甚至是安迪对他的爱。他不能毁了这一切。

明志态度坚定，宁愿分手，也不愿意说出缘由。出人意料的是安迪爽快地答应分手，只有一个要求，明志把欠她的酒都喝完。

当天，安迪将明志带到一处偏僻的酒馆，她以前经常在这儿喝酒，老板是她的朋友。

他俩连喝三杯，喝完之后，安迪质问明志，你还没回答我，你是喜欢我的故事，还是单纯地喜欢我？

明志点燃了一根烟，他知道今天的酒会喝得很艰难。他想立马喝醉，好昏睡过去，人睡着了真好，什么都可以不用做，不用管。明志回答道，有区别吗？喜欢就是喜欢。

安迪针锋相对，你不是一直想问我一个问题吗？我知道那个问题藏在你心里好久，是男人的话，你就痛痛快快当着我的面问。

明志晓得安迪的意思，他撇撇嘴说道，问就问，你喜欢我吗？问了，怎么着？

那我就回答你，安迪说道，你相貌平平，过着乏味的生活，平凡得二十岁就能看清自己三十岁、四十岁、五十岁的人生，然后，就这样平庸地老去、死去，最后只剩下一块墓碑。

安迪连干了两杯酒，继续说道，我害怕那样，我是因为害怕，才会不停地旅行，不停地离开，不停地经历那些人和事。我想，也许以后我的人生除了墓碑，还有一篇篇精彩的故事，像个小说家那样，可以写下厚厚一本回忆录，那可是我整个人生的厚度。如今，我走累了，真心的累，在旅途上，我被孤寂折磨得死去活来的时候，才发现人生的深度不是一本回忆录，不是生与死，不是一味地离开和路过，而是平凡地生活。

安迪突然沉默了，明志追问着，然后呢？

安迪激动地甩掉酒杯，一把抱住明志疯狂地吻他。明志心想，原来安迪喜欢舌吻。

别摸了，没硬。明志坚决推开安迪，暴着青筋说道，是我没用，是我性无能。

安迪被激怒了，她一把将明志拉出酒馆，指着酒馆外头的公路，歇斯底里地说道，这就是318国道，它的最后一段正是你耿耿于怀的川藏线。你现在就站在318国道上，只要你愿意，随时都可以启程，这就是你全部的人生吗？

明志站在公路上一连吸了好几根香烟。香烟也不管用了，他将烟头丢掉，双手抱头。他从未如此无助，不知所措。许久，他才抬头，望着这条笔直的沥青公路，怅然若失。

安迪带着哭腔说道，不见得你比我更加自卑。我承认，为了使自己的经历听起来更加丰富，故事更加精彩，我瞎编了许多内容，很多事我骗了你，比如在通麦天险遇上泥石流，怎么可能有人生还，那就是瞎编的。再比如那些天我一直没回你的信息，那是因为我和一名渣男没日没夜地在酒吧和床上鬼混。我早就应该知道渣男就是渣男，只会让人伤心欲绝。我不要故事、不要旅行，什么都不要，只要平凡地活着，相夫教子，所以我需要你。你现在知道了吧，我骗了你，我是一名好演员，就是接不了大戏。现在你该告诉我，你的那个障碍到底是怎样见不得人的事？

安迪说完，蹲在地上，痛哭流涕，嘴里重复着：我不是故意的。

明志一直等安迪哭完了，才缓缓走过去，紧紧地抱住她。抱了很久很久，直到安迪问他，想喝酒吗？

明志回答道，我去，我去找那个妓女。

明志边走边啃着鸭脖。有了上一次的经验，他对那家红光闪闪的理发店轻车熟路。一路上，他纠结着该给安迪发一条怎样的微信，以不让她担心。想了半天，好不容易输入的几百字，一一删除，他最后发了一句：我爱你，等我一起回小县城结婚！

安迪秒回：爱你，大处男。

湖　心

　　"走吧，早点弄完去吃午饭。早饭都没吃，饿死了。"李东把毛巾扔给了教练，光着膀子，径直走上了赛场。作为本届锦标赛种子选手，李东一上场，引得观众席上的看客喝彩连连。李东冷漠地扫了一眼。他总觉得这世上大部分人是不喜欢他的，他的臭脾气，连教练都灭不下来。

　　游泳馆上空飘满了红色旗帜，李东站上了赛道，他的左边是俄罗斯的选手，右边是韩国的选手，这两人都拿过奥运奖牌。在对手余光的交织中，他顿时就有一股压力。他咧了咧嘴，身体在发抖，他慌张了起来，看来只能用那个法子了。他把注意力集中在赛道上，想象着泳池在升涨，漫过人群，漫过旗帜，流出屋顶，周遭都被淹没了，最后眼前变成一片浩瀚的大海。他站在大海的尽头，被太阳烤过的水面热乎乎的，张开双臂，迎接一股股热浪来袭。突然，他嗅到一股死鱼味，这种味道他再熟悉不过了，是一片片死掉的草鱼。草鱼是淡水鱼，在海里生存不了，即便在湖塘里，天气一热，草鱼就会闷死，然后慢慢浮上湖面，渐渐腐烂。腐烂的草鱼有一股奇怪的味道，像是烂了的橙子，或者是香蕉，有淡淡的水果味道。臭中带有一丝丝香味，不得不承认，他不反感草鱼的臭味。不管是在悉尼，还是在北海道，他只要想到这个味道，思绪就会把他拉到南方的一个小县城，那里有一片湖，每年盛夏的时候，都会有死了的草鱼浮在湖面。想到这儿，李东笑了，他紧锁的眉头舒展开来。随着裁判的一声"预备"，李东弓下了腰，来自臭草鱼的臭味，在他身上流窜，引导着全身力量积累在肌肉上，等待一声令下，他就会像一条鱼一样跳进水里。1、2、3……读秒的时间过得无比缓慢，每一下都要死一片草鱼似的，他嗅到的臭味也越来越浓。"不会这泳池里真有死草鱼吧！"他瞟了一眼泳池的底部。

李东惊醒了，他抬起头，天已经黑了，车上了高速。车载电台播放着新闻：中国首台火星探测器"天问一号"已于2021年2月到达火星附近预定轨道，接下来将会实施火星捕获，择机实施降轨，着陆巡视器与环绕器分离，软着陆火星表面。

"终于要着陆火星了。"李东瞟了一眼正在开车的泽明。

泽明冷眼说："你管它，跟你有啥关系。"

李东说："说不定地球突然爆炸了，未来我们要去火星定居。"

泽明说："别瞎说了，你再这样胡闹下去，迟早被泳队开除的。"

李东说："开除就开除呗，我无所谓。"

泽明说："你说你，明天就要比赛，今天就逃跑，这心也够大的。"

李东说："那你把我送回去呗。"

泽明说："你坐飞机回来的，我又不会开飞机，怎么把你送回去。"

李东说："那你听我的。"他习惯性地摸口袋找烟，扫了一眼泽明，多年未见，还是像以前那副模样，但是瘦了不少，也添了些皱纹。李东没有找到香烟，干脆别过头，按下车窗，将手伸到车外。冷。他打开手掌，呼啸的寒风刺着他的肌肤，他打了一个寒战，整个人完全清醒了。

此时，天上挂着一轮明月，正圆正亮，旁边点缀着几颗星辰。自从进了泳队，每天除了练习就是练习，他还没正儿八经地望过星空。他趴在车窗上，不由得吹起了口哨，是周杰伦歌曲的旋律。他骤然想起学生时代，特别喜欢望月亮，经常和泽明跑到学校的楼顶，躺在边沿上，一边听着周杰伦的新歌，一边晒着月光。不远处传来鸽子咕咕的叫声。那是一群住在广场的鸽子，顶楼是鸽子的领地。李东他们已经跟那群鸽子混得挺熟的，才得以暂借，换了别人，鸽子就会在别人头上拉屎。

砰的一声，一只鸟从高速路另一边飞过，撞在车窗上，挡风玻璃上留下一条血迹。李东吓了一跳。泽明挑了挑眉头，观察了一下玻璃，没有损坏，就继续前行。那是一只黑色的鸟，不像是鸽子，李东稍稍安了心，他很想往后扫一眼，确定不是鸽子，但是那只鸟已经血肉模糊，怕辨认不出个什么来。

李东问泽明："有口香糖吗？"

"你要烟吧。"

"戒了，还是口香糖好。"

"没，只有烟。"

李东没有接过烟，他浑身不自在。车灯撕开夜的深幕，露出白色的引导线。这条路晚上几乎没有什么车辆，泽明将车速稳定在七十迈。不一会儿，路的前方出现了一片湖，在月光之下，湖水呈现出墨绿色。

泽明多看了几眼湖水，他家是养莲藕的，他熟悉湖虾河蟹，以及那一股化不开的腥臭味。总有动物的尸体在湖的附近腐烂，田鼠、野猫、鸟禽，或是一两条翻白的鱼。那股味儿冬天还好，夏天则臭得要死。每年夏天，泽明都在干那一件事——找出腐烂的尸体，然后拿到远处掩埋掉。这样腥臭味儿能淡点。

泽明想起了初次见到李东的场景。那年夏天风很大，雨却一直没有下下来，蜻蜓就在眼前飞。泽明忍着腐臭，拿着一根细长的竹竿，翻开茂密的杂草，寻找死去的动物。突然一声巨响，泽明回过头，只见一辆灰色的小货车撞破了公路的护栏，在空中划了一个不算规整的弧线，掉进了湖里。泽明看得愣住了，好一会儿才反应过来，他纵身一跃，跳进水里，熟练地向车那边划去。在水下，一股腥味迎面袭来，似乎有一群草鱼跟在屁股后面，它们鼓动着鱼鳃，扇动起一股水波。草鱼一向胆小，见人躲得远远的，为什么要跟着他。泽明心想，或许像动画片里头那样，吃惯了水草的它们想开开荤，于是进化了，长出如同食人鱼那般锋利的獠牙。泽明吓到了，游得更快。

　　泽明游到了车边，嘴里尝到一丝血腥味，只见前方的湖水呈现一片殷红色，在昏暗的光线的照射下，如同是一只巨大渔网带着浓郁的腥味向他扑来。他讨厌这种味道，湖里要多出一具尸体了吗？而且还是人的尸体，一想到尸体发出的恶臭，他就开始干呕反胃，一不小心，呛了一口水。于是他奋力地望向水面，正当他视线刚要转移的时候，他看到了一双手，瘦小、颤抖的手。他盯了那只手十几秒，一动不动，死了吗？他想触碰一下那只手，就像拿竹竿戳那些腐烂的动物一样。他伸着手指，缓缓移向那只手，刚要接触上，那只手忽然动了一下，又挣扎了几次，只不过血色的大网将其紧紧包裹。泽明吃力地握住那只手，奋力扑打着水面，血腥味越来越浓，他有些吃不消，觉得自己也要被那张大网给捕获了。他使尽全力，将那只手用力地拔了出来，带出了一个清秀的少年，没错，那就是李东。

　　虽然游泳对于泽明来说是小事一桩，但是他从来没有游过这么久，仿佛时间都停止了，当他拉着李东游上岸的时候，一头栽到了岸边。湖水淹没车子，里头还有一个人，他已经精疲力竭，躺在地上一动不动。许久缓过劲来，他翻过身，用手指翻开李东的眼皮，还活着吗？活着！

"你不冷？"泽明回过神来，他问李东。

"的确冷，但是寒风吹得好舒服。"

"把车窗关上吧。"

李东关上了车窗，喃喃自语："今晚的月光好亮啊。"

"你想到了什么？"泽明随口问道。

"我想到了那些草鱼的味道，臭臭的，但是带有一丝水果味。说不出是什么水果。"

泽明说："反正我是没有闻出什么水果味，就是一股臭味，恶心死了。"

泽明吞下了想说的话。他看到了一具尸体从湖里捞了上来，很长一段时间，他脑海里一直是那一片血色的湖，世间的腥臭味都来自那里。他厌恶湖水，厌恶鱼，他想变成一只鸟。在梦里，他变成了鸽子，可他毕竟不是鸽子，不懂得如何振翅飞翔，身体坠落。他不停地挣扎都叫不出声。这个坠落的过程是缓慢的，周遭寂静空旷，他连风声也听不见。长时间触及不到地面，带给他一种煎熬，他猛然睁开双眼，梦醒了。这是谜一样的体验。他曾在二手书摊上翻出一本没有封面的旧书，说这种梦是危险的象征。他信了。他重复着这个梦，渐渐地，他喜欢上坠落失重的感觉。

李东说："你还记得我们之前逃课吗？"

泽明说："当然记得，你总是轻易被老师抓到，可你太不够意思了，每次都供出了我。"

李东说："我们可以一起罚站呀！"之前，他和泽明趁着晚自习偷偷跑出去吃烧烤、喝啤酒，吃饱喝足了，喜欢去楼顶，那个地方平时没有人来，算是他们的秘密基地。他们坐在楼顶上鸟瞰小城，放空思绪，聊些有的没的。那天刚好是满月，月亮低垂，

湖　心

月光更加明亮。他们坐在楼顶的边缘，沐浴在月光之中，淡蓝色的光芒像是一泓清水，而他们仿佛置身于湖水里。

李东捧着手掌，光线在手中一滑而过，像是舀了一捧水，惊呼道："快看，是水纹。"

泽明看着水纹没有作声。

李东又说："你看跟游泳馆水池的颜色一模一样。"说完打了一个激灵，酒气熏熏地站起来，把衣服一件件脱了。泽明看着李东把黑色的内裤拉了下来，臀部的肥肉一弹而出，他惊讶地说："你干吗？"

李东笑着说："就这样待在水里，衣服会打湿的。"

泽明听完之后，若有所思地点了点头。李东三下五除二，把泽明的衣服也脱了。

两个人光着身子，并排坐着，影子拉得老长，前宽后窄，最终融合在一起，是一条鱼，鱼眼就是泽明撑着地面的手掌。李东发现了这条鱼，伸手摸了一下鱼尾巴，它竟然动了。他们远望着湖水源源不断地从月亮流向小城。那是一片澄澈的湖，高高矮矮的建筑显现出黑色的阴影，如同湖中野蛮生长的水草。

车载电台还在科普火星的知识。火星是橘红色的，这是因为地表被赤铁矿覆盖。李东望向天空，"火星在地球是可以被观测到的，这满天的星星，到底哪一颗是火星。"

"我怎么可能晓得。"

"你刚听电台里说了没有，火星上面可能有液态水。"

"没印象。"

"那可是水耶。"

"水又咋了？"

"说不定以后游泳的锦标赛会在火星举行。"

"在火星举行好，你到那时总不可能临阵脱逃了。"

"你咋那么肯定，我去偷个飞船，开飞船回来找你。"

泽明突然怒了，大声地说："你回来找我干什么，那些都是我想做又做不到的，你还有什么不满足的，成天疯疯癫癫。"泽明捶了一下方向盘，刚好捶到喇叭上，发出一声巨响。

空气骤然安静了。

那个夏天，泽明过得很不好，他厌恶湖水，甚过了动物尸体的腐臭味。他站在岸边，望着那一湖的水，心情难以平复。开学的第二天，校游泳队开始选拔新的队员了。他为了参加校游泳队的选拔，已经准备了一整个暑假。他生在湖边，深谙水性，这次选拔对于他来说小菜一碟，可是还是每天都练习。而现在一切都是白费的，救了李东之后，他开始厌恶水了。看见水多的地方就有一种恶心感。

泽明他还想试一试，他纠结半天，紧紧闭着眼，一咬牙往湖里一跳。湖水缓缓将他淹没，他还没伸展开手臂，眼前出现了一张血腥的红网，快速向他扑来，他知道这是幻觉，他克制住心中强烈的害怕，可是网一步步向他靠近，他嗅到了一股腥味，甚至像血液流进了他的嘴里，他的味蕾分辨出血的味道。这景象太真实了，跟那天一模一样，他吓得双脚蹦弹几下，身体失去了平衡，水从他嘴里耳朵里都灌了进去，他呛了一口水，更加慌乱了，手脚不停地在水里拍打，差点就溺水了。从这次，他就死心了，这辈子是当不了游泳队员。泽明好恨李东，要不是为了救李东，他也不会变成这样。他越想越生气，于是跑到学校，找到了李东，把他拉到了操场，按在地上一顿揍。

李东没有还手。

泽明不解气，还踢了他好几脚。一边踢一边说："你还手呀，你怎么不还！"

泽明打累了，躺在了地上，这才发现李东鼻青脸肿。"叫你还手，你不还！"

　　李东说："我为什么要还手，对不起！"

　　泽明说："你知道个屁！"

　　李东说："同学都在说，你以后要当游泳运动员。"

　　泽明说："他们知道个鬼，我以后可是要拿奥运金牌的。"说着，泽明就哭了，"可是现在一切都完了。我家里还骂我，说我没用，自家是养鱼的，还怕水，哪有打鱼的人家怕水，说出去半个县城的人笑话。"

　　李东说："我帮你游！"

　　泽明疑惑地看着他，"你脑子有病吧，你怎么帮我游。"

　　李东说："我帮你去拿冠军，我得的那些奖杯奖牌都给你。"

　　泽明说："我不要！"

　　李东说："有总比没有好。"

　　车里飘起一股臭味，李东放了个屁，他忍住了没笑。不一会儿，泽明平静下来后，有些懊悔，他看了一眼李东，歉意地说："你知道我不是那个意思。"

　　李东忍不住了，笑了起来，说道："我知道你是什么意思。"

　　泽明轻轻捶了一拳头李东，"你小子放了屁。"

　　"臭不臭！"

　　"好臭呀，像是死草鱼的味道。"泽明又说道，"我知道你付出了好多，个中辛酸怕只有你知道，你完全可以不这么做，没必要！"

　　"你也知道我辛苦呀，你晓不晓得当时训练我的时候你是多卖力，天天在你家湖里游来游去，游得稍稍不好，你就不让我上岸，我的身上都脱了一层皮。"

　　"你知道你有多笨。"

"谁天生会游泳呀！"

"我天生会游，我爸说的。"泽明笑了笑，"我不到一岁就在湖里游得不起来。"

"唬鬼呢！"

泽明说："你有什么可骗的，你进了校队，知不知道我有多开心，你后来又进了省队。"他顿了顿，又接着说，"但是你真的没必要，累了，就休息吧。"

李东摇摇头说："那场车祸改变了一切，我起初以为是为了你，我咬咬牙，进了校队。算是报答你。可是我越游，就越觉得空虚，发现自己是一个孤魂野鬼，漂在水面上，随波逐流，我只得游得更远。"

高速公路驶过一望无垠的江汉平原，稻田被收割了，光秃秃的。泽明握紧方向盘。他有些疲惫，使劲揉了揉眼睛。一周前，泳队开展选拔赛，请来了不少嘉宾。泳馆一改往常的寂静，上下一片热闹，李东看见人多就紧张，轮到他上场的时候，他感到寸步难行，最后还是被教练推搡到比赛台。

李东对广场、人流充满天然的恐惧。这是病，他克服不了，可是他不甘心，还想再试一次。他和泽明坐在学校的楼顶上，远远地观望着人民广场。广场上坐了一排老头，对着一棵大樟树闭目养神，老头每天会准时出现，又准时离开，像是上班一样，只是互相没有言语，安静地坐在那里。老头在思索着什么，又似乎在用鼻息交流，旁边一大群白鸽飞起、降落，孩子们追着白鸽奔跑，靠椅上坐着一群侃天的妇女聊着一部热播的电视剧，周边还有卖热狗的瘦高个子男人，时不时吆喝两句。不远处，一群跳街舞的少年，熟练地翻着跟头。

泽明说："你怕什么？"

李东说："不晓得。"

泽明说："你怕那些人吗?"

李东说："不晓得。"

"你游得那么好,你怕的是你自己。"泽明想都没想,脱口而出。

"可是你比我游得更好!"李东说。

泽明沉默了。

这时,那群白鸽振翅起飞,从大楼掠过。李东离鸽子只有一个中指的距离,他想伸手去抓鸽子,尝试了几下,无果,就收回了手,淡淡地说道:"我也不知道怕什么。"

"走,我带你去一个地方。"泽明偷来了钥匙。他带李东来到了礼堂,打开了灯光,把李东推到了舞台的中央。对着镁光灯,李东似乎看到了白晃晃的光芒之下人头攒动,像是一只白鸽迎面飞来,在他的眼前振翅舞动,柔软的白色羽毛纷纷落下,如同下雪一样,好大的雪。此时,自己如同被父亲宽大的手掌高高托起,在天空中飞跃,他变成了一只鸽子。父亲却挑过头,凝望着远处高山,山那边有什么呢?他很好奇,想要飞过那座山,去看看山那边到底有什么。忽然,父亲消失了,他一个趔趄跪倒在地,雪越下雪大,把他整个人掩埋了,然而雪花触及皮肤化成了一滴滴水珠,竟然是水,不,是泪,他哭了。李东站在台上哭得稀里哗啦,而泽明站在一旁手足无措。

这时,李东听见有人喊:冲呀!

是泽明在喊。

从一个人喊,变成两个人喊,变成一群人喊。全世界都在喊:冲呀!

这是梦吗?李东做过类似的梦,在梦里他被逼急了,往水里一跳,有人紧紧捂住了他的嘴,他四肢无力,无法挣脱掉束缚,渐渐窒息。他开始害怕，到底是谁在他的身后，到底要干吗？那只手在自己的身上肆无忌惮地游走，笨拙而粗糙，像是一条硕大的石斑鱼来回挪动，到了衣服纽扣处艰难地甩着尾巴转弯，身上每一块肌肉都在抗拒着要发生的一切，皮肤上的毛孔都立了起来，收缩成一粒粒的小疙瘩，连接成红晕色的巨大斑块，看起来像是过敏症状，全身又热又痒。然而，在那只手触碰到了他皮肤的那一刻，微凉！那只手是微凉的，像是在安抚那膨胀的毛孔，一种前所未有的感受充斥在身体里，舒适又安全。他被放开了，他瘫软在地上，看到了一个模糊的背影。他大声地叫喊，渴望那人转过脸。那人停了一下，没有回头，什么话也没说就径直走了，拖着斜长的影子，从长方形变成了三角形，最后变成了一个小圆点。他到底是谁？李东醒了，他重复着这个梦境，他熟悉梦里的每一个情节。他怀疑是父亲。

这种梦让李东筋疲力尽。李东想既然是梦境，不做梦就好了。于是他在睡觉前泡脚，喝大量牛奶，偷吃安宁丸，甚至熬夜不睡觉，好不进入梦境。最后，他发现无论怎么做，那个梦总会恰到时间地来侵袭他。他如临大敌般面对，而梦如一阵风吹来，让他猝不及防。梦里的身影更加模糊，一只手也变成了无数只手，将他紧紧挽在怀里。李东害怕了，他害怕那些手，害怕人群，害怕别人的目光落在自己的身上，看穿自己的心事。

那天，李东发现自己好久没有去楼顶，下了晚自习，他拿起书包直接上了楼顶，想看一看广场上的鸽子，却遇到了泽明。

"你这小子整日在混些什么。"泽明坐在了李东的身边。

"你少管。"李东正想走，却被眼前的月光吸引住了，他从未见过这么清明的月光。月亮中的灰色墨迹怎么看都不像玉兔。李东仔细盯着那些线条，随意又深邃，勾勒出缭绕的云雾。越过云雾，他倒吸了一口凉气，那分明是一个背影，居然与梦境里出现的景象极其吻合。父亲果然在天上。

在教练的催促下，李东惊恐地抬起头，望了望台上的嘉宾，全身不自主发抖，越抖越猛烈。而这在他料想之中，他努力想要控制身体，身体却极度抗拒，仿佛无数人向他走来，围着他，盯着他。他骤然连呼吸都变得困难了，脚下一软，他砰然倒地。最后在一片惊讶声中，李东被抬出了游泳馆。在场馆外，他的呼吸才逐渐顺畅，他气愤地拍打地面，那可是花了三个月才积攒的勇气，迈出这一步。

快到目的地了，泽明关掉了车载电台。他对李东说："你大半夜回到这个地方，有这么急。"

李东望着车窗外。

"有点急。"

泽明说："真不知道，你看了多少遍的湖，难道还没看腻？"

李东说："看腻了，但是还想看！"

泽明转过弯，只见大湖的一角高高竖立了几盏大型的探照灯，灯光非常刺眼。泽明踩下了刹车，用手臂遮挡灯光，等眼睛适应了强光灯，他才放下手臂，只见前方四五台吊车、挖掘机来回作业。泽明走下来，他不可思议地望着眼前的一切，"这是要干啥？"

李东见状，走上前去，笑着说："给你一个惊喜。"

泽明迫不及待地说："是惊吓，你这小子又在出什么幺蛾子！"

李东说："哪有什么幺蛾子，我在做一件大事！"李东花大价钱请来了施工队，委托他们先将湖的一角用钢板层层围住，然后用抽水泵将湖水抽干。

泽明看了一下施工的地方，正是当年李东掉水的地方，他父亲的尸体也是从那儿打捞出来的。

这时李东接到了一个电话，是施工现场的包工头打来的，电话里头说："还有半个小时，围住的水就会抽干了。"

泽明不解地望着李东。

李东说："你想知道那天车为什么会冲出公路掉进湖里吗？"

泽明说："警察不是说过，你爸饮酒过量，酒驾导致的事故。"

李东说："在我印象里，我爸就不沾酒，他唯一的爱好就是唱歌，喝酒伤嗓子，所以他一般不喝酒。"

泽明说："那他为什么酒驾。"

李东说："我记得很清楚，当天父亲带我参加了一个朋友的摇滚聚会。"搞摇滚的都很有范，父亲戴了一个头巾。那天来的有音乐人，也有酒吧驻唱，有叫得上名号的，也有无名小卒，这群形形色色的人唯一的共同点就是爱喝酒。但是父亲没喝。父亲上台唱了两首歌，他对自己的发挥挺满意的，兴奋地在台下踱步。这时遇到了一位音乐制作人，曾制作了两首广为流传的歌曲，父亲对他很是崇拜。那位制作人很客气，他邀请父亲去郑州参加一场演唱会，为一个临时组合的乐队弹奏贝斯，那可是我爸第一次获得正儿八经上舞台演出的机会，他高兴坏了，一个劲儿夸赞人家酒量好。制作人笑了笑，起身敬了父亲一杯酒，父亲也站了起来，想都没想吹了一整瓶酒，喝完之后，他就摇摇晃晃，话更多了。我让他别喝，他甩了我一巴掌，让我别瞎管，又接着喝了好几瓶。李东说："我当时委屈极了，哭了起来，后来的事你就知道了。"

泽明说："世事是说不准的。"

这时李东的电话响了，是包工头打给他的，说那一块湖的水已抽干，湖底现了出来。泽明不满地看了李东一眼，"这么兴师动众，怕要花不少钱。"

李东拉着泽明向湖走去。当他们出现在岸边的时候，所有机械都停止了作业，仿佛吊车、铲车、挖掘机都调过头，注视着他们。夜的寂静骤然恢复，却又静得有些出奇。泽明见这幅场景，脚都不知如何踏。他转身盯着李东。

李东面向大湖，强烈的探照灯刺得他睁不开眼，他如同看到了一排排观众，对着他欢呼，是呀，他最怕这样的场景，双手不由得抖了起来，他努力地克服，虽然很是艰难，他依旧咬牙坚持。他一步步向湖里走去，每一步由于身体的抖动，都走得颤颤巍巍，他差点摔倒了，泽明正想扶他，李东拒绝了。湖的一角抽干了水，走进湖里。湿润的泥土把他的脚紧紧包裹，他用力地将脚从泥土里拔了出来，又踏进了泥里。几条鱼在干涸的泥土附近蹦跶。它们是什么鱼，鲤鱼？鲢鱼？要是草鱼，死了的话，会有一股带着水果气息的腐臭味。他缓缓地走到中央，那儿是他父亲坠车的地方，探照灯照亮了周围，驱散了黑暗。他轻轻地躺了下来，衣服很快就湿透了，然后冷水紧贴着皮肤。他感到一股凉意，他想到了与父亲见的最后一面，父亲用力地砸开玻璃，将他从车窗里推了出来，然后消失在一片血泊之中，他如同感受到了父亲所受的窒息感，痛苦地在湖里挣扎。就在这时，一只手伸了过来，拍了拍他的肩膀，安慰他。他转过身，是泽明。泽明也躺到了他的身旁，浑身被湖水浸湿了。

泽明问："你害怕吗？"

李东看了泽明闪烁的眼神，说道："你害怕吗？"

泽明说："好了一点！"

李东说："好多了！"

泽明说："你闻一闻！"

李东说："闻什么？"他仔细闻了闻，是草鱼腐烂的味道，真臭呀，带有果味的臭。周边肯定有死去的草鱼。

泽明说："你知道我们像什么？"

李东说："不会是两只死草鱼吧！"

李东会意地笑了，泽明跟着笑，两人躺在湖心哈哈大笑。

在游泳馆，观众站起来为心仪的选手加油助威，欢呼声响彻在游泳馆的半空中。李东却什么也听不见，像鱼一样在赛道上飞驰，如同那次在湖里那样轻松，他相信他的父亲早已化成了水，用他独特的方式，将自己高高举起，又轻轻放下，父亲从未这么有过耐心，也从未这么温暖，可这是真实存在的父亲。李东快速划着水，一个冲刺，向着对岸游去。

恐龙在跳舞

1

感恩节只剩下不到两个小时。这座城市什么节都过，无论是西方的，还是传统的，仿佛只有过节能让它们从快节奏的生活中解脱出来，哪怕是一个上午，或者是几个小时，都是好的。

到了这个点，醉醺醺的酒鬼开始从酒店、酒馆、酒吧拥向街头，要么蛮横地耍着酒疯，要么趴在地上不省人事，过节的时候，他们都会理直气壮地占领整个北区，那儿是全城酒精气最浓的地方。街上随处可见大大小小的红灯笼。在她的印象里，这座城市除了清明节，所有的节日都会挂起大红灯笼，把街区照得火红火红的，看起来喜庆热闹。

最后一束烟火在人群的欢呼声中，带着刺眼的光芒射向无尽的黑夜，划出了一条不太完整的弧线，火花渐渐变冷，直至完全不见，这意味着庆祝活动都结束了。人群意犹未尽，站在原地，耐心地等待，没人不相信后面有更大的惊喜，大概等了五分钟，天上一个亮光一声响都没有，看来烟花真的放完了，人群一哄而散。

她靠在车窗上，望着街上来来往往的行人，他们刚庆祝完感恩节，还沉浸在欢乐的气氛里，街灯将他们的脸照得红彤彤的，

国境线上晴与雨

像是一盏盏移动的红灯笼。她看这景象出神了，鼻息吐纳的气体在车窗上凝结成了水蒸气，模糊了视线。她挽起外套的袖子，里面是一件橙色的毛衣，她用袖口不停擦拭着玻璃，车窗映出了她披头散发的模样，她凑上前，发现脸上还多出了几道鲜红的口子，她怔住了，一个小时前还在十字街悠闲地逛着，此刻却变成了这副狼狈样。忽然，车顶上响起了急促的警报声，那种声音像是鼓槌落在耳膜上，嗡嗡鸣响，让她焦躁不安，她紧紧地捂住双耳，依旧能清楚地听见。

"感恩节，到底谁在感恩谁？酒鬼们感谢酒吗？别再闹出什么乱子，我今晚还想早点儿下班呢。"开车的是一位年轻的警官，寸头，单眼皮，厚嘴唇，笑起来露出两个好看的酒窝，明明一副青涩的样子，却装作世故老练，嘴里叼着一根烟，嘬一口，舌尖将烟卷从嘴巴的左边钩到了右边，再嘬一口，又回到左边，缓缓地吐出烟圈，整根香烟有节奏地跃动，像是在牙齿上跳舞，他乐此不疲地重复着这个动作。

"能否请你把警报器关上。"她纠结了许久，说出了这句话。她见警官没有反应，大声重复了一遍。警官认真地吸完一整根烟，摇下车窗，随口吐出烟屁股，瞟一眼她。一阵冷风从车窗灌了进来，带走了车里的暖气，她不禁打了个寒战，瑟缩在角落里。

"这个警报器只是吓吓酒鬼的，不是说所有的酒鬼都是坏人，你喝酒吗？白酒、红酒、绿酒，总有适合你口味的。"

她摇头说道："我不喝酒。"

"不喜欢喝？"

"不是不喜欢，是没有喝酒的习惯，我习惯喝橙汁。"

"你还是喜欢喝酒！"

"两码事。"

"你肯定不会拿着橙汁向长辈或者领导敬酒。"

"我就是拿着橙汁向他们敬酒。"

"所以你敬酒的时候是假心假意地祝福他们。"警官面无表情，吧唧着嘴，回味着刚才的那根香烟残留的味道。

"祝福是真心的，我衷心祝愿他们长命百岁，升官发财。"她爽朗地大笑。她的确喝了酒，她发现自己的酒量并没有想象中的那么差。

2

她在十字街的尽头，发现了一家装修别致的小酒吧，门口招牌上闪烁着两个大字——别离，是连在一起的"别离"，还是分开的"别离"，一个表示离开，一个表示不离开，意思截然不同。她饶有兴趣地走了进去。每年的那几个法定假日，一拨志趣相投的人聚集在一起，默契地抒发着同一种情感，或哭或笑，又疯又癫，然后借着酒精相互安慰，像是一种宗教仪式，又像是群居动物的原始行为，于是就有了各种主题的私密聚会。酒吧里没有音乐，没有谈笑声，只见一群年轻人围着一只两米高的塑料恐龙，闭着眼睛在祈祷。正当她摸不着头脑的时候，一位留着长发的男士向她走了过来。他一身牛仔装扮，衬托出强壮的肌肉，头都快顶到天花板，身高至少有一米九。她以为是过来赶她走，歉意地笑了笑，准备离开。男士却伸出了手向她问好。

"我是看到招牌上的字才进来的，以为是一场音乐会。"

"那个招牌就是邀请函，欢迎您。"

"您？听着敬语怪别扭的。"

"敬语不仅仅是对长辈说的，还可以对自己欣赏的人说，比如说您和您的美貌。"

她会心一笑，不管男士的话是真是假，反正让她听得舒服。

旁边的年轻人一改祈祷时候的严肃，开始手拉手唱起了欧美民谣，旋律很熟悉，但她想不起是哪首歌。她暗自佩服年轻人流利地道的英语。灯光闪烁，被团团围住的恐龙随着节奏摆动了起来，滑稽可爱。一只恐龙在跳舞，想到这儿，她不由自主地笑了起来。

男士说："他们是读书会的成员，今天在纪念小行星撞击尤卡坦半岛。"

"小行星？"

"对呀，小行星撞击尤卡坦半岛，导致了希克苏鲁伯陨石坑的形成，作为地球上曾经的霸主恐龙，因此彻底地被毁灭了。"

"这件事有什么可纪念的？"

"正是这颗小行星改变了一切，如果不是它，恐龙或许还在，而我们却未必了。"

"所以他们就把小行星当上帝了。"

"小行星的的确确就是上帝，难道不是吗？"男士从吧台里递出一支玻璃杯给她。她有些犹豫。男士一眼看出了她的想法，笑着说道："不用担心，我是酒吧的老板，给你尝尝我们这里的镇店之宝，我可舍不得给别人喝这个酒，百分之九十九点九的人没这个机会。"

"我不喝酒。"

"只尝一口，试一试好不好喝。"

"我没怎么喝酒，更不太会品酒。"

"那真是太好了，懂门道的人往往被各种各样的标准束缚，你的答案是纯天然的。"

她咬了咬嘴唇，盛情难拒，接过了玻璃杯。男士又从吧台里拿出了一只小巧的铜壶，倒了一小半杯酒，还冒着热气，汁液呈现淡绿色，质地清透，有稻谷的香气。她抿一小口，没想到酒是甜的，似酒非酒，味道非常独特。酒汁吞进肚子里，立刻会产生一团酒气，卡在喉咙，再缓缓消散，这种感觉美妙极了。她一口饮尽，胃里暖暖的。

"好喝吧，这酒是我自己酿制的。在我老家那儿叫它老米酒，我改良了一下，加了一点儿二氧化碳。"

她将杯子摊在男士的跟前，"太好喝了，可以还要一杯吗？"

"喝了一次会上瘾的，但是我得告诉你，这酒后劲儿足，开始像喝饮料，没事儿一样，醉意来了，那可是如山倒。"

"满上！"她一下子来了兴致，一屁股坐到了吧台边的椅子上，"你老家哪儿的？"

酒吧响起了轻快的风笛声，年轻人踏着节奏，跳起了舞，稚嫩的面孔，笑得像花一样灿烂。男士给自己倒了一杯酒，跟她干了一杯，一口喝尽，说道："我来自大别山下的一座小县城。我在那儿度过了生命中最初的十五年，到了高一，我觉得读书太过于压抑，就辍学了。"

"十五岁就开始工作啊。"

"算是工作吧，不像现在使用童工是非法的，当时十几岁去工厂上班很正常。我和他们不一样，我是一边打工，一边旅行。那时，中国还不太流行旅游，景点不多，就连旅游这两个字也少见。"

"这个我知道，改革开放刚开始搞，勤劳的中国工人不是在上班，就是在下岗，我爸妈就是那时下岗的。"

"我第一站去了海南，山里长大的孩子没见过海，一见到蔚蓝蔚蓝的海水，就压抑不住心中的欢喜，一股脑儿往海里跳，最后被海水呛得要死。"

"咸吧！"

"海水是很咸。没几天，我就找到了一份渔船上的工作，每天在海上漂呀漂，刚开始很兴奋，海里打捞上来的鱼，跟我们常见的淡水鱼完全不一样，海鱼是奇形怪状，五颜六色的，我当时因为天天吃海鲜而感到格外幸福，后来，没有什么新鲜劲儿了，就晕船，呜啦啦地吐，吃多少吐多少，人瘦了二十多斤。我坚持在渔船上待了三个月，挣到了足够的钱，离开海边，去了西北地区。"

她连喝了两三杯，头有点儿晕，她趴在吧台上，认真地听着男士的故事，她觉得男士短短的胡楂极具男人魅力，性感极了，还有那枚游动的喉结，像是一颗小石子敲打着她的心脏。这酒里肯定有什么特别的物质，让她有些飘飘然，但是，她觉得这种状态好极了，真畅快！

"我渐渐把全国都走遍了，什么沙漠，什么雪山，什么雨林，什么沼泽，从江南到漠北，从雪原到椰林，都走了一遭。我发现自己的思想在改变，以前崇尚自由自在的生活，任何一个地方待不了三个月，走过的地方越多见得越多，就觉得很多东西都在重复，到最后厌倦了这种孤独的旅程，不想漂泊了，想安定下来。"

"于是就有了这间酒吧，我猜得对不对。"她高兴地敬了男士一杯。

"在这之前，我计划了最后一次旅行。"

"最后一次旅行？"她故意将手臂搭在男士的肩膀上，男士太高了，她的手又不够长，显得不太协调，又气馁地缩了回来。

"对，我从小特别崇拜武松，他赤手空拳打死了老虎，在我心中，他是一个大英雄，爱屋及乌，我喜欢上了老虎。我的手臂和背上还有老虎的文身。当时，我决定最后一次旅游去寻找一只野生虎。我可不是做非法的事，我只想亲眼看看老虎的雄姿。"

"动物园里有的是老虎啊？"

"那些都是病猫，我要找的是真正自由凶猛的万兽之王。"

"那你找到没？"

男士又喝了一杯。年轻人跳着舞向他们围拢了过来，争着拉她去跳舞。她根本不会跳舞，刚想拒绝，男士站了起来，双膝微屈，伸出了手掌，邀请她来一曲。男士温柔的眼神让她没办法多想。她直接跳下椅子，学着别人的样子胡乱扭动。

酒吧里的气氛非常热烈，宣泄消极的情绪，又制造积极的情绪，大家都被感染了，尽情地唱歌跳舞，欢声不断。男士贴着她的背做起了暧昧的动作，她也热情地回应，男士更加大胆了，两人几乎拥抱到了一起，淹没在欢乐的海洋。不一会儿，她被挤到了恐龙的周边，恐龙上下摇摆，像是在跟她打招呼，她顽皮地在龙屁股上留下了一个红色的唇印。这时，窗外一束束烟花冲上了天空，绽放绚丽的彩花。她紧张地抱住了男士，虽然还够不着男士的胳膊。她大声说道："你知道吗，偷心的罪犯会被抓去坐牢的。"她还没说完，嘴被温暖的唇堵住了。

3

交通台说，今夜有雨，却一直未落下来。在这里，节庆日下雨是吉祥的征兆，寓意感恩节有一个好的开端。

她的酒劲儿上来了，想睡觉又睡不着，脑子闯入了一群奇怪的人指责她，骂她是臭不要脸的，她怎么躲也躲不掉，难受极了。她忽地拉扯着警官的手臂，崩溃地哭喊着："我到底怎么了。"

警官吓到了，一时不知所措，离局子还有半个小时的车程，他还要开车，不能由着她胡来。警官靠边停下了车，打算去小店里买点儿酸梅汤给她醒酒，又放心不下她，费了老大的劲才将她的右手铐在车把手上。警官捂着被她挠了几个红印子的脸走进了小卖部。

从警官学院毕业没多久，他就被分配到街道派出所。他的搭档是派出所的股长——一位虎背熊腰的中年大汉，酒量特别大，胆也大，还会打架，是全国拳击比赛的银腰带。每次抓暴力犯罪分子，股长总是跑在最前面，街道上的流氓混混都怕他。昨天，股长给一对中年夫妇劝架，被那女人误刺了一刀，刚好捅到了他的肠子里，股长拔出了刀，按住了伤口，骂了一声。女人吓得要死，男人见状赶紧喊"警官打人了"，女人回过神，见男人这么喊，顺势一屁股坐在地上，也跟着喊了起来，后面的事就复杂了。要不是股长被送进了医院，他也不会单独值班，还破获了职业生涯的第一宗案子，算是他收到的感恩节礼物吧。他蓦然回头，橱窗外警车安静地停在路边。他只希望今晚不要太复杂。

他一走进小卖部，别人不管他是不是警官，直愣愣地望着他脸上的红印子。他很不适应那些猎奇的目光，赶紧买完东西，跑回了车上，一口气喝完一瓶红牛，然后捏住她的鼻子，给她灌酸梅汤。她的手被拷住了，无法反抗，哭得更厉害了。

"我恨你。"

"你恨谁啊？"警官顺着她的话往下说，好舒缓她的情绪。

"你们这些坏人。"

"谁是坏人？"

"我要去过感恩节，我要感恩。"

"你打算做什么？"

"躺在床上睡个好觉。"

"你撒谎，你买了去剧院的票，还是两张。"

"那是给我姨妈和姨夫买的，他们喜欢看话剧，我不喜欢文绉绉的东西，如果是电影，那倒可以考虑。你知道，姨妈是公司的老总，我顶头上司。逢年过节我都会给她买礼物，香水啊、皮包啊，这些东西送多了，就显得很随意，对她不尊重。我就计划今年送个不一样的。一次偶然的机会，听说姨妈喜欢看话剧，我就淘了两张话剧的贵宾票，你是不知道姨妈拿起票的表情，真是臭！那是嫌弃我猜中了她的想法。"

警官皱起眉头，"哦"了一声。

她又说："姨妈很烦人！"

"你讨厌她吧？"

"不，我感谢她。"

"感谢她什么？"

她沉默不语，警官推了几下她的肩膀，她竟然倒在一旁睡着了。哎，算了，警官心想，反正对于他来说，抓到了一个嫌疑犯，这个感恩节算是没有白过。

她睡着了，又像没睡着。头脑忽然出现了杂乱无章的胡同，姨妈走在她的跟前。姨妈梳了一个竖起来的发髻，插着一根镶嵌翡翠的银簪，小心翼翼地避开巷子堆着的杂物。在她的印象里，姨妈一直梳着高高的发髻，她认为那象征着姨妈在家族中的地位。2008 年之后，姨妈在生意上取得巨大的成功，让发髻又高了许多。而她偏偏长得有几分像姨妈，从小到大，家族对她寄予了更大的期望，那些人偏执地认为成功的女人全都是姨妈那个样子，无形中迫使她模仿姨妈的行为举止。毕业之后，没人征询过她的意见，就送她去了姨妈的公司工作。她觉得自己也许一辈子都变成不了姨妈。关于姨妈这件事，她内心很焦虑，甚至怕见到姨妈。

"我们为什么来这儿？"她不解地问道。

"算命，转运。你这丫头像我，又不像我。"

她没作声。姨妈的话权威得就像一座大山，压在她的心头，她想反驳，又觉得即便反驳过去也没什么意思。

姨妈继续说："你自己看看，三十好几的人，不说你一事无成，连个婚姻都没有。这不，我找大师给你算算生辰八字，准备给你相亲。"

她一听到相亲，立马激动了起来，所有的事她都可以忍受，唯独这件事万万不能妥协，何况她的心里已经有人了，她用央求的眼神看着姨妈，"不，我已经有男朋友了。"

"男朋友是男朋友，玩够了就分了，我给你找个未婚夫，够你下半辈子不用愁。"

姨妈的话伤到了她所剩无几的自尊，一根根无形之中捆绑她的绳子，把她拉倒在地。婚姻怎么会是一单生意，她愤怒无比，虽然被绳索勒得生疼，她还是艰难地从地上站了起来，几乎是嘶吼道："这件事你休想插手。"

姨妈相当冷静地说："那我就等着看。"

姨妈的心平气和是她意想不到的，同时也让她十分担心。姨妈轻松说出口的话，一定有自信的基础。对，姨妈有阴谋，她一定在想办法制止这场爱情。那么问题来了，她和男士的感情真的像钢铁一样坚不可摧？她答不上来，于是内心更加忐忑了，她不知道自己在做什么，也不知道自己在维护什么。她撇下姨妈，慌张地跑了。她跑了很远，实在没有地方可去，就去了酒吧。

男士正坐在吧台后面弹着吉他，吧台上放了一杯酒。她跑过去一把抱紧男士，"亲爱的，你爱我吗？"

男士有些莫名其妙，笑着说道："我爱你。"

"真的吗？"

"你这是怎么了？"

"你发誓你爱我。"

男士笑着举起了三个指头，"我发誓我爱你。"

"我信你。"她一口喝尽了杯中的酒。

4

前一周是雨天，天气预报说后几天也是雨天，今天是夹缝的晴天，阳光正好。别离酒吧正对面是一家小咖啡店，她坐在马路边的遮阳伞里，白色的伞面印满了银灰色的爱心图案，在阳光的照射下，一颗颗闪亮的爱心在她手掌上游走，她轻轻抓了一下，手里空空的，这种感觉不太好，如同不好的预兆，过一会儿，她又自嘲太敏感了。

她已经喝了好几杯咖啡，还想再点一杯。她的手机一直响个不停，拿起看了一眼，就放在了一边，是公司打来的，催她回去上班。比起在公司里的无聊，咖啡店的无聊更有趣一些。上次去胡同找大师算命，她跟姨妈闹得不愉快，当时就后悔了，不管怎么样，姨妈就是姨妈，明明可以跟姨妈好好解释的。她算是没脸去公司见姨妈了，就没去上班了。姨妈还是坚持给她算了一下命，发短信跟她说，她的婚姻今年没戏，明年八月以后，才会有真命天子找上门，而且算命的说，只有后年结婚，她的婚姻才会圆满。姨妈说的，她当然不信，可是她心里老想着，至少在明年八月之前，不能掉以轻心，她太在乎男士了。

她的手机又响了。这次是母亲打来的，问她收到感恩节礼物了没有。她说收到了。是一件橙色的毛衣，母亲自己打的。感恩节正值腊月，在南方是最冷的时候，毛衣穿起来正合适，很暖和。母亲说给姨妈也寄了一件。她说，费那力气干吗，姨妈有各式的皮草，不会穿毛衣的，你送也是白送。母亲说，她每年都会给姨妈打毛衣，几十年的老习惯，一年不做的话，心里总觉得少点什么。

她对母亲说她有男朋友了。母亲问是不是姨妈介绍的。她说不是。母亲意味深长地"呃"了一声，姨妈是为了你好。她知道相亲这件事母亲和姨妈早就计划好了。母亲想说什么，她却不想听下去，只说自己有工作要忙，把电话挂了。

就在这时，男士手里拿了一束玫瑰花，面带笑容地走了过来，"今天可是一个好日子，好时光不能浪费了，我们要去哪里？"

"你可迟到了半个小时。"

"原谅我吧，虽然我戴了手表，你知道我只当它是一个装饰品。"

"我这儿也有一个装饰品，好不好看？"她转了一圈，秀一下新买的外套。

"颜色一般，但是，我要说的是，我喜欢这个款式。你正好可以穿着这个去赏花，冬日花展可热闹非凡。"

"花，明天也可以赏。"她双手叉在胸前，表情故作严肃，像是法官在等待一个满意的解释。

"那就去吃一顿法式大餐。"

"大餐，明天也可以吃。"

"那我就有些猜不透你了，"男士将她挽进臂弯里，故意用胡楂在她脸上蹭来蹭去，"要不你给一点儿提示。"

"提示就是十字街六号。"

"你怎么知道十字街六号？"男士惊讶地松开了她。

"我知道很奇怪吗？你不记得了，上次你喝大了对我说的，我对那个地方很好奇。"

"那个地方既没有花香，也没有大餐，我知道一个更好玩的地方。"

见男士转移话题，她不开心了，直截了当地质问："是不是有小秘密？"

男士圈住手放在她的耳边，轻声说："男人都有小秘密。"

一听到小秘密，她骤然想到了姨妈。仿佛姨妈在胡同里走着走着，忽地转过头来。姨妈的皮肤保养得非常好，光滑白嫩，最显眼的是那一张涂抹了口红的嘴唇，分外鲜红。姨妈在说话，每个字的发音都是从牙齿上蹦出来的，好像把字往地上掷一样，但是她听不清姨妈说什么，看样子不是什么好话，她吓得直往后跑，姨妈的身影却越变越大，迅疾地将她团团围住，她怎么跑也跑不过那团乌黑的影子。良久，她才问道："能不能见光。"

男士依旧那么温柔，平静地说："不能。"

她眼泪忍不住流了下来，"对我呢？"

男士低下了头，犹豫了一会儿，"好吧，既然你坚持的话，那就随你。"

"我一定要看看。"她慌张地挽住了男士的手臂。

"行，不说了，给你带路。"男士抹去了她的泪水，做出了请的姿势。

5

午后，变天了，窗外是灰蒙蒙的一片，像是下过了一阵雨，又像是雨还没落下来，街上，往来的行人手里拿着雨伞，时刻准备着撑开。四周湿漉漉的，空调没开，屋子里湿冷湿冷。

她靠在床头，目不转睛地望着桌子上旋转的彩灯，红色、绿色、蓝色、黄色、紫色，不停地重复，她像是被催眠了一样，神情呆滞。男士把避孕套丢在马桶里冲掉，洗完澡，顺带给她拿上了一件浴袍，帮她披在肩上，温柔地说："亲爱的，你在想什么呢？"

她没有抬起头，眼珠里映着彩灯。她在思考某个问题，喃喃说道："这屋子有多大？"

"二室一厅，六十平方米。"

"跟我在县城的家一般大，难怪一进门就很熟悉，或许就是家的感觉。"

"家？"男士坐在她的身边，将她搂在怀里，说："亲爱的，我漂泊这么久，快忘了家是什么感觉，你给我说说？"

她思忖了一番，"说不清，就是床上凌乱的被子，灶台上没洗的碗筷，柜子里乱七八糟的衣服，阳台上数不尽的酒瓶。"

男士扑哧笑了，"所以我说见不得光，老虎的窝就是有个性。如果你要讽刺我的话，老虎会生气的。"

"我没有开玩笑，我很认真地说，而且，我还要跟你说一件事。"

"你只管说。"

"我要搬过来住。"

男士惊讶得一时说不出话来，尴尬地笑了笑，最后支支吾吾地说："什么时候？"

"最快今天，反正我只能等一个晚上，最迟明天！"

"这么快，一点儿准备都没有。"

"我们必须比姨妈的动作快，你是不知道我那个姨妈有多强势。"

"至少，得让我有个心理准备。"

"那好吧，我打算下半年结婚，提前了半年告诉你，你做好心理准备吧。"她绕着屋子走了一圈，四处瞅瞅看看，像是顾客在验收中介推销的产品，她指着一排书架说道："我觉得这个是多余的，拆了能省出许多空间来，再重新贴个壁纸，蓝底白纹的跟这间屋子的风格比较搭。"

男士沉默了，他躺回床上，双手抱头，无意中看到了手上的文身，他拉开衣袖，里面是一只猛虎文身，男士说道："你还记得我说过的最后的旅行吗？"

"那天喝了不少酒，隐隐约约有印象，你好像去云南看老虎。"

"我花了五千元在网上买了一个情报，有虎出现在中缅边境的小村庄，吃了两只鸡，咬伤了一头牛。我立马就跑到了那个小村庄，一守就是两个月。"

"你怎么知道它会回来？"

"那个人说，老虎是一只母虎，怀了孕，老虎是独居动物，再艰难的时刻都要独自面对，在这个季节里，它很难找到食物，为了幼崽，它绝对还会回来。"

"老虎最后回来了吗？"

"我请伐木工人帮我在树上搭建了一个简易的小木屋，说是木屋，其实就是几块木板绑在树冠上。我的房东，一位热心的傣族大妈每天为我送两次饭，用芭蕉叶包的糯米饭，我只吃出了糯米，其他配料到底是什么食材我辨不出来，只是一股浓郁的酸味，我问大妈，大妈说是菜，可能是当地的一种野菜。每天除了与大妈短暂说几句话，我大部分时间穿着丛林服，安静地屈腿坐着，时不时对着望远镜四处张望。我感觉时间过得异常漫长，像是毒药一样侵蚀着我的身体，先从脚趾开始，腿渐渐地陷入了麻木，我又不得不爬下树，简单地运动四肢，又快速地爬了上去，我不敢在树下待久了，那是一件很危险的事。"

"你不怕吗？"

"老虎吗？我不怕，我没有猎枪，但是我有催泪弹，还有烟幕弹，以及求救的冲天弹和紧急使用的燃料。但是我也怕，我怕我熬不过看似短暂实则漫长的时光，每一秒都是煎熬。我一直盯周围的树木，它们的变化微乎其微，偶尔落下一片叶子，我就看着那个叶子在空中旋转。叶子从树上落到地上大概十几秒，那十几秒对于我来说实在太可贵了，是我全部的乐趣所在。"

她听得目瞪口呆，"有什么意义呢？"

"我是一个急性子的人，在来之前就做好了心理准备，但是如此漫长的等待出乎我的意料，我甚至都发狂了，前一周还好，从第二周开始，神情逐渐恍惚，想入非非，如同度过了一生。在长久寂静和冥想当中，仿佛把个人置身于茫茫宇宙之中，藐看万物，我觉得自己太渺小了。"

她搞不懂男士到底在想什么，便问道："最后得出了一个结论？"

"没有。"

"你到底见到老虎没有？"

"见到老虎很重要吗？我觉得这个过程让我受益匪浅。在之前，我逃避生活，不想被它束缚，四处游荡，追求自由自在，可是，那是自己骗自己，哪儿有真的自由呢。我觉得我的决定非常正确，我要静下心来，融入生活，融入社会，但是并不意味着我要接受它的全部规律，我只接受适合我的。"

她惊慌地问道："你什么意思？"

"你应该能体会到我的处境，像是在动物园关着的老虎，封闭的方寸之间，它依旧有暴虐的兽性，这是天生的，无法改变。"

她忽地明白什么似的，发疯地大吼一声，然后平静地盯着男士，等待着答案，她以为是有答案的。男士却默不作声。

6

店铺打烊了，红灯笼一排排熄灭，整个北区沉静了下来。车载电台播放着当地稍有名气的网红送出的感恩节祝福语。

她醒了，揉着眼睛，视线逐渐清楚，头生疼，老米酒的后劲儿实在太大了。警官见状顺手递了一杯酸梅汤给她。

"几点了？"

"离这天结束还有十分钟。"

"我睡了一个多小时？"

"差不多，我顺路处理了三起酒鬼闹事的警情。"警官骤然笑了，"你知道我遇到了一桩什么事吗？"

她没有作声。警官继续说道："我碰到了我的那个搭档了，他从医院偷偷跑了出来喝酒，酒鬼怎么控制得住喝酒，但是你知道他干了什么！他喝多了，把自动取款机当成了厕所，拉开裤链准备撒尿，被保安给逮住了，要不是我通知他老婆及时赶来，他铁定要出大丑。"

她"呃"了一声。此时，她想到的第一个人是她的姨妈，那高高的发髻真的让她看不过眼，要是姨妈知道她被捕了，会是什么样的表情？肯定会惊吓到吧。反过来想，姨妈和她的人生究竟有多大的重叠，她不想驱逐那个影子，却偏偏最在乎那个影子，也许男士说得对，冲破姨妈的阴影，得到的也不一定是自由。她冷静地说道："我会坐牢吗？"

警官惊讶地睃一眼她，没想到她会这么问，他也差点忘了她是犯罪嫌疑人的身份，若有所思地说："会吧，你犯的是刑事案件，还好你不是惯犯。"

突然，她的泪水没忍住，一下子掉了下来，她抹着泪花说她是上瘾了。她并不喜欢那些衣服，比如说那件白色的连衣裙，其实早在一周前她就试过。她穿给男士看，男士在一旁玩手机，头都没抬就说好看。她生气了。男士还是没抬头。男士的行为导致她也觉得这件连衣裙不好看。她的皮肤比较出黑色，不出白色。再说售价只要一千块，她一个月的工资有两万块，完全负担得起……当时，她脑子里很乱，装了很多事，像是气球一样，不停地膨胀，就要爆炸了，感觉身体都不服从自己的支配。她直接把那件白裙子塞进包包里，走出了店门，竟然没有被售货员发现。

她不知道为什么会那样做，但是她的确那样做了，那种刺激产生的兴奋感和占了小便宜的喜悦感，让她身心放松，同时也让她转移了注意力，短暂地忘掉那些烦心事。那是一种会上瘾的感觉，有了第一次，就有第二次，像吸毒一样，瘾越来越大，等到醒悟的时候已经来不及了。

"你一共偷了多少？"

听到偷字，她羞耻地低下了头，低声说道："今天？十一件，一直到四楼的女装品牌店。"

警官露出一副不可思议的表情，反问道："偷这么多，你都没被发现？"

"百货商店趁着节日搞打折促销活动，我以前经常去他们店里买衣服，是他们的 VIP，他们对我没有丝毫的戒备。那一家专卖裙子的店，我拿了五件，都没被发现。要不是因为那个胖女人跟我抢同一款衣服，我也不会和她厮打起来，更不会被发现，你看她和我打得多严重，脸上都是抓伤，你为什么不抓她？"她一想起那个胖女人，恨得牙根痒痒。

"她只偷一件，价值才三百元，你这几件总价超过了五万元，达到了立案的金额了。"

"打折扣没？这衣服都是有折扣的，而且今天百货商店还有买送活动，这些钱你都要给我减下来……"

她忽的哑然无声，这样的行为实在太傻了，她清楚自己的内心，一直在忽略一个人，可是越是忽略，那个人的模样越清晰，她仿佛又看见了那只摆动的恐龙，像是跳舞一样。她止不住地号啕大哭，这一切似乎与她毫无关系。

雨一下子落了下来，盖住了她的哭声。车载电台开始了倒计时，十、九、八……三、二、一。感恩节快乐！她默默跟着念："祝你感恩节快乐！"

恐龙在跳舞

大侠归来

1

　　我带了一把伞，站在胜利镇大街 42 号门口，正犹豫要不要敲门，门就开了。开门的是霍先生的母亲。她戴着一顶草檐帽，裹着粉色的雨衣，见着我就说，洗衣机又坏了。

　　我向老太太问好。她患有严重的耳疾，我不得不用上夸张的表情，而她都没瞅我一眼，继续说："镇上没有一个好电工，都是缺心眼的货，电器只会跟你修到一半，等再坏了又来收一遍钱。"

　　我问她："霍先生在家吗？"她气冲冲地走了，可能是去找某个电工扯皮。我眼疾手快，趁着大门还没有完全关上，赶紧用手抠住门沿，钻了进去，其实他们家的大门从来不上锁。一进门，我大喊了几声"霍先生"，没有人回应，就径直上了二楼。

　　霍先生的卧室临近南边的街道。我敲了敲房门，里头发出嘶嘶的声音，推开门一看，棕色的落地窗帘挡住了大部分光线，室内昏暗。霍先生赤裸着上身躺在床上，下身紧紧裹着被子，打着鼾。旁边是一副画架，架子安装了照明灯，霍先生平时就在上面工作。墙边有一张柜子，横七竖八地放了几个空酒瓶。我抄起了一个瓶子，扫一眼便识出了这种便宜的酒，虽然度数高，但是跟饮料的价格差不多，我爸经常让我去买。

屋子里除了霍先生扔得到处都是的短袖和运动裤，就是散落在地上的漫画、杂志和撕碎的画稿。出于礼貌，我又轻轻地喊了一声霍先生。他依旧打鼾。我像是得到了他的默许，赶紧从地上捡起来了画夹，紧紧抱在怀里，熟练地从落地窗帘下钻出去。外面是一座阳台，比里头明亮多了，还种了一排各色的长寿花。这个季节花正开，斑斓的色彩让我忍不住沿着各色花瓣摸了一遍，指腹有一种丝滑的感觉，像是德芙巧克力。因为我戴了牙套被禁止吃糖，已经好久没有吃巧克力。

等我平复好心情之后，双手在衣服上擦了擦，弄干净了，才去翻画夹。画夹里头是霍先生最新创作的漫画原稿。他是一位画师，在一家畅销漫画杂志上连载一部热门漫画，名叫《大侠归来》。那本杂志在我们学校很多人追着看。而我无疑是最幸运的，能提前半个月知道故事的进展。我没有对任何人说这个秘密。在班上，我故意放出话：我能猜到漫画的情节。同学们都不信，于是我和他们打赌，赌的是面包，或者酸奶，还有一些小零食。每次都是我赌赢了，硬是把零食吃得要吐了。同学说我是神算子，追在我的身后让我讲漫画的情节。说实话，被同学追捧的感觉特别棒。

霍先生的漫画讲述了一位大侠被囚禁在一间屋子里。大侠拥有一项特殊技能——通过意念驱动物体，他以此来行侠仗义。我手中画夹里的稿件是最新一期：刺客夫妇连夜赶路，在傍晚的时候到达小城。他们谋划杀掉仇人，却遇到当年遭到敌人追杀万不得已遗弃的女儿。女儿竟然被仇人收养，并视为掌上明珠。看着女儿跟仇人感情深厚，刺客夫妇的心理开始发生剧烈的变化。

"好看吗？"正当我津津有味地阅读画稿。霍先生不知道什么时候起床了。他站在窗帘后面跟我说话。不知道为什么，他就是不从窗帘后面走出来。我只好合上画夹，回到屋内，看到霍先生摇晃床头柜上的每一个酒瓶，希望能有一点剩余的酒，然而酒瓶都空空如也，他无奈地说："早上都没有精神。"

我紧张得不知道怎么回答，低下头，心想真该把父亲的酒带点过来，反正他也没点数。

"你是怎么进来的？"

"是老太太让我进来了，我刚才喊了你……"

"她真唠叨。早上一直敲门问我有要洗的衣服没，我说没有，她也听不见，还一直敲。真拿她没办法。"

我看着满地乱七八糟的衣服，霍先生肯定没让老太太进门。他继续说："我听着她的敲门声睡着了，鬼知道什么原因，我最近特别嗜睡，瞌睡一来，立马就能睡着。我昨天还在卫生间蹲便器上睡着了，梦里排泄了一些秽物，最后被臭醒了。"

听到这儿，我忍不住笑了，"我也是，我父亲说是春夏季节交替带来的身体困乏，喝天王老子水都治不好，因为这不是病。"

"你父亲会治酒瘾吗？"

"我不知道，但是卖酒的说我父亲医术很好，没有什么病是治不好的，他在去年冬天还治好了一只闹肚子的豪猪，那豪猪在我家院子里一边转圈一边放屁，赶也赶不走，我父亲后来给了一些药草让它吃了，它才跑出去，等我追出去，豪猪不见了。"

"你父亲怎么不治治自己，他喝酒可是全镇第一。"

"没有，我父亲说，喝酒这件事上他是第二，你是第一。你们两人买的酒养活了那个卖酒的，那人都准备生三胎了，先前两个儿子，一人在城区买一套房。"

"那是有遗传基因。咱们一个姓，是同族的，我们的先人也没出过什么达官显贵，但是贩卖酒的倒有几人，其中一人还在家谱上了留下了一笔。大概就是说他不务正业，光想游玩，以李白为榜样，游历名川大泽，甚至去了碎叶城。"

"那他岂不是一位旅行家。"

"对，用现在的话说叫旅行家，当时乡人都说他不忠不孝，不顾爹娘，忘恩负义。反正是一个反面的例子。"

"最后呢。"

"你猜？"

"他成为了大侠吗？"

"可能吧。但是大侠怎么会是他那个样子，饿了讨饭吃，渴了喝泉水，冷了睡牛棚，一身穷酸的样子。连宝剑都没有，怎么会成为大侠。"

"那就变成了坏人，被大侠杀死了。"

"他死了，但不是被人杀的。他找到了一个风景特别好看的地方，那里有一大片竹林，下面是长满青苔的怪石，旁边还有一口塘，他一直在那里等了一个月，然后跳塘自杀了。"

"他死了？"

"死了！"

"真可怜，可是他为什么要等待一个月的时间。"

"因为他要等到月亮是满月。我想，他肯定要周边的环境完美，让自己不留遗憾。"

"奇奇怪怪。"

"这有什么奇怪的，我认为你这个年纪很好理解。"

"可是我才十二岁，读六年级。"

"那我不管，你看了我的画，快去给我买酒。"

我抬起头看着他。霍先生严厉地对我说。我赶紧答应了，以至于感觉自己最擅长的事情就是买酒。

2

过了几天，我攒够了钱，买了一瓶酒，又来到了 42 号。大门敞开，我一进去，就听见了霍先生和他母亲吵架。他母亲一直抱怨说电费太贵了，这个月又超出了预算，剩下几天，她要去镇上的冷库剥板栗挣钱，才能把日子过下去。剥一上午的板栗才挣五十元。关键是她太讨厌板栗的绒毛了，弄得皮肤瘙痒。而霍先生在说他漫画的主角要死了，他舍不得主角死，却怎么也想不到办法救主角，只能眼睁睁地看着他死去。两个人吵的不是一回事，却一个个凶神恶煞，分毫不让。我见状，就躲在一旁的书架后面。过了一会儿，老太太吵累了，跑到厨房喝了一大杯水，又吃了一个白馒头，才出门。霍先生沮丧地坐在床上。

我等了好一会儿，脚都站麻了。我猜测霍先生平静了下来，才靠近他，默默递给他一瓶酒。霍先生接过酒，脸上露出了复杂笑意。作为交换，他把画夹递给了我。我欣喜若狂，抱着画夹快速地钻过落地窗帘，躲到了阳台。我知道霍先生不会上阳台，而我喜欢这个安静的地方。我靠着窗帘坐在地上，长寿花依旧如故，没有丝毫凋谢的样子。听说长寿花的花期有一个多月。我照常抚摸花瓣，然后轻轻翻开画夹。

漫画接着上次的故事：刺客夫妇在一片竹林里约见了仇人。两方都没有说话，晚风紧逼，竹叶萧萧落下，发出簌簌的声音。刺客夫妇紧紧捏着剑柄，随时准备利剑出鞘。关键时刻，仇人却拿出了一幅红盖头。女孩终归是要嫁人。刺客夫妇清楚仇人的意思，若秘密按住不表，以仇家的名望之第，定能寻一个好婿，女孩后半生安稳踏实。若秘密揭开，女孩定是陷入两难境地，一头是生身父母，一头是养育之恩，均是千斤重，难以权衡，怕是会重新走上江湖。刺客夫妇心绪难平，松开了剑柄……漫画到这里中断了，可是我很好奇后续的故事，就跑进屋子找霍先生。

霍先生将酒瓶子里的酒喝光了，他像是过敏一样，一个劲地抓后背，看样子很痒。他干脆脱下假肢，仰倒在床上。我早就习惯了霍先生这个样子。可是每次看到他双腿都没有的时候，我既有一些难过，也有一些害怕。霍先生瞅了我一眼说："怎么了，漫画不好看。"

我摇摇头说："好看。"

霍先生问："那你怎么一副蔫巴巴的样子。"

我支支吾吾地说："这一期我总觉得很奇怪。"

霍先生直直地盯着我说："哪儿奇怪了？"

我躲过他的目光，望着天花板说："就是不知道哪儿奇怪，反正感觉有些奇怪。"

霍先生没有理我。我偷偷地瞅了瞅他。他苦着脸。确实有些不开心，我试探地说："我想学画画。"

"你学呀。"霍先生随口说。

"那你教我呗。"

"我不教，我本身也不喜欢画画。"

"可是你画得那么好，画什么像什么。"

霍先生眼中闪过了一道光，他坐了起来，"这么说，那可能是基因遗传。"我疑惑地望着霍先生。他说："上次跟你说过，我们的祖先，那个明朝的旅行家，他也擅长画画，而且特别喜欢蛤蟆。他有时没钱了，就卖画。"

还没等我回答，霍先生继续说："这些日子我一直找他的资料，发现在南方的博物馆存着一幅他画的山水卷轴。因为祖先并不出名，所以那画的价值被严重低估了。画常年放在库房里，不对外展出。一次机缘，我才从一本电子画册上看到那幅画。画上一片松竹围绕着池塘，池塘中垂败的芙蓉遮掩一轮明月，池塘边有两只蛤蟆望着天上。很显然两只蛤蟆是望着明月，而明月只在池塘里。"

我懵懵懂懂地望着霍先生，不解其意。

霍先生一边讲，一边拿着笔在纸上画，"这地方的美感不是靠外在的风景，而是一种整体性的禅意。"他不由得赞叹。

听霍先生说的，不过是一些平常的景色，没什么稀奇，现在随便哪个公园都有，于是我不以为然地说："可这不是真的，这是画，比起祖先，你肯定也去过很多地方？"

说完了我才意识到霍先生没有双腿，当即就后悔了。霍先生懂我的意思，他说："我又不是天生没有腿，那不就成了怪物。在我还有腿的时候，我还是美院的学生。有一年去江西婺源写生，那儿到处都是提着画板的美术生。我画了几幅画，都不满意，大家画得都是一样的，雷同的东西太多了，没什么新意。我又是个不服气的个性，硬是要选个独特的视角，画一幅独一无二的画，于是我背着画板，沿着偏僻的小路寻找景色。"

"那你找到没。"

霍先生转身拿起酒瓶，喝了一口，瓶子里早就没有酒了，他喝了一口寂寞，缓缓地说："没有找到景色，还出了车祸，失了一双腿，鬼知道半路会冲出个拖拉机。"

听到这儿，我有些尴尬，自责不该提起霍先生的伤心事。我偷偷抬头瞄了他一眼，他也正抬头瞄了一眼我，我们的目光聚在一条线上。我吓了一跳，赶紧收回了视线。霍先生继续画画，我安静地待在一边，想说点什么，或者讲个笑话让霍先生轻松一下，酝酿了几遍，都开不了口。

霍先生放下了笔，将画递给我。我一看，画里景象跟那幅祖先的作品一模一样，那两只蛤蟆依偎在一起，像是一对情侣，很是可爱。

霍先生问我有没有看懂。

我以为画中暗藏了什么，便仔细看了好几遍，然而并没有什么奇异之处，就是一幅普通风景画。

霍先生笑了笑，指出池塘的一处细节，"你看这儿，水面上有水泡。"

"这里是有鱼吗？"

"不是鱼。"

"那是什么。"

霍先生哈哈大笑了起来，"是祖先在这儿呼吸。"

这时，我想另外一件事，于是拿起画夹，快速地把这期的漫画翻了一遍。我找到了原因——这期大侠没有出现！我大声地喊了出来："我知道这一期哪儿奇怪了，大侠应该出现，他每一期都出现了，他要打败敌人。"

霍先生扫了我一眼，接过了画夹，从头到尾翻了一遍，他叹气地说："哪个敌人？那你觉得大侠应该在仇人一边，还是刺客夫妇一边。"

我想了想，大侠站哪边都好，站哪边都不好。我回答不上霍先生的问题，就顺势坐在床沿，眼前秃秃地摆着霍先生的两只假肢。

3

我与同学打赌，输了。霍先生的漫画并未出现在那一期的杂志上。我难得输一次，同学们都跟着起哄，他们终于找到我的碴，要我请他们吃零食。那么多人，我肯定请不起，就懒得理他们。我担心起霍先生，内心有一种不好的预感。一放学我就冲了出去，用最快的速度跑到了他家。他家大门紧闭，还上了一把锁。霍先生一家都嫌钥匙麻烦，动不动就找不见，干脆大门都没有上锁，而如今却有了一把崭新的锁。我紧紧捏着锁，不由得哭了起来。其实我也不知道哭什么。

哭了一会儿，回头一看，霍先生的母亲正站在我身后，她一脸平静地看着我。她说："这把锁是从电工那里拿的，他修一次洗衣机要二十块，我不干，他就送了一把锁给我，我心动了。"说完，老太太从包里找了半天，掏出了钥匙，犹豫地说："下次路过市场，我得去咨询一下开锁多少钱，哪天要是真掉了钥匙，还划不来。"

门一开，我迫不及待地冲上楼梯，闯进霍先生的卧室，只见霍先生的床上放了一幅巨大的地图。霍先生躺在床上，拿着放大镜正在仔细地查看。

我擤了擤鼻涕，埋怨地说："你忘了把稿子发杂志社吗？"

霍先生瞅都没有瞅我一眼，背着我说："没有，那漫画已经完结了，我不想再画了。"

"可是杂志给你留了一年的版面。"

"我毁约了，那帮家伙太难缠，说要告我，让他们去告吧！反正我又没得多少稿费，我是个穷光蛋。"

我反驳说："可是漫画并没有完，大侠还没有出来，他要出来惩奸除恶。"

霍先生说："已经画完了，大侠死了。"

我听了这话，有些生气，嘟囔地说："并没有，大侠没死。"

霍先生也没和我争辩。

我站了一会儿，正想借什么由头发脾气的时候，一只黄白色的守宫从门后爬了出来，纵身一跳，跳到我身上，紧紧地抓着我的腿。顿时，我整个大腿都是冰凉的。这是我第一次见守宫，吓得尖叫了起来。可是那只守宫并不为之所动，竟然慢悠悠地往上爬。我赶紧抓住它的尾巴，往床上一扔。守宫顺势落在了地图上，吐了吐舌头，摆出一副无辜的样子。霍先生什么时候养了这个，长得太丑了。

霍先生回过头，看着我的样子，笑了笑说："这守宫是昨天送过来的，是不是长得很可爱，以后就要一直跟着我生活了。"

"明明有别的可爱的宠物。"

"守宫也可爱呀，何况这是别人的，让我帮他们养，一直养到寿终正寝。"

"可这是为了什么呢？"

"你个小屁孩，哪来这么多为什么，这是契约！"霍先生轻轻地抚摸守宫的后背，继续在地图上寻找。

我实在忍不住，又问他："你在找什么？"

霍先生从床上爬了起来，穿上假肢，走到我的身边，拍了拍我的肩膀说："我在找祖先画那幅画的地方。"

霍先生在卧室走来走去。他解释，那幅画是祖先的绝笔。祖先画完了，就扔掉了笔，跳进了池塘，追寻明月去了。霍先生本来以为那个地方是祖先空想的，不会真实存在的，又或真实存在，却无法找到。然而某一天，他无意将画的翻拍照片放大，在画纸的下方发现了一小排汉字，是隶书的"笔架晴岗"几个字。根据这个线索，霍先生从网上查阅了大量资料，他判断画上的地方在大别山的一个小山窝。"就是这儿。"说着，霍先生激动地指着地图。

守宫一直盯着我看，我要是动一下，它铁定又会跳到我身上来。我一动不敢动，只能远远地望着地图，"那个地方真的很神奇吗？"

"当然，"霍先生说，"你还是一个孩子，你可能不了解，我在医院躺了一整年，什么都做不到，只能卧在病床上。我成天只能看天花板。天花板是复合木板做的，上面有不规则的纹路，那东西看多了，像是长在脑子里一样，每一根线条在脑海里延展。我想象着那些线条是一座座山峰，是一个个湖泊，是一些未去过的地方。我这才发现，之前度过不算长久的人生，我时刻都努力学习、工作，还没有认真地浏览过某个地方，欣赏某一个景观。到现在，哪儿都去不了，真遗憾呀。"霍先生转过身，寻找床头柜上的酒瓶。

"那不是你的错。"我脱口而出。

霍先生摇了摇空荡荡的酒瓶，笑着说："根本就没有对错，所以我才好佩服那位祖先，他能打破世俗，不顾一切地去旅行，走过那么多的地方，见过那么多风景，虽然有许多困难，我想他一定是快乐的充实的。"

听霍先生这么说，我倒有些敬佩那位祖先了。

霍先生抚摸我的头，无奈地说："我真傻，对你说这些，你还是一个孩子。"霍先生扔掉了空酒瓶，又自顾自地描绘起了那位祖先的画。他最后说："如果我的资金充足的话，我就把那幅画买下来，挂在墙上，天天欣赏。"

我问他："你既然找到了那个地方，你要亲眼去看一看吗？"

霍先生听了这话，顿时阴下了脸，叹了一口气说："去不了。"

我这才想起，在我的记忆里，霍先生从未出过门，他一直躲在二楼的卧室，连画稿都是老太太送到邮局。我对霍先生说："你完全可以去亲眼看一看，我听老太太说，你穿上假肢，不仅能出镇子，还能去县城，或者去更远的地方，甚至参加马拉松也不在话下。反正暂时不画漫画了，就当出去玩。"

"都说了去不了。"霍先生吼了一声，将地图从床上掀起来，揉成一团，变成了一枚小球，一脚踢出了卧室。

我见状，不知哪根神经搭错了，大胆地跑过去拉开窗帘。阳光猛烈地冲了进来，将屋子里的阴暗一扫而光。我才看清，屋子的墙壁上绘有一幅幅素描图。霍先生见了光，立马蒙住眼睛，遮住刺眼的光线。我使蛮力把霍先生拉到阳台上，指着花盆说："你看这些长寿花，它们在你的阳台上开了这么久，你居然一次都没看过，太辜负它们了。"

这些花是霍先生的母亲种的。

听我这么说，霍先生慢慢地打开手指，透过手指的缝隙，打量着那些花，他缓缓地一呼一吸，许久才喃喃地说："怪不得，她天天在外头忙，原来是在种花呀。"

4

周末，我赖在床上想着漫画里的情节。那些刀光剑影，侠骨柔情，让我浮想联翩。有一天我会变成大侠，行走在江湖，铲奸除恶。到那个时候，我不要像霍先生一样闷在屋子里。

正在这时门敲响了。挂钟显示已经十点了。我半天才从床上爬起来，打开门一看，是霍先生的母亲。我见了她，自然而然地站得笔直。她依旧穿着粉色的雨衣，我还没开口，她抢先说："天天落雨，日子霉了，人也跟着倒霉，人老了做事没用，还真把钥匙给掉了，这下又得找开锁的，不得不花好几十块。"老太太一刻也不耽误，她将霍先生的画板递给我，又向我的口袋里塞了一封信，然后慢慢地走了。

我一句话都没来得及说，显得有些失礼，只得鞠个躬，欢迎她下次再来。

我看着画板，一脸茫然，打开一看，里面是霍先生在杂志上连载最后一期的手稿。是霍先生送给我的。我受宠若惊，赶紧把画板抱回屋子，生怕突然下一场雨，或者是一场大风把手稿给毁了。

我在家里寻来寻去，才找到一个好地方，我一口气把父亲悬挂的中药袋子全都扯了下来，腾出一大块地方。我打算把霍先生的手稿拿到亲戚那里装裱，再高高挂起来，这才能表达我对这本漫画的喜爱。我想到了还有一封信，定是霍先生写给我的，我赶紧跑到外头洗了个手，方才掏出来信来，拆开，读了一遍：

"霍先生，求求你可怜可怜我们。我们已经无药可治，等待的只有死亡，现有的治疗只是延缓死神的脚步，带给我们却是身体和精神上的痛苦……"

原来这封信不是霍先生写给我的，而是一对老夫妻寄给霍先生的。信的内容很长，我一口气读完了，心情却变得复杂，之前收到手稿的惊喜全然消失，取而代之的是震惊。我又把信再读了一遍，生怕错过某个细节。

那对夫妻在信中说他们备受疾病煎熬，生活完全失去了乐趣，他们思虑再三，决定了自杀。他们央求霍先生收养他们的宠物——那只守宫。守宫如同夫妻俩的孩子，虽然他们也有过其他的孩子，但是守宫是他们最牵挂的。作为回报，这对夫妇将在大别山的山窝里自杀，那儿正是祖先消失的地方。夫妇在死之前，会将周边的景色用手机全都拍下来，通过网络传给霍先生。

我清楚霍先生太想看那个地方了。可是他为什么不自己走着去，却要通过这种方法。一个我不愿意承认的现实，越来越占据我的脑海：霍先生跟他画的那大侠一样胆小懦弱，只能困在一个封闭的空间。原来刺客夫妇是有原型的。我这才明白，他的漫画为什么会停笔，他既怕选择那对刺客夫妇，又怕选择仇人，只能选择最简单的，那就是逃避。

大侠没了侠气就成为了普通人。想到了这儿，我忍不住哭了。"霍先生不是我认识的霍先生，大侠不是我认识的大侠。"我哭得更厉害了，生气地将画板重重地摔在地上，用脚反复地踩踏，直至画板被踩破，还不解气，又把画夹里的手稿扯了出来，一页页地撕成碎片，往天空抛撒。

我揉了揉湿润的眼睛。纸片如雪花飞扬，恍惚之中，我看到了祖先，他一边用葫芦喝着酒，一边拄着拐杖，悠闲地行走。他像是在对我说话，我倾侧耳朵认真地听，断断续续地听到一些字眼：好一处美景，幸哉！

这声音像是祖先发出来的，我疑惑地看着那堆碎纸片，下定决心要做一些事情去帮一帮霍先生。做什么呢，我想了想，忽然有了一个主意。我擦干了眼泪，跑到阁楼，从一堆方剂中找到了一卷纸，是宣纸，我将宣纸裁剪成一个个正方形的大小，拿起颜料笔，开始作画。这是我第一次作画，也不顾上线条和构图，随心所欲地画。我画了整整三天才完结。纸张上是各种各样的鞋子，有旅游鞋，有帆布鞋，有运动鞋，还有一双高跟鞋。

到了傍晚，我抱着画来到了霍先生的家。老太太不在家，他家的大门也没锁。我悄悄上了二楼，正准备敲霍先生房门的时候，只见那只守宫安然地坐在门口，瞪着圆碌碌的眼睛盯着我。我还是有些怕它，挥手想把它赶到一边去，它却快速地爬到了我的脚上，一直往上爬。我忍住全身的难受，赶紧把画纸从门缝隙塞了进去，再甩掉守宫，跑了出去。

守宫叫了几声，像是在笑话我。

自那之后好几天，我一直待在屋子里，时不时在脑海里想象霍先生看到我的画会有什么反应，或许是什么反应都没有，毕竟那只是一幅幼稚无趣的画。我小心翼翼地将撕碎的手稿一片片补好，无论怎么补，都不能变成最初的样子。懊悔当时太冲动了，仔细想一想，霍先生又有什么错呢，他又不能消除那对夫妻的痛苦。

又过了一周，我实在忍不住，就跑去找霍先生。一进门，就遇到了老太太。老太太看了我一眼，便知道我的来意。她递给了我一个塑料袋，我打开一看，里面是一堆锁。她说："终于不去剥板栗了，弄得身上长了荨麻疹，到处都痒，难受。现在我准备把二楼租出去，换些钱，过舒服的日子。"

"可是霍先生住在二楼，他画画怕吵，租出去不是打扰他创作了。"

"对呀，所有人都不能打扰他，除了你。现在好了，他走了。"

我很惊讶老太太听见了我说的话，她可是一直耳朵不好使。我问她："霍先生去哪儿了？"

老太太说："他没说，我也没有问。"

我失落地低下头，霍先生就这么离开了小镇，也没有跟我告别，或者是传个信，我还不知道他到底有没有看我画的画，是画得好，还是不好。

老太太给我一把锁，摸了摸我的头说："孩子，你帮我个忙，上楼去把他的房间给锁了，下周就有租客要搬进去。"说完，老太太拿起钥匙，转身就走了。

我捏着锁，上了二楼。霍先生房间的窗帘被换成纱窗，阳光轻易地溜了进来。墙壁上挂了好几幅风景照。柜子上横七竖八的酒瓶不见了。到处都收拾得干净整洁，只有墙角收起来的画架，上面沾满了各色的颜料，还带有熟悉的感觉。

外头阳光明媚，我穿过纱窗，走上阳台。长寿花开败了，取而代之的是一排蔷薇，顺着阳台，向着街道开出五颜六色的花朵。我站在阳台上，远远凝望小镇，它依旧那么小，那么寂静，也许多年以前，祖先决定去旅行，在离开小镇的时候，也曾像我这样打量过它；也许霍先生离开的时候，他缓缓走上阳台，眺望远方的山峦。

正在我冥想的时候，街道对面跑来了几个同学，他们瞅见了我，向我挥手，大声喊着："你预测到了吗？"

　　我有些莫名其妙，对着他们回喊："预测什么？"

　　"霍先生的《大侠归来》又开始连载啦！"

　　我怕我听错了，又问了一遍。

　　"没错，最新一期杂志上发了预告，说是刺客夫妇自杀被神秘人救了，大侠也从陷阱中脱逃，开始了新的游历探险，我们准备去邮局订杂志。"

　　"等等我，我也要订一份杂志。"

　　我长长地舒了一口气，冲出了 42 号。

国境线上晴与雨

1. 晴

我抬头望着西边的天空，云翳红遍，黄昏欲晚，一望无垠的草原张开饕餮巨口缓缓吞下偌大的日盘。一个月以前，一级战备命令已经下达到军区，直到师长训完了话，我才知道自己即将赶赴前线战场，我和战友先乘坐火车，再转搭汽车，一路上大家沉默不语，你望一眼我，我望一眼你，似乎这些熟悉的面孔需要再重新记忆一遍，最后大家都不约而同地闭上了双眼，像是睡着了一样，我猜应该没有人会睡着，他们会跟我一样，趁着间隙，思念一番人、物、事。时间如同风一样在耳边来回荡漾，即便是一分一秒，也会将行程变得漫长无边，一点点侵蚀着我，不得不承认，我莫名有一些紧张了，又想知道前线是什么状况，又不想知道那么多，这种紧张随着路途的颠簸，越来越浓烈，我紧握着拳头。柴油味不断地从车板的缝隙钻了出来，许多战友都吐了。等我实在忍不住，要吐的时候，车子刚好到达终点，眼前呈现的正是这幅黄昏日落之景。我是在南方长大的，从未见过如此景象，仿佛太阳就落在跟前。我不由自主地伸出手去触摸天空。手还没有伸到一半就被负责接兵的老兵拉了下来。我狐疑地看着他。他一本正经地说着，小心烫手。我听了之后，点头说，是啊，太阳应该挺烫的。他扑哧大笑，拍着我的肩膀说，一看就知道是南方的兵娃子，每年都有几个，跟你一模一样的神情。见他笑得热烈，我也跟着笑了起来。

这一个月天天操练、站岗，和在军区里的生活没什么两样，只是每天没有实弹打枪训练。我站完岗，会绕一条小路回到营地，那儿有一个小山包，坐在山包上，刚好可以望到半空中的巨大日盘被如何吞下。老兵告诉我日盘的下方就是国境线，对面是苏联，竖起密密麻麻的枪杆子，老毛子都躲在草丛里。我摇头，肯定不会只有枪杆子，至少还有坦克吧，说不定还有战斗机。老兵分了我一根烟，其实我是不抽烟的，但是这几次，我也学着将烟屁股塞进嘴里，将烟圈一枚枚吐出，心绪逐渐安定下来。良久，我对他说，《人民日报》又发表了社论，看样子这次战争避免不了。他抽烟，吐烟少，像是吃饭一样将烟气含在嘴里咀嚼品尝一番，再囫囵地吞进肚子。他瞟了我一眼说，新兵蛋子，怕了？我不好意思地摇头。他忽地笑了。我发现他豁了牙，声音好似从牙洞里传出来，他说第一次上战场肯定会慌张，子弹都不长眼，怕，我们都怕，怕也要往前冲。他还有话没有说，我也没有问。

等日盘被吞噬到一半的时候，我躺在山坡上，四肢尽量舒展开来，我想以我的身体为度量尺，圈住更多的土地，我忽然感觉草原虽然很大，这个时候也变得很小。一只不知名的鸟掠过血红的天空，仿佛有许许多多的人像我一样趴着，他们趴在天空，而我趴在地上。我仔细辨认天空中那群人的容貌，太模糊了，可能是一群陌生人，完全认不出谁是谁，其中有一个人也在仰望着我，好像有什么话要对我说。天空的云彩诡谲多变，人面变成了枪支，又变成了奔跑的狐狸，我才发现这一个多月来一直没有下雨，我也一个多月没有给阿强写信，其实我连一封信都没给他写过。

　　阿强是我的同乡，他从小胆小内向，他爹为了磨炼他，把他送进部队。他跟我同一年入伍，我们都被分到了警卫部队，虽然我们不在同一个连队，但是在军区经常能见到。他个子矮，长得瘦小，刚进部队的时候，特别喜欢哭鼻子。十公里越野跑，他跑了一半，跑不动，边跑边哭。指导员见他跑得晃晃荡荡的模样，让他原地休息。他犟着非要跑完，最后汗水、眼泪、口水晒干成一层厚厚的汗渍，他把脸一抹，放在嘴里舔了一口，作盐味，然后躺在了终点线，不停地喘息。连队里有人给他取了一个绰号叫"鼻涕虫"，他倒无所谓，别人这么喊他，他也自在地答应。我就不干了，他是家里的独子，他离家的时候，我答应他爹在外要照应着他，为此我还到他的连队找人干了一架，他们人多，架是打输了，我被打得鼻青脸肿的，还被罚去帮他们打扫一个月的猪圈。我去打扫猪圈，阿强也跟着去。他歉意地对我说，鼻涕虫就鼻涕虫，只是一个绰号，别人这么叫，他觉得没什么。我气得把扫帚往地上一摔，鼻涕虫又不是好话，你怎么这么乐意听，能不能争气一点。他吓得不作声，在一旁奋力地铲猪屎，顿时到处臭得要死，连那头老猪婆也受不了，冲过去用鼻子拱他出去。我看着他那样子，既恨又无可奈何。

　　那夜，我们在军部集合，准备出发前往内蒙古，看着攒动的人头，我内心一直有一种说不出来的忐忑，忽然听见有人喊我，回头一看，正是阿强兴颠颠地跑过来。他把我拉到一边，从口袋里掏出几个鸡蛋塞进我的怀里，让我在路上吃。我推辞说吃不下。他直接把鸡蛋塞进我背包里，还从兜里掏了一袋子馒头塞了进去。鸡蛋还是热的，应该是刚煮好的。他小声地对我说，他的连队也要开赴前线，昨天下的命令，大概过两天就要出发，是去越南作战，我们两个都是去前线，你在北边，我在南边，我们扯平了。说完了，他脸上洋溢着笑容。"你也去前线"，这句话我问了他三遍。他不厌其烦地说了一遍又一遍，他特别强调自己是主动申请去前线的。我忽的不知道说什么。集合的哨声响起了，我想起越南那边是热带气候，经常下雨。于是我就跟阿强约定，两人无论谁只要碰到下雨天，就给对方写信，谁没做到，谁就是龟儿子。他立马答应，然后给了我一个深深的拥抱。

云朵做的狐狸雀跃地奔跑，追随即将全部沉没的日盘，从艳丽的红色退化成暗沉的灰色。我斜过眼，只见明暗之间，野草在疯长，它像是积蓄着一股野蛮的力量，钻进我的手指缝，钻进我的裤腿，钻进我的口中，把我的身躯团团包裹，又从我身体里长了出来，我好像与大地融为了一体。我绷紧的身躯重新放松下来，任野草长吧，把我彻彻底底淹没。我在想，假如明天是一个雨天，是该给阿强写一封信了，信中肯定要好好侃侃这轮奇妙的太阳，他没见过，或许想来见见。

太阳落到离我最近的时候，光芒已经散去，一股暖意传递到全身。我睡着了，再睁开眼，发现图雅坐在我的身边。我们连队的官兵分散到附近牧民家中居住，图雅是我借宿的牧民家的女儿，还在上小学。这小山坡也是图雅分享给我的秘密基地。图雅头上戴着草根编的花环，她手里还拿着一个，我知道那个是她给我编的。图雅见我醒了说道，他们让我来找你，但不是你说的那个情况。

我摘下军帽，戴在图雅头上，从她手里接过花环。她说的紧急情况，是集合哨子，我们约定用"情况"来替代那些与战争有关的词语。我摸着她的头说，他们知道我在哪儿，你怎么不叫醒我。

图雅说，你太累了，睡得像我家的羔羊一样，我阿爸说狼把羔羊叼走了，羔羊还打着呼噜。

我笑了起来，所以我是狼，还是羔羊。我装出狼露出獠牙的样子，追着她跑，她笑得扭曲着身子。我们俩一前一后往蒙古包的方向跑。她比我厉害，我跑累了，她的劲还使不完。她走过来牵着我的手，忧郁地说，我明天可能见不到你了。

那后天见，我说。

后天也见不了，她说。

那大后天见，我说。

图雅没有说话，我低下头，发现她小声地抽泣。我蹲下来，帮她擦干眼泪，疑虑地望着她。她说，阿爸明天要把她和弟弟送到呼和浩特的姑妈家，可能要住上一段时间，等那个情况过去了，她才会回来。

我安慰她说，呼和浩特挺好的，可以吃到冰糖葫芦、烤羊肉串，还有好多好吃的。

她可怜巴巴地望着我说，等我回来的时候，你还在吗？

我说，肯定在的，我在这儿等你回家。

真的？

真的！我确定地点头。图雅这才露出笑容，说太好了。她忽然记起一件事，赶紧从挎包里拿出了一封信递给我，说是老兵让她带给我的，我一看信封，竟是阿强寄来的，心情立马就激动了起来。我咬开信封，快速浏览完信，得知越南那边的战争已经打起来了，战场上打得挺激烈的，还好阿强一切平安，我这才松了一口气。

图雅好似感受到了我的心情，她问我是好事吗。我说，目前来看是很多糟糕的事当中唯一的一件好事。她也高兴了起来，一边走，一边哼着歌儿。图雅说，她今天新学了几个汉字，她一个个字念给我听。之前她写的汉字像鸡爪耙地，一个字总是要占几个格子。我手把手教她一笔一画地写，她逐渐地掌握了要领。字虽然还有些歪扭，至少字号小了不少，能安进练习册上的格子里，看起来也越发的工整。我让她每日练习写一百个汉字，她一直在坚持，不管写到多晚，她都会完成任务。瞧着她乖巧懂事，我忍不住摸了摸她的头。

我和图雅将太阳的余晖一步一步踩进大地里，天色暗沉，羊圈伸出一只只羊头，迎接着我们归来，羊圈的另一边就是牧民的蒙古包。图雅拉着我的手说她去呼和浩特，把字练好了之后，可不可以也给我写信。我说，当然可以，而且一定给她回信。她笑着应诺，说话要算数哦！就在这时，背后消失的太阳，发出了一声巨响。

2．雨

自从进入这片山林，雨就没停过，而且下雨前没有半丝征兆，它完全随心所欲，想什么时候下，雨就落下来了。这里天气闷热潮湿，衣服是一会儿湿，一会儿干，鞋子则一直是湿的。我一滑溜摔在地上，因为脚打滑用不上力，半天爬不起来。胖子一只手就把我从泥巴里提了起来，故意问我是不是发现敌人了。我没理他，继续前行。他往我手里偷偷塞了一个鸡蛋，老成地说，鼻涕虫，要哭赶紧哭，等会儿你可哭不出来。我来连队的第一天，他给我取了一个"鼻涕虫"的绰号，为这事，我同乡还打了他一顿。我捏碎鸡蛋，用小拇指小心地剥掉蛋壳，一口塞进嘴里。不吃白不吃。胖子最爱吃鸡蛋，这剥鸡蛋的方法还是他教给我的，他剥一个熟鸡蛋只需三秒，更让我佩服的是他总可以搞到鸡蛋，衣服兜里塞得都是，无论是野战训练，还是宿营休息，他随时随地都能掏出一个鸡蛋，他那一身的肥肉特定是吃鸡蛋吃的。

过了一个不知名的小山丘，气氛骤然变得压抑又紧张，雨也下得更急了，一股夹杂着火药味的血腥味迎面扑来，我第一反应是进入了战场。大家不由得加快了脚步。转过弯，只见山丘背面的树底下架起一大排帐篷，透过缝隙可以看到里面装满了从战场上抬下来的伤员，医护人员紧绷着神经，在病床前来回忙碌，即便我们围拢过去，他们都没有抬头瞅我们一眼。我悄悄挪步到后头，想瞅一眼伤员的伤情。胖子猜到了我的心思，一把拉过我说，鼻涕虫，别看了，小心吓得哭鼻子。我甩掉他的手，没有去看，不是怕被吓到，而是会觉得难受。那一刻我感觉不到下雨，感觉不到湿，感觉不到干，似乎人的知觉也随着轰隆的炮火声而消失。

当天，我们夜宿在离帐篷不远处，时不时能听到一声惨烈的叫喊声，胖子说那是麻醉药失效了，他们肯定会再打一针麻醉。过了一会儿，叫喊声消失了，夜又陷入死寂。我想到了远在中苏边境的同乡，不知道他那边的情况如何，如果真打起来的话，面对苏联的坦克，他当然是不怕的，但是肯定会吃亏。我从背包里掏出纸和笔，说好的每逢雨天就要写信，我才不想当龟儿子。

胖子见我拿出了纸，凑了过来，找我讨要。撕纸画是他的拿手绝活，也不晓得他从哪里学的，撕个马，撕个鸟什么的有模有样。我拒绝了他，仗不知道要打多久，我也不知道要跟同乡写多少封信，纸总归是金贵的，随便撕掉了挺可惜的，就舍不得给他。胖子有些不爽，骂我不仅是鼻涕虫，还是小气鬼。他冲到外头摘了几片树叶回来，一边撕树叶，一边小声地哼着歌，他唱歌从不记歌词，都是临时瞎编的，曲调也唱走了样，谁都不知道他唱的是什么歌，光自己在那儿图一乐。

我的信还没写两句，胖子已经用树叶撕出一只狐狸。他拿着狐狸在我眼前晃，问我是不是特别像小白。我拿在手里仔细打量，真的有些像小白。小白是一只白狐狸。我刚到连队的时候，总怕任务完不成，眼睛一眨，泪水控制不住地往外流，其实我真的不是想哭，我认为这是一种眼疾，于是找到了卫生员求诊。她说可能是沙眼，给我开了几瓶眼药，却始终没见好。他们说我是鼻涕虫，爱哭鼻子，我也懒得去反驳。在部队当兵总会有个绰号的，比起哈狗子、猫腥子，我这还算好的。那天，连队大院不知从哪儿钻进来一只白狐狸，长得俊美不说，还特别机灵，在房梁上蹿来跳去，大家追追跑跑也没有将其抓住，它反而坐在高处，发出尖锐的声音，像是玩弄嘲笑我们，我们也拿它没办法。第二天，下了早操，胖子神秘兮兮地端出了一个纸盒子，掀开一条缝一看，那只白狐狸失去了昨日的雄姿，畏缩在角落里，可怜巴巴地看着外头。我们问胖子怎么抓住它的。胖子扬起头说，这是秘密。我们越发好奇，他坚决闭口不答。我问怎么处理它。胖子不容置疑地说，废话，这么好的东西，难得碰上一次，肯定是吃了，好补补身体。他一再强调，狐狸是他抓的，他要得到一整块胸前肉。

吃狐狸！我一听就吓到了，在我老家，狐狸是有九条命的仙物，如果遇到死狐狸，还得磕三个头，再好生掩埋。他居然要把狐狸拿来炖了。也难怪，胖子是广州人，什么都敢吃。有人提出异议，说狐狸肉有骚味。胖子显得很有经验，显然不是第一次吃，他告诉大家怎样剔除腺体，才没有骚味。大家热烈地讨论着如何吃狐狸。纸盒子里的狐狸似乎察觉到了，开始不安地挠着纸箱。狐狸是有灵性的，发现了我正看着它，那一瞬间，它流露出不可思议的信任，一改之前的焦虑，反而端正地坐着，非常恬静地盯着我，不卑不亢，好似预料到我一定会出手。

是的，我救了那只狐狸。既没靠说理，说理是说不通的；也没靠体力，反正打架我是打不过他们，我就厚着脸皮哭，扯着嗓子哭。他们回过头，目瞪口呆地看着我。这一次，"鼻涕虫"的名号为我赢得了一个特权——我得到了白狐狸，但是我高兴不起来，这件事变成了一个笑料在连队里传了许久。他们还给那只狐狸取名为小白。

我把树叶撕的狐狸还给胖子。他没接。他说，你拿着吧，你的小白送给你。他凑到我的耳边，耳语道，我们私下都说，当时狐狸是不是变成了一位美女，诱惑了你，所以才救它。我瞥了他一眼，见他一脸认真样子，忽地笑了出来，说道，可惜它不去诱惑你呀，只不过这种笑话能不能别讲，不好笑。胖子哼了一声，说他非要讲。他说，总归你是好的，你救了狐狸一命，它会来报恩，替你挨枪子。不一会儿，胖子又用树叶撕了一只狐狸，握在手里，看得出了神，嘴里喃喃自语，狐狸有九条命，人要有九条命就好了。

天下起了雨，晚上的雨比白天凉多了，帐篷有限，大家有意识地挤到了一起，身体互相依偎，暖和些许。胖子不知道从哪儿掏出一个鸡蛋，自顾自地吃了起来，挺香的。我吞了一口涎水，迷迷糊糊的，似睡似醒，一座陌生的森林在我眼前旋转，我像是一只迷路的狐狸，不停地奔跑，树的枝丫打在身上，那不是一种疼的感觉，而是一种想要寻找什么，却怎么也寻找不到的感觉，终究我也不知道要寻找什么。

雨越下越大，我睁开眼，挪了挪脚。信只写了一个开头，纸都打湿了，墨迹也浸开了，我有些心疼。等雨停的时候，指导员骤然出现，所有睡的、没睡的猛然抬起头，眼巴巴地望着他。他绷着老脸严肃地说，命令已经下达了，执行吧！

大家有序地行动了起来。不知道谁说了一句，这该死的雨，下下下下……到底有没有个停。他说了很多个"下"。

3．晴

那日，我实在忍不住，又独自前往小山坡去看草原的日落。还没走近，远远就看到几只公羊占领了我的位子，它们也出神地望着日盘，仿佛也被这瑰丽的景象吸引，我想它们应该是单纯的虔诚。羊是图雅家的，放羊的是图雅的阿爸，以前是图雅放羊。老兵说，他家的羊总往这里跑，拦也拦不住，大概是这边的草要肥一些。我笑着说，这块地方是图雅的秘密基地，羊肯定是想图雅。老兵听到图雅的名字，叹了一口气说，他也想图雅。

对于图雅的事，我始终是愧疚的。我牵着图雅回家，谁都没想到一只野兔绊到了边境线上的地雷，并将其引爆了，激起的石块砸到了图雅的头部，她卧倒在地，血流不止，嘴里还叫了一声我。我吓得丢了魂，飞快地跑回营地，不管三七二十一，开来军车将其送到了医院。战友们以为出了什么大事，一边逐级报告，吹响警戒号，一边全副武装，开了几台军车跟在后面……

后来，连队的战友笑话我，说我差点挑起了战争。紧张的氛围，也因为这个笑话而松弛了下来。而我没有打报告、擅作主张，连队给我一个记大过的处分，调换到了后勤的岗位。这个处分我心服口服。我有几次走在路上，无端无故地看到图雅瞪着大眼睛，她问我某个汉字怎么写，当我正告诉她答案的时候，她捂住了耳朵，这幻境太真实了。自那之后，我就没有来过小山坡了。老兵说，图雅现在的情况慢慢转好，他也放心了。我惭愧地说，这都是我的错。老兵摇头，说图雅是明事理的孩子，这不是你的错，你还年轻，真的很年轻。

年轻！在我这个年龄，我能琢磨到许多事，唯一想不到的就是年轻。我走上小山坡，想要夺回我的最佳瞭望位，于是悄悄靠近那几只公羊，趁其不备，小心地推揉它们。公羊似乎对我的心思了然于胸，蹄子像钉子一样扎在土里，任我动手，它岿然不动，我搞走了一只公羊，又有另一个公羊来顶替。等我搞烦了，它们反过来轮流将我往坡下赶。我完全放弃了那个位置，走过去挨着老兵坐，回过头，那几只公羊一个模子，撇着唇，发出吱吱的笑。

老兵见我垂头丧气，笑着说，别看它是羊，万物有灵！老兵掐断一根草，用手指搓碎，经验地说，今年少雨水，草原可能会有旱情。他指着远处的山峰，有一处高高垒起的敖包上，幡经袅袅。老兵说那里住着神灵，保佑着草原风调雨顺，牧草肥美。近来牧民也发现了旱情，整日虔诚地抄写经书，清早给神灵送过去，然后焚香膜拜。他们是告诉神灵草原发生了什么，其实神灵早就知晓草原的情况。我也学老兵掐断一根草，将草含在了嘴里。我又想起了阿强，来草原这么久，一场雨都没有下，按照我和阿强的约定，只有遇上下雨，我才能给他写信。我一封信都没给他写过，我想他定会担心我，但是既然是约定的事情，肯定得按着约定来做。我认定了命令与诺言就是军人的天职。所以天晴的时候，我总在脑子想着给他写信的内容，就等着一个下雨天，挥笔写就。

而我已经有些时候没有收到阿强的信，他那边一直没有下雨吗？或者是……不，一定是没有下雨。随着等待的时间无限期地拉长，我变得格外敏感，每日清晨蹲在墙角，等待通信兵将报纸送到营地，第一时间去翻阅，查看越南战场的报道，几乎每一篇都是好消息，可以说捷报连连，我们军队不仅收回了失地，还打到了越南的领土上，这是一件高兴的事，可是我笑不起，我没有找到丝毫有关阿强的消息，虽然我知道报纸上是不可能有他的名字，他只是一个士兵。

而我就像着了魔一样。

以前在军区，阿强每次找我，我首先带他去食堂吃饭，让师傅多给他打些肉。师傅每次都很给面子。肉打了满满一碗。他嘟囔了一句，他们连队也养了猪，然后没多说，大口吃肉。其实我知道，他不太爱吃肉。他也知道，他来，我肯定会招呼他，除了肉，我也拿不出别的东西招呼。他无论如何都要领我的心意，唯有吃肉。他找我无非是想家了，找我说说家乡话，我们大部分时间都在聊东扯西的。

吃完饭，我们会爬屋顶。师部礼堂虽然看起来高不可攀，但是我无意中发现了一个斜坡，可以轻易地翻上礼堂的顶部。我们就趁着四下没人的时候，爬上屋顶。从屋顶上可以看见很远的一座山，其实那山不高，我们老家在山区，高峰陡峭，那在我们老家只能称呼为丘。阿强家的自留林地可是三座连起来的大山，走几日都走不出去，说出来，当地人要吓一跳。阿强告诉我，那座山是家乡的方向。我问他怎么知道的。他说他从修缮宿舍的工人那里看了罗盘，正是那个方向。自那时起，我开始对那座山有一种不同以往的好感。不管做什么事情，时不时会抬起头望一眼。

有一次，我们吃了肉，躺在屋顶上。我说那座山像一把吉他，其实我想学吉他，唱港台流行歌。阿强说，这个比喻很新奇，可以写进诗歌里。我不以为意地说，这都可以写诗呀。阿强说，诗又不是数学题，非要把你难倒，诗是给你解题的。我问，解什么题。他说，生存的难题。我赶紧摇头，不懂不懂，别说了。阿强于是问我退伍以后想干什么。我没有想过退伍以后的事，听说部队里的司机在外面很抢手，我想向领导说说，去学个开车，或者学个其他的什么技术活。有技术的话，出去就不怕找工作了。

我反问他退伍之后想干什么。他一下子来了精气神，他说他想去当个小学老师。他高考只差两分就可以读大学，他本想复读，他爹非让他来当兵。等退伍了，他边教书，边看看能不能再考个大学。要是真考上大学，那就祖坟冒青烟；要是考不上，也没关系，教书嘛，总有个把学生能考个大学，算是实现他的愿望。

我点头说，你真是适合去当先生。他说，当兵也有当兵的好处，最起码，他爹现在不烦他了。他想了一想，突然打了鸡血似的大声强调，他能跑二十公里了。

我躺在草原上，望着那一轮残日，不知道哪一天，无数枚子弹会从残日里射过来。到底哪一天会开战呢！可能就是明天吧。子弹统统会落在草原上，我清楚自己绝对会像那几只公羊倔强地守在这里，同样这些绵柔的野草，也会包裹着弹壳，再次野蛮生长。

老兵问我，是不是有心事。我跟他说，我挂念我的一个战友。

哦，老兵说，怪不得草原的草都转向了。他竖起食指，轻敲耳朵，你听，这碎碎声响，草原在传递着你的挂念。我抬起头，只见草原上风吹着摆动的野草，就着不规则的轨迹向远处延伸。

4. 雨

虽然战争很漫长，等待战争结束的时间更让人难熬。我们遭到了敌人的突袭，损失惨重，大部分战友都牺牲了，幸存的几名战友受伤严重，敌人随时都可能冲上来。我和胖子架着冲锋枪各守一边，扼守着阵地。这一切我都在脑海里想过千百遍，等真正来临的时候，又显得那么猝不及防。

炮弹不断在我身边轰响，我猜我耳膜已经裂了，听到的声音时有时无。胖子对我吼叫着，看他口型，好像在说，鼻涕虫。

是啊，我是叫鼻涕虫，我大声地喊，你们都说我爱哭，所以喊我鼻涕虫。胖子又说，黑板什么的。他一说我就懂。我因为字写得好，读过高中，有些文采，连队把每周出黑板报的任务交给了我。黑板报有一个固定版块，就是表扬榜。胖子一直想上。见他那么积极，我心软，也想让他上一次，但是表扬总要有事迹吧。我给他出招，让他大清早学雷锋做好事，去扫猪圈，结果他一不小心把猪婆放出来了，大家满院子抓猪婆。他又自己想个法子，他跟我说，炊事班不是忙吗，他打算帮炊事班挖萝卜，最后却把地里种的油麦菜秧全都扯了，还说今年的萝卜长得太不好了，连根须都没长出来。就这样，他一次表扬榜都没上，他盼着呢。我对着胖子喊，下一期，给你出一黑板的表扬榜。胖子听懂了，哈哈笑了，刷地站了起来，拿着机枪狠狠地扫了几圈，然后倒在了地上。我不停地喊着他的名字。胖子摆了摆手，似乎是用尽最后的力气吼着，鼻涕虫，不要哭哟，你是英雄了。

我是英雄了。我会安静地躺在陵园，名字被篆刻在纪念碑上，有人向我敬礼，有人向我献花，有人为我唱赞歌。可是我最想做的，还是当一名教师，教他们知识，有空的时候，还能向他们讲述今天的故事。我要把他们统统都送到大学里去，因为我没读过大学，他们是要替我读大学的。

不知道过了多久，我的知觉都麻木了，身体完全不听使唤，我甚至感觉不到落在我身上的是雨水，还是子弹。终于，我听到了支援部队的火力跟了上来。我松开了机枪，侧过身，环顾四周，发现似乎只有我一个人还活着。就只剩我一个人了！我好像没哭，我以为我要哭的。

我仰面躺在阵地上，在雨中，我忽然发现一团白色的东西在快速移动，我第一反应是一只狐狸，那只叫小白的白狐狸吗？不可能！我一定是出现了幻觉。我想到了胖子用树叶撕的狐狸，便从衣服口袋里掏了出来。胖子的手艺真好，这只狐狸撕得真像。白狐狸有可能真有九条命，即便如此，每一条命它肯定都会格外珍惜吧，它是舍不得借给你的。我撕掉了白狐狸的头，又撕掉了它的四只脚，树叶变成了椭圆形。这个椭圆形是"鸡蛋"。这个时候鸡蛋比狐狸重要多了。我慢慢地爬到了胖子的身边，每一下都觉得浑身疼痛，定是有什么东西打进了我的身体，阻断着我的行进。我掰开了胖子的嘴，将"鸡蛋"塞进了他的嘴里。你不是爱吃鸡蛋吗？再吃最后一个！

做完这些事，我已经没有任何力气了。

雨水打在我的脸上，我想起了我还要给同乡写信，我们约定好了一下雨就要给对方写信的，不然就是龟儿子。他上战场了吗？他还好吗？

突然，我身边的树叶沙沙作响，我回过头，一股青草的味道迎面袭来。好香呀，这风定是从草原上刮来的，是不是同乡捎话来了，他有什么话对我说，快讲给我听……

树叶依旧沙沙地响。

我抬起头，只见天空变成了一片血红色，红得诡异，雨似有似无，将天空拉得低沉、亲近，有一朵云在跃动，吸引着我的目光。我仔细望去，那朵云居然是绿色的，像是有一个人影躺在里面。我恍然大悟，那是有个人躺在草原上面，那个人我再熟悉不过，是我同乡！于是我对他笑着挥了挥手，最后念了一句，我没哭。

偷月光的女人

她像往常一样，将花店外的盆盆罐罐搬进屋里，熄灯，锁门，末了摘一朵开得艳丽的芍药，搁在花店前面的马路牙子上。她四顾看了一眼，无车无人，她对着空旷的马路说说笑笑，似乎今天也过得挺开心。

花店的不远处是县城唯一的一家清吧，售卖廉价的洋酒，她习惯点一杯"龙舌兰日出"，配上刚出锅的炸鸡米花。她总是让老板多加点冰，老板瞪她一眼，说他卖酒实诚，不靠掺水赚小钱，偏偏给她多加一些酒。这点酒于她来说是喝不醉的，她是安徽六安人，那里的女人都用大碗喝谷酒。她喝了一小口龙舌兰，眼睛盯着杯子里的冰慢慢化成水，水又掺入酒里，龙舌兰的酒味越来越淡，直至淡得只剩下水味。

往常，她一直会坐到清吧打烊，才回家去。

吧台旁边有一个不大的台子，上下都串联着五色小灯泡，旁边挂着几条彩带。与之极不协调的是，驻唱歌手是一位五大三粗的中年男子，蓄了满脸的络腮胡子，喉咙嘶嘶的，像是扯塑料袋的声音。一到副歌部分，他一脸横肉挤成一团，亮闪闪的小眼睛处在了中心位置，姑且说是"深情"吧。不得不佩服他，用英文唱着上世纪九十年代的欧美民谣，时不时将目光落在她的脸上。她也不回避，给出了羊角的手势，她向花店里的年轻人学的，代表很厉害。那男子她认识了好多年，大家都喊他砍哥，他是城郊屠宰场的屠夫，晚上在这儿兼职，大字不识几个，英文歌却唱得很地道。听说砍哥是通过磁带机学的英文歌，跟着腔调反复模仿，唱着唱着就学会了，虽然他也不知道那些歌词是什么意思。

砍哥唱完之后，即便没人看他，他也要鞠躬谢幕。他放下吉他，走了过来，双手按在桌子上，露出了小臂上的文身，绘的是一匹腾云驾雾的马。砍哥笑着说："你今儿来晚了，都听不到我的拿手歌曲 *Country Road*。"

"那你再唱一遍呗。"她的目光从那匹马上收了回来，她猜测砍哥可能是姓马吧。

砍哥顺势坐在了她的对面，"不唱。你也知道那老板是死命地抠，我一晚上唱二十首歌才九十块钱，多唱一首，让那老东西赚了，划不来。"

她觉得砍哥的吉他弹得不错，歌唱得也有味，只是琴声和歌声不太和谐，听得总有些怪怪的，相比之下，她的注意力仍在酒杯的冰块上。砍哥见她没吱声，便又说他以前把唱歌当爱好，现在怕真的要把唱歌当事业做了，他已经半个月没碰到猪了。

她喝尽了杯中的酒。

砍哥继续说，猪受灾了，干牛何事，牛肉的价格一直上涨。他向来不爱吃猪肉，牛肉是每天少不得的。

她找老板要了一个打包盒，将没吃完的鸡米花都打包。

砍哥凑到她的耳边小声地说，他那个屠宰场不宰牛，猪容易杀，牛太犟了，不好降服。

她很反感"杀"这个字眼，嫌弃地瞥了一眼砍哥，就匆匆地走了。以前砍哥只顾唱他的歌，根本就不会到她跟前搭讪，最近砍哥像是发春了，没事就来纠缠她。她思索着，如果砍哥进一步行动的话，她该如何拒绝，又该如何保护自己。她包里常带着防狼喷雾，她觉得还不够，至少还得买一个迷你的手握电棍。

独自走在街上，虽然行人寥寥，但是到处都是摄像头，她感觉安全多了。可能是习惯了，走这条夜路她从来不害怕。她看了一下时间，十一点刚过，还很早，她每晚失眠，不到凌晨两三点，眼睛是不会闭上的。她刻意放慢了脚步，心里默数着地砖，把时间一步一步塞进地砖的缝隙，在街道转角处，她蓦然抬起头，发现楼宇之间有一轮明亮的圆月，皎洁而透亮，如同是鲛人的泪水，这是她能想到的最美好的形容。月亮的旁边有几颗闪亮的星星，她叫不出名字。她感叹自己好久都没有仰望天空了，都忘记了天上有这些东西。

忽然，她听到身后有动静，心一下子紧了起来，她第一念头想到的是砍哥，赶忙从包里摸出防狼喷雾剂，小心翼翼地靠着街边的墙，猛然转过身来，拿起喷雾剂一顿狂喷，可是身后什么都没有。她往后走几步，循着声音探头张望，只见街边小巷口，穿着校服的一男一女抱在一起热吻。女孩子一眼看到了她，吓得赶紧推开了男孩子，双手蒙着脸。男孩子先是一愣，在了解到发生了什么之后，狠狠地剜了她一眼，拉着女孩的手，消失在巷子深处。

她却一步也走不动了，她蹲了下来，双手抱着大腿，环顾四周。墙面上依旧贴满保健品的小广告，乱七八糟的电线穿墙而过，一只猫不知道躲在哪儿叫个不停。她心里琢磨着，世上怎么会有如此巧合的事情。她骤然哭了起来，记忆随着泪水汩汩涌出。三年前，就是在这儿，她无意撞见读高中的女儿玲珑跟一名男性亲热，那一刻她心碎了一地，而今天遇到这女生竟然跟玲珑长得有几分相似。唯一不同的是，三年前她愤怒地上前辱骂撕打，而现在，她更多的是惊喜，她清楚这些泪水其实都是高兴的火花。玲珑让她全身充满了力量，她唤着玲珑，奋力地追了出去。夜越来越深，她沿着大街小巷跑了一圈、两圈、三圈……县城不大，她却一无所获，身心直至疲乏。她没有回家，而是径直来到花店，只有坐在花店，她才稍稍心安。店里的灯没有开，路灯的光线落在收银台附近。她呆坐在椅子上，眼前闪过许多场景，迷迷糊糊的，好像有人尝试拉她的手，她站了起来，跟着感觉走到了花店的后面。只见角落里闪闪发光，她揉了揉眼睛，惊讶地发现一盆芍药醒了，开着大朵大朵的花。

这一晚她也不知道自己是如何度过的，头脑越发昏沉。第二天清晨，一个陌生的声音唤醒了她，她艰难地爬起身子。昨晚花店的大门没关，进来了一个穿着校服的女生，好奇地打量着各种花卉。她认出来买花的女生正是昨晚撞见的学生，她吓了一跳，手指紧紧扣住衣服角，但她很快又隐藏了情绪。显然那个女生不认识她，可能是昨天她站在背光处，女生没有看清她的脸。她像打了鸡血，猛然来了精神。

这些花可真美。女生深深地吸了一把栀子花的香气，然后在一排五颜六色的绣球花前流连。女生皮肤红润，看得出来那是带着恋爱的色彩。

是啊，花只要好好养，总是会开的。她借着话题，不失时机地将目光落到女孩的脸上，又有规律地将目光从女孩身上转移，既不唐突，又显得自然亲近。

女生走到她的跟前，小声地问，有没有玫瑰花。说完，脸就泛红了。

现在这样腼腆的女孩真少，她心里明白，女生是要送爱情花。她第一反应想到了那盆芍药，她犹豫了一下，却熬不过女生期待的眼神。她说，玫瑰花是西方的爱情，满大街都是，太庸俗了，在中国，谈情说爱的，老祖宗就只认芍药。她边说边从花架下面捧出了一盆芍药花。

女生赧然抬起头，一见到那盆花，眼睛立马雪亮了起来。

她煎了一个鸡蛋，炒了半碗豇豆和苋菜，煮了五六个番茄鱼丸。鱼丸当作主食。她偶尔自己开伙的时候，从来不煮米饭。炒菜还可以稍微把控一下量，然而手艺再好，也煮不出一个人的米饭，动不动就是一锅剩饭。她不喜欢剩饭，剩饭让她觉得孤独。大多数时候，她都是点外卖吃的，而这几天，她餐餐自己做。她想把除了睡觉的时间都安排得满满的，这样就不会再胡思乱想。

刚吃完，手机闹钟就响了，今天是周末，提醒她参加下午的基督教义工团的志愿服务，她都忘了有这件事。她没有加入基督教会，她又不能否认上帝的存在，既然如此，帮上帝做一些事总归是有益的。她的义工任务很简单，就是每月抽出一定的时间，沿大街小巷发放印着上帝和基督教义的挂历以及毛巾、脸盆等小礼品，这些东西都是生活必需品又是免费的，街坊们是断不会拒绝的。每次出去，她都和一位陈姓的人搭班子，她送礼品，陈师傅则在一旁讲上帝，对于她来说，只需机械地做事。

这一次，她是一个人。陈师傅下周要带着家人去国外朝圣，这几天忙着准备护照和行李。陈师傅说，他报的是六日旅行团，中途会在意大利停留两日，她在电话里礼貌性地祝福陈师傅一路顺风。陈师傅卖关子地说，会从国外给她带一个惊喜。她猜，百分之百是十字架类的旅游纪念品。

她推着手推车，一边发礼品，一边学陈师傅的话，讲着上帝的故事，这些故事她听了许多遍，张口就来。除了城西，她在城区的大部分地方都送过福音。城西连着一片棚户区，她决定去那边转一转。

过了红绿灯，两百米后向右，就拐进了棚户区，她费力地将车推上坑坑洼洼的小路。各种见缝插针的违章建筑像是一张巨大的嘴，死死地咬住路面，小路蜿蜒，呈现出锯齿型的样子。她

偷月光的女人

刚喊出送礼品，就被一群准备去广场放娃的大妈围住。免费的东西就是好东西，在这里，她觉得自己就像一个上帝，头顶顶着闪亮的光圈，满足大妈们贪婪的要求。不一会儿，一推车礼品被掏空，她的嗓子干得冒烟，她不知道那些人有没有听她说上帝两个字，反正她虔诚地叫了一声上帝。

她买了一瓶可乐，席坐在地上，大口地灌了起来。她不喜欢喝碳酸饮品，容易血糖高，但是这次的可乐却特别有味，她抬起头，将罐子里仅剩的一口倒入嘴中。正在这时，她眼睛扫到对面乱糟糟的阳台上摆着一盆花卉。因为卖花，她对花卉本身就很敏感，在这种脏乱的环境下，这盆花无疑博人眼球，花是放在借助别人家一楼的厨房搭建出来的简易钢构阳台上。

她是近视眼，看不清那是一盆什么花，于是走到对面，勾着脖子仔细打量一番。那是一盆芍药，巧的是，正是她几天前卖给女孩的那一盆。她种的花她都认识，绝对不会错。只不过那盆芍药花，花朵蔫蔫的，叶片微微发黄，向下低垂，以她的经验来看，定是几日没有浇水。花这样不管不顾可不行，要不了多久，就死了。她探头向屋里望去，屋里没人，女生应该上学去了。

她小声地喊了一句，她也不知道自己喊了什么，她怏怏地拉着车往回走。她能怎么办，总不能闯进别人家，逼人家浇花吧。她懊悔店里那么多花，为什么偏偏要把那盆芍药拿出来。更让她觉得奇怪的是，她想抱怨那个女生，却怨不起来。

那盆芍药本只有一枝。那晚，夜黑成了螺丝旋子，欲雨未雨，她守着一摊血泊死命地哭，她以为泪水是流不尽的，没一会儿，泪流干了，哭也哭不出来，她就干喊，等人把她拉起来的时候，她在马路牙子边的树桩下发现了一株芍药。花大概是别人遗弃的，却坚强活下来一枝，也正是这枝芍药，让她萌发了开花店的心思。可以说，那盆芍药不仅是她养了多年的心血，更是她的心结。

那盆芍药必须活着。她思来想去，决定要做点什么。她坐在马路牙子边，一直等到天黑，她把裙子换掉，穿上了黑色的工作服，赶往棚户区，她尽量放慢脚步，好挨过一些时间，等别人都睡着。

她一进棚户区，发现自己想多了，这儿到了晚上安静得特别早，她小心地避开狗吠，找到那座二层的阳台，她在一边观察了许久，家里好像没人，女生没有回家。她壮着胆子，从一楼厨房的窗台处往上爬，幸好这些违建的房子都不高，站在窗户防盗网的顶格，她踮一踮脚就能够到二楼的楼面，她用力一跃，扒到了二楼的阳台，还好他们没有在阳台上安装玻璃窗户，也没有安装隔离板。她赶紧从背包里拿出了矿泉水瓶子，里面装了500毫升用磷钾肥调制的营养液。她战战兢兢地将营养液浇到花盆，细微的声响都能将她吓一跳，她讨厌死院子树上的那只猫头鹰，隔一会儿咕咚一声。

等她下来的时候，发现裤子被划开了一个大口子，墙角有颗钉，她没发现，所幸没有划伤皮肤。做完这些事，她身心感到前所未有的轻松，不禁自顾自地笑了。月光铺在坑洼的路面上，一直延续到她的脚下，月还是满月。她心想，要是被抓到了怎么办，会不会被当成小偷。她回过头，芍药花也蒙上了一层月光，而之前是没有的。她觉得自己像是一个小偷，芍药花的那方月光，是自己偷给它的。

她在清吧里点了两杯酒，砍哥凑过来问她，是不是有什么好事。

她没吱声。

砍哥说，有好事别藏着掖着，得好好庆祝一下。

她笑着说："救了一盆花算吗？"

"救一盆花算什么，你知道这几天我没拿刀，那得救多少头猪呀。"

她瞪了一眼砍哥说："你去唱你的歌吧，别再烦我了。"

砍哥暧昧地说："你这么开心，要不你点一首，我专门唱给你。"

她也懒得跟砍哥纠缠下去，于是说："非要唱的话，就点一首 *Country Road* 吧。"

砍哥听到是这首歌，如同得了令，卖力地演唱。她别过头，看到玻璃橱窗里的自己，她已经好久没有这样看自己了，平时化妆打扮也只涂个口红，她觉得自己老了许多，皮肤松弛，眼角都有皱纹。她摸了摸脸，是到了该有皱纹的年纪了，岁月在转动，有些事也在改变。砍哥没有唱完，她就走了，她不用等酒杯里的冰块化成水，也不用去数地砖，将大把的时间浪费在这些无聊的事上，她有更重要的事要做，比如说睡觉，她要睡个美容觉……

第二天，她早早来到花店，果然，昨晚没有吃安眠药，也没有失眠，倒在床上一直睡到大天光。她把几盆开花的花卉搬到店外，她今天特意选了一个花裙子，与花朵的颜色很般配，只是她没有化妆，她在家里翻腾了半天，以前的粉底乳液布满了灰尘，完全用不了。她打算去新买一些化妆品。

她搬了一盆开得艳丽的长寿花放在收银台，花开得真香。她考虑了一番，从通讯录里翻出好友的电话，她平复了一下心情，打电话邀请好友陪她去逛街。好友答应了，她能感觉到电话那头是怎样吃惊，毕竟她好几年都没有主动呼出一个电话。

花店打理了一遍，像样多了。她到跟老友约定的地点之前，先去了一趟棚户区。阳台上，芍药对着阳光开得热烈，如同一张张羞涩的笑脸，她也情不自禁地跟着笑了。

花店在下午六点就关了门，她不必将自己的时间安排得满满，下班之后，还可以悠闲地逛个超市。家里没米了，她买了二十斤粳米和五斤糯米。她开始把米饭当作主食，剩下来的米饭，她要么拿来捏成寿司，或者是留到下一餐做蛋炒饭。她在超市买了两把修枝的剪刀，花店里的剪刀都锈了，不怎么好用。

上次去看那盆芍药，有些花谢了，另外又翻了一些小花苞。她得把开过花的枝叶剪掉，让营养流向花苞，这样要不了几天，花又会开得满满一盆。她想着要把花盆挪个位置，阳光往北移动，花盆要向左移，才能晒个好太阳。

她打开衣柜，里面有三件运动装，一套紫色，一套黑色，还有一套是灰色。她穿上了紫色的那一套。等夜足够深了，她戴上一顶褐色鸭舌帽，开始行动。

相比以前，最大的变化是，棚户区的狗子都熟悉了她的气息，也不再乱叫了。她的身手也越来越敏捷，两三下，就爬上窗户，上了阳台。她捧住花盆，盯着芍药仔细看。月光落在花瓣上，如同着了一层玉脂，晶莹剔透，清香袭来。她似乎在打量一位故人，连香味都那么熟悉。她觉得自己是幸运的，每次来这儿都有月光照着。

正在她陶醉之际，屋子里灯忽然亮了，她吓得丢了魂，屏住呼吸，一动不敢动。一位中年男子严厉地训斥女生，听语气，中年男子应该是女生的父亲，她觉得这个声音挺熟悉，于是偷偷从窗口向里张望，居然看到砍哥掐着腰站在屋子里。她吓得掩住了嘴，砍哥一脸横肉上暴着青筋，样子吓死人。砍哥气没理顺，又对女生一顿拳打脚踢。女生捧着脸低声抽泣，小声地重复着，他们是真爱。

听到这话，砍哥火更大了，撕扯女生的头发，骂着："还爱，爱你个鬼，跟你妈一个德行。"

女生狠狠甩开砍哥的手，大声说："你没资格提到我妈。"

砍哥一巴掌扇过去，骂道："我养你十几年，有没有资格不是你说了算，我告诉你，你跟那个男的马上给我断了，不然我把那个男的打残，你知道我是干什么营生，小心动真刀子。"说着，砍哥像扔一袋垃圾一样，将女生丢在了沙发上。

女生低头抹着泪，抬起头，嘴角流下一丝血，刚好看见抱着芍药的她。

一瞬间，时间凝固了，她从女生的眼里仿佛看到自己。她吓到了，慌忙丢下芍药，沿着窗台蹿下阳台，沿着月光铺就的小路，一路狂跑。她不敢回头，似乎背后有东西在追赶她，定是那一团乌黑的记忆化成的猛兽，她越跑，猛兽追得越厉害，她一个趔趄就被猛兽扑倒了。

三年前，玲珑还在读高二，成绩虽然不上不下，但是在她眼里一向乖巧听话。有一天，她在洗衣服的时候无意发现了一张化验单，头子是人民医院，后面结果显示玲珑竟然怀孕了。她当时如同五雷轰顶，完全失去了理智，像疯狗一样跑去学校大闹，见人就打骂，她发誓要把那个畜生找到，给千刀万剐。学校报了警，她和玲珑被带到了派出所。在警车上，她一直想捋清这件事，可是头脑里乱成了一团麻。她骤然转身，看了一眼玲珑，轰的一下冲过去，死死地揪着玲珑的头发，逼问她畜生是谁。玲珑先是忍耐，实在疼不过，便尖叫一声，反过头来，狠狠地咬了她一口。警察费力地将两人拉开，两人像两头发怒的狮子，互相怒视着对方。从那时起，玲珑一直缄口不言，派出所的人终究没有从她嘴里抠出一个字。

她一宿没睡，双目无神，憔悴得披散着头发。第二天，恍惚之中，听见有人喊她，她听不清喊的是什么东西。等到她冲出来的时候，玲珑如同一只白鸽从楼顶向天空纵身一跃。玲珑差点就飞了起来，要是飞起来就好了，可是最后摔到了她的跟前。她全

国境线上晴与雨 |

程没吱声，只是玲珑喉咙里喊了一声妈，她听到了，立马瘫软在马路牙子边。她静静地看着玲珑的长发，喃喃地说，你怎么不飞上天呢。

玲珑留给了她一封遗书，说自己好爱那个人，不后悔……

她急忙从口袋里翻出了陈师傅赠送的十字架，对着空气一通乱晃，陈师傅说十字架开过光。她一把甩掉了那头记忆猛兽，钻进了清吧，果然砍哥不在，她点了几杯纯度龙舌兰。老板疑惑地看了一眼她，她说她能喝。老板将信将疑地倒了三杯，正在准备柠檬片和食盐的时候，她已经把三杯酒全干尽了。她找老板要酒，老板见她状态不太对劲，劝她回去，说酒吧有规定，只卖酒，不卖醉，你醉了。她不服气，噘嘴说她没醉，六安的女人都是拿碗喝酒的。老板没理她，顺手收起了酒杯。

她摇摇晃晃地走出清吧，除了花店她哪儿都不想去。她坐在花店前的马路牙子上，她觉得玲珑就躺在马路牙子的旁边，像是睡着了。她抹掉嘴角的口红，抹掉脸上的粉底，对着无尽的黑夜，哼起了儿歌，昏昏入睡。

等她再醒来的时候，已经是第二天的清晨，她一睁开眼睛，只见女生抱着那一盆芍药出现在她的跟前。她还没说话，女生就把芍药搁在她的跟前，沮丧地说，这花她不要了。

她一时手足无措，僵着身子抚摸了一下芍药的花瓣，故作镇定地说："这花开得多好。"

女生看了一眼花，又看了一眼她，转身离去。正当女生刚要踏出店门，她发现女生的脸上有伤，她忍不住把女生喊住："你脸上有伤。"

女生急忙用手捂住伤口。她让女生过来，那种语气不容拒绝。她从收银台抽屉里找到了棉签和消毒液，她耐心地说，女孩子的脸蛋最重要了。她又从包里找出了创可贴。她还觉得不满意，又找出了烫伤草药膏，这种药膏可以消去疤痕。她一边涂药膏，一边继续说："脸上的伤口处理不好，很容易留下疤痕，你要像花朵一样爱惜自己。"

女生沉默了半天，小声地问道："你相信爱情吗？"女生见她没有吱声，又问了一遍，只不过声音更加小了。

她将颤抖的手塞进了抽屉，假装在寻找什么，一刹那，所有的思绪像是高血压一样涌上头来，她本来以为自己会被击倒，但是她控制住了。她艰难地挤出笑容说："孩子，你跟我说说他。"

一提到那位男子，女生一下子来劲了，带着恋爱的口吻说："他很帅，很会打篮球，很仗义，对人挺好的，对我是特别地好。"

"他这么优秀，成绩肯定特别好。"她顺着女生的话说。

"他是学渣。"女生满怀自豪地说，"但是他有上进心，他辍学了，准备去南方创业，惠州可以，温州也可以，听说那里的年轻人都不读大学，很早就跟着家人出去做生意，所以他们做的都是家族企业。"

她手指被订书钉划了一个小口子，她将手指塞进嘴里吸吮，看了一眼女生的背影，小心翼翼地说："你爸……"

"别提他。"女生骤然火大了，烦躁地说，"他就是一个杀猪的，除了暴力，就是暴力，我迟早有一天会被他打死的。"女生又重复了一遍："他就是会打死我的。"

这一句刺疼了她。她顾不上手指的疼痛，借着涂药的机会，轻轻抚摸了一下女生长长的马尾辫。玲珑的头发也是这样厚，这样顺滑，她以前经常给玲珑梳头发。

她的手很轻，弄得女生很舒服。女生又沉浸在爱的遐想里，脸上露出一对酒窝，温柔地说，那人跟杀猪的不一样，他说不让我再挨打，要带我一起走，后天晚上的高铁，先去深圳，其他的再说，他会好好待我的，我真不知道该怎么办。

女生刻意扫了一眼芍药，那是代表爱情的花，爱太难了，弄得自己快接近崩溃。女生不由得抽泣起来。

她见女生哭，也不知道如何安慰，她突然想到了玲珑，那具躺在马路上冰冷而又残缺的尸体，以及那一张一句话的遗书。真爱？真爱！对十六七岁的女孩子，爱情什么的真的不重要了，只要人能健康、快乐地活着，才是最好的生活。她站起来，握住女生的肩膀，像是捧住一只跳跃的小鸟，下一步就要将它扔向高空。她坚定地说："你得走！"

女生茫然地看着她。

她笑着从抽屉里拿出了剪刀，从那盆芍药花中挑选了一枝刚开的花朵，剪了下来。她将女生的马尾辫盘成了一个发髻，把那一朵芍药花插进了女生的发髻里。左一看，右一看，她说，像极了爱情。

月亮缺了一个口子，她将目光落回到凹凸不平的地砖上。

砍哥跟在她的后面，看着她的背影，高兴地说，今天在清吧里唱了二十三首歌，比平常多唱了三首，大大便宜了老板。

她没吱声。她答应了要帮女生逃离那个家，一切都计划好，她把砍哥约出门，好让女生回家拿身份证，收拾行李，乘坐今晚的高铁一路南下。男友已经给女生订好了车票，并在车站接应女生。

砍哥见她心事重重，便说，我今晚在清吧唱了三遍 *Country Road*，只可惜你没来，你不是喜欢这首歌吗？

她被这个问题难到了，喜欢也是随口说的，或者说她的心根本不在这上面，她看了一眼砍哥，为了安抚他，于是问道，你为什么要唱英文歌？华语民谣也有许多经典。

砍哥停下了脚步，目光移向了远方，试图在高低不平的建筑中，找到一个落点，他窘迫地说，因为那个女人喜欢，那个女人不简单，还是外文系毕业的。

到这里，她不想再问下去，自己也有一段失败的婚姻，有什么好说的。可是砍哥的话起了头，就停不下来。他说，如果那女人跟我在一起，顶多是个中学的英语老师，现在不一样了，混成了咱们中国的脸面，当上了外交官。

砍哥忽然安静了下来，脸皱成了一块抹布，有一股莫名的气息在他脸上徘徊。她觉得她必须找一个话题，不然那股气会越涨越大。她随口说，你后来又见过那个女人？

她一说完就后悔了，她本想终止这个话题。

砍哥意犹未尽，赶紧接过话说，面没见过，你看过国际频道吗？这个频道是对外的，有许多老外出镜，有一次那个女人就上了这个节目，对着采访记者说了一大段带着官腔的话。那个人发型变了，其他什么都没变，连衣服的颜色都没变。

说着说着，砍哥的眉目舒展开来。她也不忌讳，便问道，所以你还爱着那个女人？这句话踩到了砍哥的梗点，他抓挠头发，来回踱步，显得很烦躁。她见状，赶紧换了一个话题：你不觉得今天的月亮挺亮吗？

砍哥抬起头，虽然月亮只有三分之一，但是的确亮晶晶的。他哼唱起那首歌 Country Road。她猜到，那个女人肯定也很喜欢这首歌。

砍哥笑着说，你知道那弯月亮像什么吗？她也笑了，我哪知道，你想的它像什么？

砍哥说，这月光像他女儿眼里闪的光。他女儿长得跟那个女人特别像，眼睛、鼻尖、嘴巴一模一样，简直是刻模刻过来的。他觉得，他女儿应该比那个女人更有出息。

她摇了摇头，说道，或许你不懂你女儿。

砍哥或许想起了打他女儿的场景，叹了一口气说，非要懂她干什么，为她好就行，她会知道的。

她连忙摆手，你女儿不知道，也不理解。

砍哥对她的话有些不满，皱着眉头说，所以我跟她好说，让她理解，她再不理解的话，我就打她，她怕疼，总会理解吧！

打有用吗？她在心底狠狠鄙视一番砍哥，哂笑地说，你既不懂爱情，也不懂你女儿。

砍哥反问道，你懂吗？

她被这个问题难到了，一时竟然语塞。不仅如此，她心里紧绷的那根弦在不经意间断了。旁边草木婆娑，起风了，她伸手接过皎洁的月光，月光落在手掌上，柔软如纱。她透过月光，看到了玲珑的房间。玲珑从小到大房间就没有变过，跟以前一样，房间摆满了蜡笔小新的公仔，最里面有一个大飘窗，正好对着天空。玲珑常常趴在飘窗的栏杆上，向外张望。玲珑会看到什么呢？

她丢下一脸诧异的砍哥，急忙忙地跑了。她跑到家的楼下，从这个位置，刚好可以看到玲珑趴在飘窗上，玲珑也能看到她。然而家里灯都没开，黑漆漆的一片。玲珑的房间拉上了黑色遮光帘，什么都看不到。

玲珑跟她说过不喜欢玫瑰，那是西方的爱情。她记得，玲珑养了好几盆芍药，常念着，小市长陵住，非郎谁得知？玲珑喜欢古诗，如同她的名字带着古典的诗意。

芍药？她又从家往花店跑。玲珑是从楼顶飞出去的，像是一只张开翅膀的鸟，而她是猎人，她手里拿了一把猎枪，对着鸟儿开了一枪。这是谋杀，可以通过最高人民法院死刑审核的那种谋杀，而那一封遗书，就是她的罪证。她被自己吓到了。

她记得遗书搁在店里，可是她就是找不到。她翻箱倒柜，焦躁不已。在哪儿，到底在哪儿？她大吼着，那张纸到底在哪儿！

最终一无所获，她无奈地坐在地上。

她闭上眼，在记忆里寻找那张遗书，一下子就找到。她捧着遗书，本来要将其撕成碎片，却忍不住又看了一遍那一行字，仿佛看到了玲珑的脸，字迹工整，显然玲珑酝酿了一阵子，才毅然下笔。她将遗书揉成一团，想了一想，还是舍不得，又轻轻地展开来。这时，她在遗书的背面发现了两个字：和解。她把两个字左右看了十几遍，泪水止不住往外流。就是这一刻，像是芍药又重新开出了一朵花。她不仅跟自己和解，所有的事物都在跟她和解。她蹦跳了两三下，生活很真实，世界也变得轻盈了起来。

她想到了女生，以及那辆开往南方的高铁，她慌忙冲了回去，只见砍哥失落地坐在路边，幸好砍哥还在。她平复激烈的喘息，从地上唤起了砍哥并告诉他，他女儿要乘坐最近的一班列车逃离。砍哥不信，她以十字架向砍哥发誓她说的是真的。砍哥立马变了脸色，气冲冲地向火车站飞奔而去。

她望着黑夜，像是有什么，像是什么都没有，便松了一口气。她不知道自己怎么又返回到了花店，她一眼看到了放在收银台的那盆芍药花，很有精神地摇着枝叶。她一刻都没有犹豫，从抽屉里拿出剪刀，将芍药连枝剪断，放到马路牙子上。她扫了一眼空荡的马路，然后锁上花店大门，径直回家去了。

灰　狗

1

　　已过午夜十二点。阿威骑了二十多分钟的电动车，送完最后一单外卖。他将电动车停在民建街前的公交站，疲倦地靠在广告牌上。按照惯例，他打算抽上一口烟，享受片刻的轻松之后回家。烟刚点上，他的手机收到了一条信息。顾客给了他一个差评，投诉说包装袋里没有一次性筷子。打包是餐馆的事，他只是负责将食物送上门。顾客不管这个，见了他的面，就认准了他。一个差评相当于晚上几个小时都是白跑的。搁在以往，他会打电话跟顾客耐心解释，甚至发一个小额的红包，希望能撤销差评；若是遇上蛮不讲理的主，把他狠狠训斥一顿，他也只能唯唯诺诺地道歉。今天是周日，今晚他有更重要的事去做。扣钱就扣钱吧。他也懒得去想这个事，把手机塞进口袋，继续抽完一整根烟。

　　夜更深了。虽说当下是仲春时节，但是倒春寒的冷风依旧刺骨。阿威拉紧了衣服领，抬头望了一眼这黑得化不开的夜。在大多数人进入梦乡的时候，城市悄无声息地被另外一拨人占据，进行一场接着一场的狂欢。好几位代驾小哥骑着折叠电动车路过公交站，匆匆向市中心赶去。其中一位中年大叔撇过头瞅了阿威一眼，便在公交站停了下来，找阿威借个火。大叔穿着一身黑色夹克，戴着一条红色的领带，乍看起来有些体面。大叔不停地搓着手，想必是骑车冷着了。阿威把打火机递给他。大叔满身摸来摸去，摸不出烟盒，说是一大意可能掉在哪里了。阿威见状，又递上了一根烟。大叔略显尴尬地接过烟和打火机，埋头点了烟，抽了起来。阿威笑着说，看样子，你们今晚的生意不错呀。

大叔说，一个月总有那么几天忙不过来，今儿我都跑了两个来回，这一晚大概能捡几个钱。

阿威不解地问，看也奇怪，按日子数，这前后也只有个清明节，哪来那么多宴会？餐馆饭店都装满了，个个酒气熏天的。

大叔在行地说，一年之计在于春，这个时候不联络感情，一年的事就要黄了。

阿威若有所思地点了点头。大叔转过身，问阿威拿到驾驶证了没。

阿威说，倒有那个本子，拿了也白拿，没那个本事买车。

大叔笑着说，开不了自己的，就开别人的。代驾虽然是个简单事，但也有门路。要不我带上你，一起去捡几个钱。

阿威摆手说，真不赶巧，我今晚有事。

大叔摇头说，有什么事比捡钱更重要？大叔猛然想到了什么，靠近阿威，带有深意地说，除非是捡大钱。

阿威哈哈笑着说，不沾钱的边，干的都是好事。说完，他扔了烟屁股，对大叔挥了挥手，骑着电动车离开了公交站。

通往城郊的迎宾大道上，偶尔急速驶过一两台进城的车。一阵喧嚣之后，留下更为寂静的街道。夜没有月光，没有星光，任凭着黑吞噬四周。往前走，路灯发出的光线越发幽暗。阿威闻到了一股涩涩的味道，像是翻过的泥土，像是抽芽展叶的草木。他小时候在城郊野惯了，这种味道再熟悉不过了。城外定有一个了不得的春天。

又是一个春天。想到这儿，阿威发现自己做外卖已经一年了。一年前，销售公司老是拖欠他的薪水，他愤懑地辞职了，却一直找不到合适的工作。那段时间，他每天都要把自己灌醉，活得昏昏沉沉的。他心里清楚，再这样下去，人就要废了，于是尝试着戒酒。身体对酒上瘾了，凭他的意志力是抵制不住的，他想了多个法子都没有成功。他决定把所剩无几的买酒钱花光。没钱买酒，总不会舰着脸去赊酒喝。正当他苦恼这点钱花在什么地方的时候，他突发奇想，从网上订购五箱火腿肠，打算拿去喂街上的流浪狗。之所以有这样的想法，是因为小灰。

阿威清楚记得，遇见小灰是秋天的事，那时他才八岁。小灰还是一只几个月大的幼犬。那时，他像所有孩子一样热衷于收集方便面里随带的英雄卡。他为了集齐所有的卡片，每天都会上街捡拾易拉罐、塑料瓶，到废品回收站换钱，再兴冲冲地去小卖部买几袋方便面。方便面他早就吃厌了，一闻到那味道就犯吐。拿到英雄卡之后，随手就把面饼扔了。然而最后一张英雄卡就像是没有印刷出来一样，永远都集不齐。即便是失望，他也咬牙坚持下去。就差一张，万一集齐了呢，那他就是学校的传奇人物了。有一次阿威捡拾易拉罐，误闯入了小灰的地盘。小灰是条狗，长得矮小，整个身体瘦成了皮包骨，但是脾气非常暴躁，龇牙咧嘴地拦在了阿威的跟前，一阵狂吠，不让阿威靠近。阿威也是个犟脾气，不轻易认输，他双手叉腰，圆碌碌的小眼睛瞪着小灰。一人一犬对峙了半个小时。结果，小灰认输了，它太饿了，没有过多的精力保持凶狠的姿势。它得先填饱肚子，而这个季节偏偏很难找到食物。

阿威见状，有点英雄惜英雄，他扔了一块面饼给小灰。小灰立马大口地咀嚼了起来。阿威一直想养一只小狗，他萌发了收养小灰的心思。只不过担心父亲。父亲连他都快养不活，更别说养狗。何况父亲喝酒之后，比龇牙咧嘴的小灰还要凶狠，脾气上来了，对他就是一通打骂。阿威知晓父亲的厉害。

伤总会好的。他尝试着去理解父亲。或许父亲打了他之后，心里也不好过，也在懊悔，总有一天会对他温柔的。这样的幻想一次次破灭，以至于阿威再也不会刻意去揣测，顺其自然，挨打多了，皮也就厚了，痛得不那么明显。

阿威考虑了一番，决定收养小灰。他心想为小灰挨一顿打也值得。于是他强行将小灰抱回家。小灰挣扎地扭脱，咬了一口阿威。阿威顾不上疼，直接把小灰拎起来，提回了家。刚进门，小灰受了惊，乱窜乱叫，直至阿威拿出了一根火腿肠，小心翼翼地剥开，喂给它吃。小灰似乎是太饿了，骤然安静了下来，认真地吃完火腿肠。

好在父亲早出晚归，不着家。阿威偷偷养了小灰几天之后，发现小灰渐渐地依赖上他了。一见着他，就欢喜地跑过去，趴在他的脚上，不愿离去。更让阿威意外的是——小灰的眼神从以前的尖锐多疑变得温柔明亮。这个微小的变化一下子触动了他。他心想，或许有一天，他父亲的眼神也能有所改变。

阿威加重了油门。风吹起了袖口，手腕上隐隐约约有一块小伤疤，那是小灰的咬痕。阿威赶紧系紧袖口。风灌进衣服里，全身发冷。

那天，他提着一袋子火腿肠去寻找流浪狗，找了半天没有找到，就想到了初遇小灰的地方。果然，阿威在那里碰到了一群瘦骨嶙峋的流浪狗，它们几乎都患有皮肤病、掉毛、溃烂、结疤。领头的是一只黑犬，走在最前头，犀利的目光死死盯着阿威。黑犬竖起了尾巴，像是发指令一样，其他的狗跟着咧嘴露牙，嗷嗷低鸣。阿威心里也没底，剥开一根根火腿肠，悉数往对面扔。狗群一阵骚动。等黑犬吃饱了，其他的狗再纷纷争食。阿威渐渐掌握了节奏，喂食完了之后，溜到了一旁，观察狗群。饱食一顿的流浪狗并没有散去的意思，反而露出更凶狠的表情，以求更多。阿威不打算一次投食就改变这帮积怨已久的生物。它们就像是铁块，得慢慢磨。

最终黑犬叫了一声，狗群撤离。它们从阿威身边走过的时候，故意狂吠几声示威，那阵势似乎能把身上的一整块肉撕咬下来。阿威无意中发现狗群中有一只灰色的土狗，还是一只幼犬，像极了小灰。阿威刚要往前挪一步，所有的流浪狗敏锐地察觉到了他的举动，都立马扭过头来，虎视眈眈地盯着他。阿威只好保持原地不动，目送狗群远去。狗群消失在废弃的工地。

阿威停好电动车，打开了手电筒，从外卖箱里取出了封好的肉杂、骨头和米饭。几个月前，阿威好生地恳求餐馆的老板，老板勉强同意将厨余匀出一点给他。每逢周三和周日，他都会赶到郊外喂狗，形成了固定的时间。狗群很快适应了深夜投食。它们白天分散在城市的各个角落，夜间聚集、行动。相比白天，黑夜给了它们一层天然的安全感。

阿威麻利地将食物摆放在老地方，按了几声喇叭，等待狗群的到来。

2

的确有一股花香。阿威嗅到了。他细细分辨，分不出是哪种花。应该是在东边。风从东边刮来。阿威向东边瞻望，夜太黑了，车灯照得不远。再远一点的地方就看不见了。阿威猜测，工地的缝隙里长满了各式野花。草木最愿意跟人亲近，它们总想着在钢筋水泥中弄出点新意。比如说他的阳台，被楼脚长出来的一棵不知名的藤蔓霸占了多年，阿威晒衣服的时候会抱怨一下，当作抗议，除此之外，他什么都不做，有时还会偷窥，瞧一瞧这株藤蔓到底想干什么。

这时，远处传来了一声犬吠。黑犬在提醒阿威，它来了。阿威骑上摩托本想离开，却惦念着灰犬。已经连续好几周，他怕打扰到狗群，放下食物直接走了。今天却想看一看它们，特别是灰犬。他能看得出来，黑犬对灰犬特别照顾。阿威猜想它们或许是一对父子，毕竟黑色的狗也能生出灰色的狗。前一次阿威见到灰犬，它长壮了许多，尽管个头不是很大，眼睛却灵动有神。

阿威关掉车灯，扭动车钥匙，熄火。他准备走到高一点的地方待着，免得打扰到狗群。阿威一边走，一边在口袋里掏手电筒。不料打了个趔趄，整个人重重摔倒在地。他翻过身用手电筒一照，是几个空啤酒瓶。他的脚有些发麻，于是平躺在地上，望着无尽的黑夜。阿威记起多年以前他也这样仰面躺着，只不过是在楼顶，火辣辣的阳光非常刺眼。他闻到一股浓郁的酒精味，起身才发现四周堆满了酒瓶。父亲喜欢喝青岛啤酒，他在山东修过铁路，说是喝青岛啤酒喝惯了，尝不出别的啤酒味。除此之外，阿威对父亲的过往一概不知。父亲对往事也缄口不言。父亲不做花钱的事，不喜欢猫猫狗狗的。无奈之下，阿威只得将小灰偷偷安置到楼顶。

小灰是一只特别聪明的狗，只要走过的路，它全都记得。只不过小灰的脾气拧巴，走路非要走直线，即便是转角，也要走得规整。最开始相处的那段日子，小灰不怎么叫唤，饿了，就一动不动地盯着阿威。阿威便知道它的心思。那时小灰不允许阿威抚摩它，但是对阿威心存感激，每天送阿威上学，接阿威放学。最不可思议的是——小灰居然摸清了阿威的放学时间，准时在校门口的大樟树下等他，然后和阿威一同去捡易拉罐，换钱买方便面。小灰吃面饼，阿威得英雄卡。他们偶尔还会买一根火腿肠，掰成两半，小灰一半，阿威一半。

那晚父亲喝多了。他没带钥匙，用拳头砸着铁门，嘴里骂着脏话。阿威吓得从床上爬起来，赶紧去开门。父亲二话没说，一巴掌扇在阿威的脸上，他顿时头嗡嗡作响。这种事常遇到，阿威习惯了，父亲打他不需要任何理由，只要有想法，拳头就抡过来了。除非下手重了，打得阿威半天回不过神来，才会说一句，儿子不打不成器。阿威不这么想。他认为自己长得像极了母亲。母亲跟人跑了之后，父亲有了怨气，看到自己，就会不自觉地想起了母亲，事情才变成这样的。而这看起来理所当然，阿威也就默默忍受着。

只不过那天，父亲的手停不下来，像是上瘾了一样。阿威眼里的父亲，满脸油光，紧咬牙齿，眼里泛着绿光。他一直在想，父亲能看到他吗？一阵剧烈的疼痛之后，阿威发现自己眼前一片黑，只听得见墙壁上的摆钟发出嘀嘀嗒嗒的声响。阿威憎恨这种数着时间熬着的状态，一秒接着一秒，每一秒都异常漫长，还赶不上一耳光那么爽快。他在心里谩骂着时间过得太慢了，试图把那个破钟砸个稀烂。

突然，阿威听到一声犬叫。他回头一看，小灰站在门口，对着父亲龇牙咧嘴地狂叫。小灰一腔愤怒，眼睛布满了血丝。父亲注意到了小灰，骂了一句。正当父亲伸手准备去抓小灰的时候，小灰毫不躲闪，一口咬住了父亲的手臂，疯狂地撕咬，像是扯着一大块火腿肠。父亲气急败坏，用力捶打着小灰的头。

阿威脑海里突然蹦出一个词——"反抗"。父亲身材魁梧，双臂粗大，从小到大阿威都畏惧父亲，从来都是忍受，没想过要反抗。阿威心想，父亲在慢慢变老，而自己在成长，总有力气超过父亲的时候，即便现在每次都会输掉，但是总会有赢的机会。

阿威憋足了劲，一下子跃了起来，从后背抱住父亲。父亲见状，大吼一声，一个转身，一拳将阿威击倒在地。阿威晕过去了。他仿佛做了一个很长的梦，什么都没梦见，眼前只有白茫茫的一片，如同游走在时间的夹缝里，找不着出口。

等再睁开眼，父亲跟前摆放着一盆火锅，他喝了一大口青岛啤酒，拿着筷子在火锅里翻来翻去，挑选出一块肥瘦适中的肉坨，美滋滋地吃了起来，最后对着阿威吐出一小块骨头。

阿威有一种不好的预感，赶紧起身，大声喊着小灰，没有任何回应。果然，他在堆着啤酒瓶的角落里，发现一堆血淋淋的皮毛，散发着恶臭的腥味。阿威当即双腿发软，瘫坐在地，良久才回过神来。从前父亲打阿威，阿威从来不哭，而这次，他目不转睛地望着父亲，大声地哭了起来。父亲看都没看阿威一眼，继续埋头吃肉喝酒，一坨接着一坨，把肉嚼得吧唧吧唧响。

阿威捂住耳朵，一股劲憋在心里，四肢颤抖。他感觉到小灰没死，从火锅里跳了出来，一下子蹿进了自己的躯体里。小灰倔强的脾气以及它的一切，顿时融进了自己血液，流到了全身。他和小灰融为一体，拥有了一股莫名的力量。他当着父亲的面，把火锅重重地砸在地上。

狗群怎么还不来？阿威唰地站了起来，吹了几声口哨。不一会儿，黑夜传回了一阵急促的犬吠，声音越来越凶狠，撕破整个夜似的刺人。阿威心想，不好，肯定出事了。他赶紧循着声音跑去，嘴里继续吹着口哨，好歹能安慰一下狗群。

3

阿威担心灰犬。尽管他一直在照顾狗群，但是每次喂食的时候，狗群总是警惕地跟他保持一段距离，至少隔三米，它们才肯低头就食。而灰犬不一样，它是狗群中最小的犬。起先，躲在狗群中央，偷偷地打量阿威，在观察一段时间之后，胆子大了起来，渐渐地敢走出狗群，靠近阿威。

阿威瞅着灰犬水灵的大眼睛，呆萌的样子，甚是可爱，忍不住逗了逗它。灰犬积极回应着。一人一犬很快就玩熟了。于是阿威把火腿肠放在手掌上，手掌再放低，示意灰犬来吃。灰犬犹豫了一下，小心翼翼地走了过来，狼吞虎咽地吃着火腿肠。就在这时，黑犬狂吠了一声，冲了出来，吓得阿威赶紧收回手，跳到一旁。黑犬赶走了阿威，转身对着灰犬叫了几声，如同严肃地训斥。灰犬可怜巴巴地把头贴在地上，前腿遮住眼睛。黑犬用嘴把它拉进了狗群。

自那之后，阿威有好几次投食都没见到灰犬。他猜想肯定是黑犬惩罚了它，不让它跟人走得太近。

有一次，阿威送外卖去一个小区。小区的门卫死活不让电动车进门，没办法阿威只能将电动车停到小区门外，步行进入小区送餐。那个小区特别大，估计有二三十栋楼，他光找路就寻了半天。最后，紧赶慢赶，送餐还是迟到了，被顾客骂了一顿。好歹在他的央求下，顾客并没有给差评。阿威这才松了一口气，赶紧提着保温箱跑下一家。一出小区的大门，他整个人都惊呆了。电动车不见了，连同五六份外卖也不见了。阿威赶忙跑去问门卫。门卫说没看见，让他去报警。

阿威刚掏出手机，一下子跳出几条信息，都是顾客催着外卖。阿威顿时不知如何是好，人一下子就崩溃了。那台电动车四千多块钱，是他好不容易借钱买的，要是连外卖都送不了，他也不知道自己还能干什么。

突然，人群中跳出了一只狗，是灰犬。它一下子扑到了阿威的怀里。阿威见是灰犬，抱着它，大哭了起来。灰犬舔了舔阿

灰　狗

威的脸，安慰着他。灰犬顿了顿，从阿威的怀抱里挣脱，跳了出来，对着阿威叫了几声，见阿威不动，又咬了咬他的衣服，作势要往前走。阿威感觉灰犬好像知晓什么，索性擦了泪水，爬了起来，跟在灰犬的后面。

他们在城市的大街小巷跑了一下午，没有什么收获。到了晚上，灰犬实在跑不动了，趴在路边喘着气吐舌头，一脸失望地望着阿威。阿威也累了，坐在灰犬的身边，一抬头，恰巧看到了街道对面的派出所。阿威心想，偷车贼可能已经把电动车骑到郊外卖了，还享受着几份外卖快餐，那里面不仅有一份鸭汤煲，还有一份鱿鱼寿司，够他补一补的。阿威无奈地笑了下，只不过这一跑，出了一身汗，心头的怨愤倒是消解了不少。

阿威低头，心疼地看着身边累趴的灰犬。它的倔劲让阿威想起了小灰。阿威总觉得灰犬和小灰冥冥之中有一丝联系。他轻轻地抚摩灰犬的后背，柔软的毛发摩擦手掌心，很是舒服。灰犬有些受宠若惊，头趴在地上，假装不在意，于是阿威抱起灰犬，笑着说，今天跑累了，一同去吃点好吃的，犒劳一下。

自那之后，阿威时不时在送餐的路上会遇见灰犬。新买的电动车踏板要宽一些，刚好够灰犬坐着。阿威一停车，灰犬就熟练地爬上电动车踏板，狗头从阿威的大腿处伸出来。车启动了，灰犬的耳朵和嘴巴被风吹得飞了起来，看样子要被风给刮跑了，显得格外夸张，灰犬却乐在其中。它张开嘴，风从嘴里蹿过，发出呼啦啦的声音，阿威跟着有样学样，也把舌头伸出来，发出奇怪的声音。

阿威要是碰上了稍近的单子，时间不算赶，就故意抄一些沿湖的小路走。他们俩像是兜风一样，瞅一瞅湖边正开着的花卉、沿岸飞舞的柳枝和湖中央打盹的白鹅。这样悠闲的时光非常短暂，可能就是三五分钟，手机上催单的信息就来了。对于阿威来

　　　　　　　　　　　　　　国境线上晴与雨　│

说，已经知足了，他加足油门，向森林般的城市驶去。阿威去小区送餐，灰犬会乖乖地守在电动车旁边，瞪着圆碌碌的眼睛，尽量装得凶狠，任何人都靠近不了。阿威见灰犬这副样子，没忍住笑了，这眼神应该是从黑犬那里学来的。后来阿威才知道，灰犬是趁着黑犬不注意，从别的街区跑了过来。狗群里的流浪狗都有自己的地盘，白天巡街，晚上聚集。

在接下来送外卖的日子，阿威好几次发现，他在小区外停放电动车的时候，不远处有一只或者两只流浪狗蹲守，直到他送完餐重新回到电动车旁，狗们才会离开。阿威见状，会心地笑了。

想到这些，阿威焦急地加快了脚步。犬吠声已然消失了，那群流浪狗到底怎么了？这时，阿威的手机响了。他拿出来一看，是父亲打来的。他怕耽误时间，顺手就挂断了。不一会儿，父亲又打来了一个电话。阿威犹豫了一下，或许是什么急事，就把电话接通。

父亲问，忙吗？

阿威说，正在忙。

父亲"哦"了一声，又接着说，今年的清明你回老家吗？

阿威说，有空就回去，公司还没通知那天放不放假。

父亲说，祖宗跟前还是要烧个香，磕个头，保你平平安安。

阿威说，好。

父亲又说，那天你说的那个事……父亲还没说完，阿威就打断了，说道，那事我知道，给你办妥了就是。父亲没作声，把电话挂了。父亲每次打电话来，都是几句简单的话，有事说事，不多说其他的，相比以往，少了些严厉和苛责。阿威知道父亲是老了，这么多年他一个人奔波也不容易。上次回老家，父亲炒了几个菜，非拉着阿威喝酒，搬出了一打青岛啤酒。阿威酒量不行，没喝几瓶酒就昏昏沉沉。父亲笑他不中用，男人就是要喝得了

灰狗

酒。阿威听了这话，不甘心，继续喝。在喝断片之前，隐隐约约听到父亲说，家里太冷清了。这些话父亲从不说，阿威却听进去了。第二天醒来，阿威找了个机会，试探地问父亲，一个人闷的话，要不在家里养条狗，闹腾闹腾？

父亲放下手上的事，平静地注视着他。那一刻，阿威感觉世界老了。两人对视了一会儿。父亲额头上的皱纹动了几下，像孩子一样惊喜地说，好好好，养狗花不了几个钱，我吃什么它跟着吃。

阿威计划好了，打算收养灰犬，养在家里总比在外头流浪有一餐没一顿要好，而且灰犬年龄比较合适，容易被驯养。阿威只消等待黑犬点头同意。阿威有自信，它会同意的。

4

阿威穿过废弃的工地，穿过散落垃圾的洼地，最后穿过一条种满红花檵木和龟甲冬青的绿化带，冲上了公路。黑色的沥青路面从黑夜中完整地分离出来，被一条白色的分道线隔开，缓缓延伸至脚下。路边，狗群团团围住一辆玛莎拉蒂，死命地狂吠。

阿威大概知道发生了什么，一步步走近。他能感觉到后背有风在推搡，于是步子迈得更快了。阿威来到车旁，揉了揉眼睛，看清楚了，车头是一摊血，那血也是黑色的。阿威打了一个寒战，仿佛回到了小时候，回到了楼顶，他刚醒来，四周都是啤酒瓶。在阳光的照耀下，啤酒瓶泛出绿色的光，诡异地闪烁，刺到了他的眼，他感觉到处都歪歪扭扭。就像这车的远光灯，照得他看不清地上到底是谁。

这时，车的远光灯调成了近光灯。车里伸出一双手，紧紧攥着阿威的袖子。阿威吓了一跳，甩开那只手，慌张地后退一步。

车窗摇了下来。阿威仔细一打量，车里坐的是之前跟他借烟的大叔，他的旁边坐着一位中年男子，打着酒嗝，昏昏入睡。

大叔见是阿威，喊他快跑，说道："这群狗疯呢，龇牙咧嘴的，怕是会咬人。"

阿威没理会他，向前探了探身子，他想看清楚地上是谁。大叔重新拉住了他，说道："我刚刚明明走得好好的，一条灰色的狗冲了出来，我就带了一脚刹车，一只黑狗又冲出来，然后一声响，撞上去了。"大叔见阿威没反应，又接着说，"今天佛祖保佑，幸亏顾客喝多了，一上车就睡着，什么都不知道。狗带财，顾客要是知道我开他的车撞到了狗，肯定不会善罢甘休，他们生意人最忌讳这个。"

阿威甩开了大叔的手。大叔自顾自地说："这没多大个事，我本想溜走，谁知来了这么一群狗。"大叔掏出了一支烟，点了几次才点燃，塞进嘴里，哆嗦地说："我开一辈子的车，连个违停的罚单都没有，你知道，我们这些人最怕出事，出了事就麻烦了。"大叔深深吸了一口烟，急促地吐了出来，补充了一句："我们这些人有老有小，出不得事。"

阿威瞥了一眼大叔，趴下身子。狗群忽然安静了，一个黑影从车底蹿了出来。阿威直愣愣地看了半天，当确定是灰犬之后，稍稍松了一口气。灰犬沾上鲜血，如同披上了黑衣，眼里泛着绿光，死死地盯着阿威。

阿威感到一阵寒气。他谨慎地俯下身子，摸了摸黑犬，没有喘息，身体已经凉了。大叔着急地问阿威，死了没。阿威叹了一口气，坐在了地上。大叔知道狗死了，拍了拍额头说："幸好是流浪狗。"

阿威凝望着黑犬，想到了上次他们俩的交流。与其说是交流，不如说是相互看着。那天下午，他正好路过垃圾场，看见黑

灰　狗

犬坐在垃圾场的一头晒着太阳，发现他来了之后，一直盯着他看。阿威本来想告诉黑犬领养灰犬的事，虽然他认为黑犬足够的聪明，能懂他的意思，但是他犹豫半天没张口，干脆坐在垃圾场的一头，回看黑犬。黑犬像有所察觉一般，嚎叫了一声。阿威不甘示弱，也叫了一声。黑犬扭过头不理他。不一会儿，灰犬屁颠屁颠地跑来了。黑犬一改往常，舔着灰犬的毛发，极尽爱抚。灰犬积极地回应着，呢喃着。这时黑犬对阿威露出了炫耀的眼神，这一刻灰犬全部都是它的。阿威不甘心，他拿出了火腿肠，剥好了，放在手掌心，引诱着灰犬。果然，灰犬一下子就嗅到了，欢喜地跑了过来，大口咀嚼。吃完之后，还舔着阿威的手。痒痒的，挺舒服。阿威抬起头，也想炫耀的时候，发现黑犬已经不见了踪影。或许那时，黑犬就在做着决定。

大叔不耐烦了，他气愤地碎碎念道："倒血霉了，要是不走这条路就好了，见了狗血，半个月不能碰车，又要洗车，花不少的钱。"说完，就狂按了几声喇叭，吼道，"该死的野狗，都给老子滚开，不然都碾成肉饼。"大叔重重踩了几下油门，车子轰轰作响。灰犬撕心裂肺地嚎叫了一声，狗群激动了起来，跟着嚎叫。

阿威克制着悲伤，扶着膝盖站了起来，如同多年前他在小灰那里学到了反抗，从父亲的面前站了起来。他双手紧紧攥着大叔的衣服领子，像是揉捏一个面团，捏下去了，又提上来，把大叔的脸提到他的跟前。大叔没他想得那么重那么结实，全身软溜溜的，险些被提了出来。阿威大声地说："这些不是野狗，是我养的狗，有人管的狗。"

大叔被阿威的扭曲的脸和充满戾气的眼神吓到了，灰溜溜地低下头，小声重复地说："我不能出事，家里少不得我。"大叔骤然哭了起来，鼻涕沾到阿威的手上。阿威的心一下子软了，他何尝不是这个状态？生活不会轻易放过每一个人。他放开了大叔，淡淡地说道："你走吧，再吵，你的顾客就要醒了。"大叔疑惑地望着阿威。

阿威没有多说，从大叔嘴里抽出香烟，叼进自己嘴里，转身径直向灰犬走去。阿威每往前走一步，灰犬就退后几步，嚎叫的声音小了几分贝。阿威一步步走向灰犬，直至灰犬停止了嚎叫，离阿威足够远。这个距离，刚好是狗群能放下戒备低头进食的距离。

狗群停止了嚎叫。阿威望着灰犬。灰犬盯着阿威。那一瞬间，阿威感觉回到了以往的某个原点，正是他所熟悉的那种环境。阿威劝说灰犬跟他走，而灰犬在犹豫。

时间流逝，记忆却在一人一犬之间涌现，一个个小小的细节化成丝缕，早就将他们缠绕在一起。阿威伸出双手，招呼着灰犬回家，或许是在呼唤着小灰回家。在不长的等待时间里，灰犬望了一眼阿威，撇过头，带领狗群，带着小灰，迈着沉重的步伐走向一片荒芜的土地。

旧广场

1

我是一棵什么品种的树，我也不清楚，长到这么高还没照过镜子，但是我混迹公园的时候，遇到了一棵碎碎念的桂花树。那棵桂花树一天到晚唧唧哇哇地说它跟一棵柳树的暧昧史。直到有一年发大水，柳树被拦腰折断，冲走了，从此我再也没有见过它。公园变成了人民广场，广场又被废弃，直至成为了一片荒地。我周边大大小小的树都消失不见了，取而代之的是一群鸽子。我该有多讨厌那群鸽子。它们又吵，又不讲究卫生。从我头顶飞过，不是拉屎，就是掉毛，弄得我不得安宁。广场没荒废之前，还有一位年迈的管理员来打扫。那是个急躁的人，被这群鸽子弄得团团转，愤愤地说：鸽子是最脏的畜生。一边骂一边用扫帚驱赶鸽子。"要拉就去广场外头拉，只要是在广场外头，哪怕拉在别人的头上，我都不管。"鸽子偏不，就拉在那人的跟前。他也没法子，只能隔一段时间出来，赶一遍鸽子。

不知什么原因，广场被遗弃了，管理员也不知道去了哪儿。这群鸽子更是无法无天。到处都是它们的屎。

所幸我闻不到味。

春末夏初，雨断断续续下了一个月。等雨水从云层中都落光了，旧广场上的鸽子屎冲刷了一大半，一串串野草野花从水泥地的缝隙里探出了头。起先，花草只是星星点点，熟悉了几日，耐不住性子野，便疯狂地蹿着个头往上冒，没多久，整个旧广场都被它们占领了，远远看去，绿茵茵一片，像是公园的一角。我就是从城市一处公园移栽到广场旁边，挺怀念和其他的树畅谈的日子。

那群鸽子玩惯了，一次飞得比一次远，每日白天出去，晚上才回来。它们以前还一起行动，如今分成了两个团伙，实力大一点的团伙住在旧广场边的废弃建筑里，那儿可以遮风挡雨；弱一点的就睡在旧广场的草丛里。它们各玩各的，时不时还干上一架。

某一天，旧广场来了一只猫。黑色，绿眼睛。它坠个大肚子，疲倦地扫了一眼四周，寻到一处草叶茂密的地方，就那样躺了下去，再也没动静。晚上起了大风，摇晃着我睡不着。那只猫还没走，我好奇地踮起树根，往里头瞅了一眼，什么都没看到。

第二天，天没亮，那群鸽子叽叽喳喳地飞来飞去，兴奋不已。原来黑猫僵硬地躺在地上。鸽子好奇地跑过去，啄了黑猫几口，它还是一动不动。黑猫死了。它的旁边还有三只小猫，两只躺在大猫身边，也死了，只剩最后那只小猫，艰难地往前爬，发出嘶嘶的叫声。显然它饿了。

鸽子像是排了队一样，一只只地走到小猫的跟前，然后使劲地啄它一口，小猫发出凄厉的叫声。小猫要是没叫，鸽子会一连啄好几口，直至小猫惨叫。它们以此取乐，都忘记到了出去鬼混的时辰。

救救那只猫吧，它还那么弱小。

这时来了一个男人，他穿着红色的长衫，一手拿了一把扇子，另一手提了一个箱子。自从广场被废弃之后，就没有人来到这儿，上次见到人类还是管理员离开的时候，他用扫帚捕获了几只鸽子，嚷嚷着带走炖了吃。男人显然是第一次来这个地方，左顾右盼一阵，见没人，拉开裤子链，撒了一泡尿。这个家伙怎么跟那群鸽子一个德行。

男人发现了小猫，他观察了一会儿，大概是觉得小猫挺可怜的，跑过去赶走了鸽子。那些鸽子恼火了，在男人头上拉了一泡。男人也恼了，捡起地上的石子往天上扔。没砸到鸽子，却弄得一身灰。

男人将小猫捧在手掌心。小猫没睁开眼睛，可能是受了鸽子的惊吓，身子不自主地抖动。男人见状，轻轻抚摸小猫的背部。小猫渐渐安静下来。可是它饿呀，一直张大嘴巴，吸吮男人的手指。于是男人从箱子里翻出了一瓶水，一点点喂给了小猫。待小猫情绪稳定以后，男人把小猫放在一旁，又从箱子里拉出来一块背景布，挂在支架上。背景布上写着：全网最搞笑的相声。下方摆了一张折叠桌，对面架起了一部手机。男人在桌子前摆定了姿势，一声惊堂木响起来，男人既当逗哏，又演捧哏，看起来有模有样。

　　逗哏：上次我有个朋友去省里开会。

　　捧哏：这年头会议多，很正常。

　　逗哏：他们是殡葬行业的，会议主题是殡葬改革，要求所有公职人员百分之百火化，所有县市区殡仪馆的负责人都来了。

　　捧哏：这么说还真是特殊行业。

　　逗哏：开会间隙，来自相邻地区的两家殡仪馆吹捧自家的司机开车快。

　　捧哏：这有什么比的。

逗哏：一人说，我家司机开车拉尸体都不踩刹车，一直往前飙。

捧哏：不踩刹车？这不是要命吗？

逗哏：一人说，我家司机拉尸体，踩一脚刹车，砰的一声，后面的死人直接撞到了前车厢，头都撞出血了，看着就疼。

捧哏：撞醒了？

逗哏：那倒是没有。另一人不服气地说，我家拉尸体的不仅不带刹车，还不松油门，唰唰唰的，要是带一脚刹车的话，人都不用火化，直接粉身碎骨。

捧哏：你怕跑出了高铁的速度。

逗哏：另一个人说，怪不得，你家的炉子很少冒烟，原来拖的尸体不用火化，直接拿到路上踩刹车。

男人被自己的相声逗笑了，笑得热烈，蹲下来抱着肚子。一旁的小猫吓到了，嗷嗷地叫，它又饿又怕。我却觉得这个包袱奇奇怪怪的，好多名词我都不懂什么意思，笑不出来。然而看他那么认真的样子，确实用心了，于是我抖落几片树叶，算是给予他支持。

他捧着树叶，抬起了头，愣愣地看着我，惊讶地说，连树都笑了。

他放屁，我没笑。

他说，这次一定能火。观众喜欢的话，或许能得一个奖，成为知名的相声演员，再就是带徒弟，还要取一个科班号，就用"热爱祖国"，等国字辈的徒弟出师了，他就可以不用上台了。

做梦吧。

他显然没听到我说的，收拾好道具，把手机录制的视频上传到网上，然后坐在小猫旁，不停地刷网页。他那个动作一直持续到鸽子玩累了，飞回来。看着他失落的样子，就知道他的视频真没人看。

鸽子是记仇的，看着这个陌生人还在自己的地盘上，它们一下子躁动起来，一个劲地往男人身上拉屎。

男人指着天空骂了几句，眼看着敌不过这群臭鸽子，抱着小猫和箱子落荒而逃。

2

我有时会想起那棵桂花树，它摇晃婆娑的模样，像是在哀伤，却打动了我。它给我讲了一个"吴刚伐桂"的故事，它说其实从那时起，它就不相信爱情了，它是说给我听的，我也变得有些哀伤了。"吴刚伐桂"的故事我听了一百遍，十足的腻，而男人的一个相声我听了一百零一遍，他准时到旧广场上练习，如同我或者那群鸽子很欢迎他似的。相比男人，我更期待见到小猫。一个月了，小猫的骨架长宽厚了，却依旧那么瘦，像是没怎么吃猫食。

鸽子出去后，男人就来了，他走在前面，小猫快快地跟在男人的屁股后面，隔了一段距离。我听男人唤小猫云朵，亏了他想出来这个名字。那小猫的毛发明明是全黑的，跟白色的云朵差得远了。男人把小猫唤到身边，出其不意地踢它一脚，小猫吓得又缩了回去。过了一会儿，他又唤云朵。云朵过来了，他又踢云朵一脚。

一进入旧广场，男人忙自己的，没空理云朵。云朵立马放松了起来，东转转，西瞄瞄，玩了一会儿，又没心没肺地腻歪在男人的身旁。在练习相声前，男人都会反复整理他的长衫。而云朵蹲一旁，看着长衫飘动的衣角，怕是以为男人在逗它。它兴奋地冲上去，又挠又舔，却被男人狠狠地一脚踢开。如此反复了几次，云朵失望地撇过头，默默地走向一处茂密的草丛。黑猫就是埋在那儿的。云朵嗅了嗅熟悉的味道，在里头打几个滚，如同是在黑猫怀里撒个娇，没一会儿云朵就恢复了生机，在旧广场上冲来冲去。简直就不像一只猫，倒像是一条狗。

没过多久，云朵发现了新鲜东西：鸽子蛋。那群鸽子在草丛中下了蛋。鸟窝不难寻找，云朵第一次看到蛋犹豫了很久，蛋很光滑，咬了几口都没咬破。它想了想，于是叼了一尖头子的石子，在蛋的正上方松口，石子掉下来把蛋砸破了。它舔了舔，味道不赖，接着将蛋汁吃干抹净。

鸽子可凶了，要被鸽子发现了，追着啄它，这种事它受过了好几次。云朵这次聪明了，它将蛋壳叼到树后面的一条沟里，它一个窝里只吃一个蛋，再寻下一个窝，直至吃饱。这样鸽子短时间内发现不了。

云朵吃饱了，就会爬到我的肩膀上，我们一起仰望着天空。不知道为什么，天越来低了，那一团团云朵像是剪纸一样，贴在天空上，被风吹动，与我们擦肩而过。白色的云，到红色的云，再到彩色的云，天空诡谲而瑰丽，藏着许多秘密。

看着天上的云，我在想：在这个地方站了这么多个年头，外面是一幅怎样的景象，我全然无知，倒有一丝的悸动去外面去看一看，或者谁给我讲一讲外面的事。哎，这周遭除了废弃的水泥建筑，就我孤零零的一棵树，连个八卦都听不到，只有此时此刻，才会怀念那棵叨絮的桂花树。

趁我陷入沉思的时候，云朵举着小爪子，想从天上采摘一朵云彩。它用心地一掏，什么都没有，再一掏，还是什么都没有。我看着它淘气可爱的样子，这才恍然大悟，它为什么叫云朵。如果我学会猫语，我会跟云朵好好地交流一番，它会是一只幽默的猫。

树下，男人刷新网页。他昨天又拍了一个新相声，他觉得不错，兴冲冲地将录制的视频上传到网上，瞅着他失望的样子，就知道那些视频如同其他的视频一样石沉大海，连一个点赞都没有。他反复地自问，真的没人看相声了吗？又自我回答，不，不会。

男人并不想认输，今天他没有练习原创的相声，而是带来了平板电脑，对着网上的老视频，一板一眼地学习。每个神情、每句台词他都一丝不苟，尽量原汁原味地还原出来。

我见新奇，就多瞅了两眼。那视频里说相声的人竟然很眼熟，跟男人长得有几分相似，莫非……几十年前，吃完晚饭，几个年轻人在广场上支起了一块大幕布，男男女女围坐成一圈看电影。有一段时间，电影没什么新片子，老片子又看了多遍，台词能背下来，于是幕布上就放相声，说得最多的就是男人今天学的这一段。大家伙一听相声包袱，笑得人仰马翻，尽管这段相声他们都听了好几遍。我望着他们一个个的像是发了癫痫，七倒八歪的，也跟着笑了起来。往日多么容易被怀念，而那些事都刻画在我的树轮中。

连续好几天，男人都在学习视频里的段子，可是无论怎么用功，都学不到老相声那种诙谐的精髓。男人一遍遍排练，一遍遍失败，舌头说话都哆嗦了。他也渐渐失去了耐心。就在这时，一句简单的台词被他说错了，顿时血压上头，气得发抖，将桌子掀翻在地。他已经容忍不下自己了。

云朵见这个阵仗，吓得急忙从树上跳了下来，远远地站在一边，直盯着男人。

男人瞅了一眼云朵。他急促地说："相声要两个人讲才正宗，一个逗哏，一个捧哏，这是老祖宗规定的，怪不得一个人不管怎么练习，练不出相声的精髓。可是现今要从哪里再找一个人，这方圆百里压根就没有说相声的，范围再广一点，连着几个省都没有。"说到这儿，男人暴脾气又上来了，急得跺脚。

正在这时，云朵志忑地朝男人叫了一声，它想安抚男人。

男人的目光又落在云朵的身上，兴奋地说："自己当逗哏，云朵当捧哏。反正捧哏话又不多，只要猫叫几声就行。一来没人在意猫说了什么，二来也不需要懂猫说了什么，包袱都是自己抖出去，而自己只需要一个捧哏。"

男人唤了几声云朵。云朵见男人要笑不笑的复杂的表情。它有些害怕，吓得不敢前来。男人见状，跑过去将云朵抱起来，重重地亲了两口。云朵更怕了，忍不住拉了一泡尿。男人的长衫上沾了尿，一下子就火爆了起来，但是他没有骂，也没有打，只是将云朵放在地上，翻出湿纸巾，小心擦拭衣服。

"这是爷爷的演出服，他指定让我继承这件衣服。"

"《四郎探母》你可能没听说过，那就是爷爷的代表作，他写的本子。"

"后来他死了，我爸也死了，好东西都没有传下来。"

男人叹气地坐在地上，自言自语地说。云朵蹲在离他不远处，无辜地看着他。过了一会儿，云朵主动靠近男人，它用鼻子嗅了嗅长衫，又舔了舔男人的手。男人顺势抱起了云朵。他瞅着云朵的眼睛——绿色、清澈。

就在这时，一只鸽子降落在他们的跟前。男人吓了一跳。鸽子回来了。男人试过鸽子屎的厉害，早就准备了一把雨伞，鸽子一回来，他就撑开雨伞，任鸽子怎么拉屎他也不怕。鸽子见状开始改变攻势，一拥而上，趁男子攻防不备的时候，啄他的头。男人的秃顶让目标显得更大。不一会儿，男儿受不了疼痛，抱头流窜。

而云朵，不知道什么时候爬上了我的肩膀，和我一起望着男人窘迫的样子。它似笑非笑。

3

我不喜欢那些鸽子，只要它们站在我身上，我就不停地摇晃，非要将他们赶走。它们已经习惯了露宿，整夜都是咕咕的叫声。我不睡觉，任它们吵闹，我在想：它们白天飞出去都干些什么，总是一副炸毛的状态。上次男人在相声里描述了一幅场景：工业园区的上空黑压压的都是鸟，什么鸟都有，它们围着工业园区转呀转，远远看去像是一片乌云。到点了，工业园区的烟囱准时排烟。这时鸟群发出震耳欲聋的叫声，纷纷吸食烟雾。那烟雾中大概有什么成分能让鸟类上瘾。这么说来，这群鸽子怕是天天去吸烟了。

男人又准时来到了旧广场，他穿上了时尚的国服，在衣领处贴了一圈珍珠片，还绣了一只老鹰，老鹰的眼睛处镶嵌一颗红宝石。等要拍摄相声的时候，他再换上那件长衫。前几天他新买了一个电子屏背景，上面写着：全网最搞笑的相声，全网唯一号，其余均为假冒。

"云朵真的火了。"男人激动地说，"我真是天才，一只会说相声的猫，视频一发出去，就收割了一大批粉丝。接广告，挑赞助商，我们要好好大干一场。"说着，男人抱起云朵转了几个圈。

这些事只有云朵不知道，它只是学着男人的样子在镜头前叫唤几声，又不是什么难事。要说不正常的事，算得上男人心情猛然变好了，看它的眼神也没有那么多的戾气，居然还喜欢抱自己。男人异常的举动弄得它胆战心惊，偷偷跟男人保持着不远不近的距离。

某一天，男人弄来一个大盆，往里头装满水，说是给云朵洗澡。云朵没有洗过澡，身上的毛又油又脏。洗了才发现，原来云朵并不是全身都是黑的，下巴到脸颊周围还有几缕白毛，像是一朵云，样子还真有些奇怪。云朵之前没玩过水，弄了几下，竟喜欢上了，在水中扑通扑通地玩得不亦乐乎，还潜入水下，溅得男人一身的水。男人瞪了它几眼，见云朵不收敛，男人一把将它从水里提了出来，扔在太阳下晒。

云朵个头长大了不少。它依旧那么轻瘦，臂膀却很有力，两三下就爬上我的肩膀。我认为它是吃鸽子蛋的缘故。即便如今，男人管它管得也少，偶尔也会给它一些猫罐头，我猜那些都是网友寄来的。上次看见有几大箱子，怕是让男人低价卖给了宠物店。云朵闻了猫罐头，那个味儿它不习惯，不爱吃，扭头就走了。

昨天，云朵在草丛中玩耍，碰到了一只鸽子。那只鸽子没有和其他的伙伴一同出去，而是蹲在窝里，看样子是在下蛋。见是鸽子，云朵吓了一跳，往后退了几步，它从小就怕鸽子。鸽子也慌了神，待反应过来之后，鸽子发怒了，鼓着红彤彤的眼睛，拍打翅膀，冲过来啄云朵。云朵先是躲，疼得实在受不了，就开始还击，它的前肢使上劲，一把将鸽子扑倒在地。鸽子奋力地挣扎。云朵就快按不住了，慌乱中咬破了鸽子的喉咙。鸽子扑腾了几下。云朵拼命地按住。没一会儿，鸽子不动弹了。而云朵还死死地咬住鸽子的喉咙。它大口地吸着鸽子的血，像是吸吮它从未喝过的乳汁。

等云朵吃饱，它愣在原地，思索了半天。它环顾旧广场四周，突然昂首挺胸，瞟了一眼四周，似乎要霸占整个旧广场，立地成王。它昂首阔步地走出旧广场，将那只死鸽子叼到了后面的沟里，那儿早有一堆鸽子蛋的壳。

旧广场　　　　　　　　　　　　　　　　　　　　243

另一边，男人刷着网页，大声地喊道："又一个百万阅读量的视频，几万块的收入。"

他喊给云朵听的。

云朵回过头瞅了他一眼。

男人笑了笑，然后长长叹了一口气。以我对男人的了解，这些数据对于他来说仅仅就是一些代码，尽管走红有些意外，但是也算不上惊喜，更没有成就感。

忽然，男人惊喜地跳了起来。有一家剧院给他们发了一封措辞讲究的邮件。他激动地将邮件念了三遍。内容大概是剧院询问他们周末是否有空，将邀请他们到剧院来演出一个节目。

男人说，这家剧院是著名的老字号。光看到剧院的名字，他就激动得不行。对于一个相声演员来说，能上舞台演出，才算是一个真正的演员，身份才能被同行认可。男人强行平复心中的波澜，在打字回复邮件的时候，整只手都在抖，而邮件的内容，他反复念了几遍，生怕出现错字病句。他写道：感谢盛情邀约，我们将如约赴贵院演出。

发完邮件之后，男人长长呼了一口气，他说要将网页上简介栏的"相声爱好者"变更为"相声演员"。他考虑了一番，觉得还是不妥，要加上"知名"两个字。

做完这些，男人都没有心情排练了，他坐在台阶上，小心地将长衫折叠好，这件衣服将压在衣柜底下。他喃喃地说："真是天道酬勤，从小就听祖父说相声，耳濡目染，自己也练习了这么长的时间，还真没有白练，说出来的段子能让这么多人开怀大笑，收获了这么多粉丝，说明大家还是喜欢看相声的。照这个趋势发展下去，用不了多久，就要招徒弟。"说到这儿，男人看了一眼云朵。"要正儿八经地说相声就得找一个实实在在的捧哏。相声毕竟一逗哏一捧哏要两个人说。而且两个人甩包袱肯定比一人一猫更传统专业。"

看得出来，男人打算把云朵开除。男人说："没有钱不能解决的事，干脆在网上发个帖子来高薪招聘捧哏，不信强强联合，还没人来捧场。"

男人站了起来，他仔细打量旧广场。好大一片绿油油的草地。"之前落魄得没有地方排练，只能来到这个荒凉的地方，现在看来的确是个风水宝地。市区租好了练习房，以后再也不用怕那群凶横的鸽子了。"

男人唤了一声云朵。云朵跑了过来。男人踢了它一脚。云朵很是诧异。男人见它不动，再踢它一脚，云朵才反应过来，躲到一边。男人扫了它一眼。相视无言，云朵怕已经知道什么意思了。它既没有悲伤，也没有欢乐，就那样呆呆地目送男人离开。

4

清晨，那只猫早早地爬到我的肩膀上，俯视着旧广场。它早已无心看云，而是想着如何猎杀那群鸽子。我看不惯它那恶狠狠的样子，没有再唤它的名字云朵，而是那只猫。

昨天，那只猫猎杀一只落单的鸽子，刚好碰到一群鸽子的大部队回巢。猫的行为被发现了。那一群鸽子对它发起了轮流攻击。猫吓得撒腿就跑，还是抵不住鸽子的一阵阵撕咬。猫被咬得秃了好几块毛，疼得嗷嗷地叫。关键时刻，它急中生智，跳进后面的沟里，才逃过了一劫。

沟里都是死鸽子，如果我能闻到，定是阵阵恶臭。

等到晚上，外头都安静下来，猫才探出头。它大概是觉得猎捕落单的鸽子，吃力不讨好，不如改变策略。这时鸽子群的两个团伙已经水火不容——住废弃建筑的想吞并旧广场，而住旧广场的想入住废弃建筑。

那只猫有一个大胆的行动，它趁着夜色，匍匐在旧广场上，在鸽子要眠未眠的时候，演示了一番快速猎杀鸽子的本领。这立马激起了鸽子们的愤慨，扑打着翅膀要攻击它。关键时刻，一只白色灰翅的鸽子冲了出来，挡在其他鸽子的前面，放走了那只猫。

我清楚，鸽子是很难杀死对方，顶多弄伤翅膀。而那只猫具有杀死鸽子的技能。这群风餐露宿的鸽子有了野心。

半夜时分，那只猫去了草丛最丰茂的地方，那里埋着它的母亲。对于猫来说，只有在这儿，才能得到片刻的宁静。没过多久，灰翅鸽子飞来了，它围着猫走来走去，嘀咕地商量什么。我就感到奇怪，难道鸽子能听得懂猫叫。

第二天，旧广场的鸽子并未跟着大部队飞出去。等其他鸽子都走了，它们在草丛中布置，一直到了晚上，大部队归来，躲在草丛中的鸽子趁其不备，快速起飞，将归巢的鸽子击落在地，那只猫负责咬断落地鸽子的脖子，这种事它做得多，熟能生巧，两三秒就能咬死一只鸽子。鸽子像下雨一样唰唰地往下掉，分不出是旧广场的，还是废弃建筑里的鸽子。那只猫奔来跑去，它管不了那么多，尽最大的能力把它们都弄死，翻来跳去，它累得有些喘不过气来，直至杀不动了，摔倒在地。那只猫看着地上扑棱的鸽子，爪子条件反射般地弹动。那一仗它们大获全胜，灰翅带领着旧广场的鸽子进驻废弃建筑。它们发出刺耳的叫声，像是在庆祝一样。

旧广场上，那只猫在打扫战场，所有死去的鸽子，它都会吸一口血，然后叼进沟里。它肚子已经胀饱了，而沟也被填满了，还特意留了一个小洞给自己，然后满意地在死鸽子堆上走来走去，巡视着自己的战利品，卧坐下来，舔了舔伤口，它被几只鸽子袭击了，留下了一条长长的伤痕。它舔完伤痕以后，抬头仰望夜空。今日的天空，星辰璀璨，那只猫沉浸在往事之中，眼角流出了一滴眼泪。猫怕泪水被鸽子看到，悄悄地钻进洞里。

正如那只猫料想的一样，次日一早，一大群鸽子气势汹汹从天空和地面进攻，团团围住了沟。领头的是灰翅鸽子。它大概知道了那只猫的厉害，必须得除了它，才能放下心来。只不过猫躲在洞里不出来。鸽子没有办法，只能发出一阵阵的喊叫，想用声音镇吓住猫。鸽子叫了半天没动静，灰翅鸽子灵机一动，发出了新的指令，一只只鸽子飞进沟里，将死尸叼出来。

沟里的死尸慢慢地减少，快要现出了猫的洞。这时，男人出现了。他穿着精致的西服，面目狰狞地喊着那只猫的名字。男人愤慨地诉说，因为没有那只猫，他被拒绝登上剧院的舞台。他不明白，说相声为什么要一只猫，又不是马戏团表演马戏。他演的可是相声，两人在一起说的相声。如果相声非要一只猫的话，那最先说相声的那些人干脆一人牵一只猫就行，要什么捧哏，要什么逗哏。男人越说越气，他在旧广场，寻来觅去，寻找那只猫。

男人的行为破坏了那群鸽子的计划。它们生气地往男人身上拉屎。男人正愁没有地方发泄，他早就厌恶那帮鸽子了。他见鸽子发动攻击，立马冲上前去，一脚踢落一只鸽子。另一只鸽子向他冲去，男人空手将其抓住，狠狠摔在地上，摔死了。鸽子纷纷飞到天上去了，男人使不上劲，就指着鸽子骂。鸽子拼命地啄男人的秃顶。没一会儿，男人头破血流，瘫倒在地上，失落地唤叫猫，没有任何回应。

男人平躺在地上，黑压压的鸽子在空中盘旋，他的面前仿佛有一个黑色的漩涡，一双双手从中伸出来，拉扯他的衣服。男人吓到了，他蒙住脸，在地上左右打滚来极力地反抗，最后筋疲力尽才安静了下来。男人擦了一把脸上的脏物，拿出手机拨打了一个电话，然后哈哈地大笑了起来。

没过多久，一堆有着机械臂的机器人来到了旧广场，大概有一百个。在收到男人支付的一笔钱款之后，它们开始有序地工作起来。机器人先将旧广场的野草拔掉，然后将其堆在旧广场的中央。而那群鸽子不明就里地在天上飞来飞去，三五只一起去啄机器人，机器人根本就没有反应，也没有停下来。鸽子连屎都拉完了，只能干叫。

机器人把杂草都扯完了，然后停在我的跟前，看样子是在分析我在不在拔除的范围内。幸好它们只是看一会儿，然后离开了。机器人举起喷火臂将草木堆点燃，鸽子见着火，被激怒了，纷纷冲出来，发动袭击。机器人毫不犹豫地举起了喷火器，对准了鸽子。男人看着一只只烧焦的鸽子，他激动得大叫，手舞足蹈地讲着他创作的殡仪馆的那个相声。他就觉得那个相声写得太应景了，说出来也够味。他的声音越发嘶哑和疯狂。

一部分鸽子躲进了旧广场旁的废弃建筑里，机器人将旧广场处理干净之后，又集中到废弃建筑周围，没几下就将那栋楼推倒，砖头散落一地。机器人又将建筑材料一块块码好，将其他的东西都烧成了灰烬，然后才陆续撤走。

旧广场干净了。

剩下一个机器人走到男人的跟前，汇报了一句：没有找到猫。男人听了，疯了似的不停地笑。

5

我孤零零地站在旧广场，这块地方了无生机。我无比怀念以前在公园的生活，那里有日出和日落。我成为了最后几只幸存鸽子的庇护所。它们在我的树干上筑巢休息，还生下来一窝蛋。

直到第三天，男人彻彻底底断了念想，狂喊三声，疯癫地离开了。他大概再也不会回来。过了一个下午，那只猫才走了出来，眼前景象，着实让它大吃一惊。

　　那只猫走上旧广场，寻找掩埋母亲的那块地盘，终究是没有找到，到处都是鸽子烧焦的味道，闻着就要呕吐。那只猫很快就恢复了理智，环顾四周，重新打量这块贫瘠的地方。

　　突然，树上传来了一声鸽子叫。我吓了一跳。果然那只猫回过头，凶狠地盯着我的枝丫。它饿了好几天了，舌头舔着嘴唇。我发现，它跟小时候一模一样，没有一丝变化，还是那么饿。

　　那只猫一步步向我走来。我努力摇晃枝叶，阻止它往上爬。然而我的力量是微薄的。那只猫没站稳，跌落了下来。它狠狠瞪了我一眼，我清楚它不会放弃。果然它动作敏捷，扒得更紧，爬得更快了。这时，一阵大风吹了过来，乌云密布，一场大雨即将来临。狂风将我摇晃，树叶哗哗作响，我猜这是大自然给予那只猫的警告。

　　猫落下来一次，它起身，再往上爬。它较上了劲，爪子深深插入树干。风再大，它还是爬了上来。一上来，露出獠牙，熟练地弄死一只鸽子、两只鸽子……那些鸽子不叫不跑，目光呆滞地看着猫。

　　鸽子都死光了。那只猫无所谓，它连血都不吸，直接将鸽子从树上扔了下去，然后它的目光落在那窝蛋上，一步步靠近。正当那只猫想袭击那窝蛋的时候，天空轰的一声劈雷，通过树枝，打到了那只猫的身上，它连叫都没叫出来，唰的一下落在了地上，死了。

　　顿时大雨倾盆而下。

　　我尽情地淋着雨，巢里的鸽子蛋动了几下，有新的生命即将孕育出来。我开始期待雨后的旧广场冒出一棵棵新芽。

图书在版编目（CIP）数据

国境线上晴与雨 / 废斯人著 . -- 北京：作家出版社，
2023.5

（21世纪文学之星丛书·2021年卷）

ISBN 978-7-5212-2220-3

Ⅰ. ①国… Ⅱ. ①废… Ⅲ. ①中篇小说-小说集-中
国-当代 ②短篇小说-小说集-中国-当代 Ⅳ. ①I247.7

中国国家版本馆CIP数据核字（2023）第041526号

国境线上晴与雨

作　　者：废斯人
责任编辑：李亚梓
特约编辑：赵　蓉
装帧设计：守义盛创·段领君
出版发行：作家出版社有限公司
社　　址：北京农展馆南里10号　　　邮　　编：100125
电话传真：86-10-65067186（发行中心及邮购部）
　　　　　86-10-65004079（总编室）
E-mail: zuojia@zuojia.net.cn
http://www.zuojiachubanshe.com
印　　刷：唐山玺诚印务有限公司
成品尺寸：142×210
字　　数：196千
印　　张：8.25
版　　次：2023年5月第1版
印　　次：2023年5月第1次印刷
ISBN 978-7-5212-2220-3
定　　价：48.00元